刘仁前·作品

香河三部曲之二

浮城

刘仁前 著

人民文学出版社

图书在版编目（CIP）数据

浮城/刘仁前著．—北京：人民文学出版社，2012
ISBN 978-7-02-009584-1

Ⅰ.①浮… Ⅱ.①刘… Ⅲ.①长篇小说—中国—当代 Ⅳ.①I247.5

中国版本图书馆 CIP 数据核字（2012）第 279119 号

责任编辑　徐晨亮
装帧设计　吕桂洁
责任校对　朱美凤
责任印制　徐　冉

出版发行　人民文学出版社
社　　址　北京市朝内大街 166 号
邮政编码　100705
网　　址　http://www.rw-cn.com

印　　刷　三河市鑫金马印装有限公司
经　　销　全国新华书店等

字　　数　198 千字
开　　本　665 毫米×980 毫米　1/16
印　　张　16　插页 7
版　　次　2012 年 12 月北京第 1 版
印　　次　2018 年 9 月第 2 次印刷

书　　号　978-7-02-009584-1
定　　价　55.00 元

如有印装质量问题，请与本社图书销售中心调换。电话:010-65233595

第一章

柳成荫做梦都没有想过,他和陆小英离开广陵大学校园之后的第一次相见,是在多年之后的一个下午,是在楚县县委、县政府那座古城堡一样的建筑门口,而且他俩的身份发生了翻天覆地的变化。当柳成荫几年之后调离楚县时,他的头脑中总是会出现上任之初与陆小英重逢的那个下午,那个在古城堡一样的县委、县政府大门口共同面对一群上访群众的下午。

1988 年 9 月 16 日,对于楚县绝大多数人来说,可能只是普通的一天。可这一天,对于柳成荫来说,却是意义非凡。这可是他从清江调任楚县县委书记的第三百六十五天,是他回家乡工作一周年。

在老家香河,乡亲们是很看重"周年"这件事情的,不论是"生"是"死"。在乡里人眼里,"死者"为大,先说"死"。在香河一带,如有逝者离去一年,家中定会为其做"周年",纸钱、供品必不可少,有的还要请来和尚念经放焰口[1],以表家人对逝者的思念。此处更

---

[1] 当地民间的一种佛事活动。

适宜说的是"生"。尤其是哪家婆娘媳妇生了大胖小子，满一年了，家中一定会给细小伙"过周"[1]，"过周"这一天那还不热嘈[2]得翻呃，此时家中定然人来人往，诸亲八眷，门上同宗，村上领导，欢聚一堂，举杯同贺。"过周酒"，"过周酒"，一定要喝得歪歪扭扭。当地乡风如此，不为过。可话又说回来，乡里人喝酒不喝得歪歪扭扭的，少。并不是乡里人贪杯，一年忙到头，家中难得办件大事，请了人来怎么能不让人家尽兴呢？大肚子洋河没得，宝应大曲要几瓶拿几瓶。乡里人待客，实在。

快呢，快呢，自己回楚县工作今天就一年了。柳成荫这样想着，话并没有出口。早餐桌上，他只是关照刚上幼儿园没几天的柳永，在机关幼儿园要听老师的话，不能调皮捣蛋，要尿尿记得提前举手向老师报告，不能尿裤子。细小伙柳永夜里还有尿床的毛病，柳成荫有些着急，倒是妻子苏华不以为然，小孩子尿床是常有的事，过几年自然就不尿了。苏华原本在清江一中做教师，柳成荫到楚县工作时，组织上安排她到楚县教师进修学校工作，说是让柳书记要有扎根思想，不要没干几年就想走。现时，眼睛向上的干部不在少数，在一个地方、一个部门没干几年就想着法子动一动，调一调，升一升。柳成荫想，我根就在这儿，不在楚县扎根，对不起组织培养，对不起家乡父老。我自然会向组织、向家乡父老交上一份满意的答卷。

眼下，这就满一年了，总该给自己搞个什么仪式才好。"今天是下乡，还是跑部门？中午饭回来吃么？"苏华一边收拾餐桌，一边向丈夫发问。一般这时，都是柳成荫主动交代妻子的，是回家吃午饭，还是不回来。柳永是在机关幼儿园吃午饭的。如果丈夫不回来的话，苏华中午也就不用回来做饭了，她在教师进修学

---

[1] 当地乡俗，在新生儿出生一周年的当日，为其过生日，叫"过周"。
[2] 当地人的说法，热闹的意思。

校食堂简单对付一下就行了，省事。但要是丈夫回来，她就必须回来做饭，总不能让管着一百多万人的柳书记饿肚子吵。

"到阳山乡去，中午不回来。"柳成荫头脑中想着一周年的事，觉得有些不对劲。自己怎么会有搞仪式的想法呢？刚来楚县，什么还都没有做，一切得从"零"开始。妻子的问话，倒提醒了他。对，到乡下去，到农民群众当中去，这样给自己"过周"才有意义。于是，柳成荫顺口把今天的行踪跟妻子说了一下。临出门时，亲了儿子一口，"爸爸要下乡了，待会儿妈妈送你上学，傍晚放学，如果妈妈不去接，陈爷爷就会去接的，不要乱跑，听到了吗？"

这当口，苏华已经把柳成荫骑的"永久"推了出来，车龙头上挂着装得鼓鼓的大黑皮包。人们常说，书记的包，问题中的问题。书记整天都在研究各式各样的问题，所以书记的包中肯定装着不少问题。柳书记大黑皮包里装了些什么，苏华不知道。她从不碰丈夫的包。

"跟爸爸说再见。"柳成荫从妻子手里接过永久牌自行车，跟儿子摇了摇手，走了。

"小金啊，看起来今年水稻收成不错啊。"

"是啊，是啊，眼前这黄霜霜的稻子，颗粒饱满，稻秆挺立，生长十分有力，收成准差不了。"

"庄稼人，一年四季地忙，就是盼望有个好收成啊。"

"可不是么，对农民来说有个好收成比什么都重要。可是，柳书记，有个好收成不等于有个好收入啊。你是刚来我们楚县，这几年农资成本涨价厉害呢，一季下来，能进农民口袋的，没得几个抬颏[1]钱。"

柳成荫是从清江市委副书记的任上来楚县履新的。广陵大学

---

[1] 当地用意较为宽泛的方言，此处为像样子的意思。

毕业后就分配到清江工作，楚县虽说是他老家，因没有在楚县工作的经历，一般人并不晓得他是楚县人。跟班秘书金爱国刚跟柳书记没多长时间，自然不清楚这一点，把柳书记当成了"外地人"，话语间才有"我们楚县"之类的表述。

金爱国这样想也不是没道理，在他的印象里，上级是有规定的，县里一把手不能在本地产生，得异地任职，为的是防止裙带关系，防止团团伙伙。金秘书还听说，上级对楚县县委班子中圩南帮、圩里帮很不满意，这才从清江调了一个年轻而有魄力的领导干部，来楚县当一把手。说起来，上级在调任柳成荫来楚县当一把手这个问题上，并没有死死抱住"异地任职"这一规定不放，来个"一刀切"，而是从解决楚县问题角度出发，采取了"实事求是"的态度。

柳成荫自然听见了小金口中的"我们楚县"，心底暗自一笑，"我们楚县"这句话本人才最有资格说呢。为什么？用老家香河人的话来说，那不是秃子头上的虱子——明摆着的么。柳成荫和跟班秘书金爱国一路推着各自的自行车，边走边聊，被眼前成熟的水稻吸引住了。

路边一大片一大片稻田，平整地铺向远处，一眼望不到头。在清晨阳光的照耀下，黄灿灿的稻穗，弯曲低垂着，偶或有微风吹过，稻田有了起伏。那沉甸甸的稻穗一漾一漾的，像是跟路人打招呼呢，样子蛮讨人喜的。这可是庄稼人的收成呢，身为庄稼人的父母官，柳成荫内心有一种无名的感动，为辛勤劳作的人们有个好收成而感动，也为上苍给庄稼人一个风调雨顺的好年景而感动。要知道，老天爷可是喜怒无常的，能给你个好脸色，算你的造化。事实是，在其后的几年中，柳成荫在楚县实实在在尝到了老天爷的厉害——让他置身于一片泽国。此是后话，暂且不提。

从楚县县城出发，金爱国一直追赶着柳书记。柳书记骑自行车的水平，金爱国算是领教过了。身高腿长的柳书记，蹬起自行车来速度快，有耐力，这让小个子小金跟得有点吃劲。这不，往阳山的路上，要经过磷肥厂门前的一座桥。这桥啊，陡得很，几乎是个半圆形，上桥时没得一把猛劲上不去，下桥时不把车龙头稳好，容易摔跟头。一般人路过此桥，都乖乖地下车推行。可柳书记不下车，无论是上桥还是下桥，自行车一"嗤"而过，看不出有什么费难的。这弄得金爱国这个跟班秘书很为难。开头有几次，金爱国看着柳书记不下车，他也想不下车，不然做秘书的掉在书记后面太远，让书记等不像话呢。可，试过几回，不是冲劲不够上不了桥，就是用力过猛冲上桥稳不住，下桥摔跟头。柳书记见状只得劝他："算了算了，不要硬上。别伤着了。推吧。"

柳书记担心金爱国摔伤了身体，金爱国担心的是摔坏了柳书记工作离不了的"大哥大"。这砖头一样的家伙，沉得很，贵得很，上万块呢。要是摔坏了，金爱国哪赔得起啊。赔得起赔不起事小，影响书记正常工作事大。这个"大哥大"神了，跑到哪里，都能通话。金爱国提着个"大哥大"包，自己也感到跟其他县领导的秘书不一样呢。因为，整个楚县领导班子中，目前只有柳书记和梁县长用"大哥大"，换句话说，全县的秘书只有两个人手上有"大哥大"，他金爱国是其中的一个。还能不荣耀？！

瞧，这会子他们刚过了磷肥厂的那座桥，推着自行车前行。这让金爱国对柳书记有了一份亲近感。做书记的如此体贴身边的工作人员，让金爱国有些话也敢在书记面前讲了。如此一来，柳成荫从内心蛮喜欢这个相处并不深的小个子秘书，肯讲真话可不是件容易的事，尤其是对他这个一把手讲真话，就更不容易了。柳成荫迫切需要一个敢在他面前讲真话的人。

"上车，再骑一会儿，找几个农民问问情况。"柳书记朝小金一挥手，一抬腿，跨上黑永久，"嗤"出去好远了。望着柳书记高大的背影在身边一闪而过，小金秘书赶紧上车，只有继续追赶的份儿了。

5

"喂,是县委办公室么?金爱国秘书在吗?"

"喂,请说话。金秘书不在?跟柳书记下乡检查工作了。"

"是不是到我们阳山了?我是谁?我,阳山乡的邱书记啊!"

"嗳,对,对,早上金秘书告诉我说,县委柳书记要到我们乡来调查研究,检查工作。"

"是啊,是啊,我一早上哪儿也没去,就在乡政府等候柳书记的到来呀。"

"不仅我在等,我们阳山党政班子一个不差,都在等。对,对,应该的。"

"现在快中午十二点了,也没见柳书记呀,是不是柳书记有其他更重要的工作,不来我们阳山了?嗳,对,对,不放心啊,所以问问。"

"是来阳山了?奇了怪了,快十二点了,从县城出发几公里的路,早该到了,人呢?"

"不会出事吧?是啊,听说柳书记自行车骑得可利索呢,想想也出不了事的,路况又不复杂。还有小金跟着。"

"那好吧,我们耐心等,耐心等,不着急,不着急。好,好,再见。"

邱志维这一通电话打下来,弄得满头大汗。秋凉天,太阳虽好,毕竟不是夏天。他是急的。乡政府会议室里,坐着阳山四五个主要乡干部,他们是听从邱书记的要求,一起在此恭候县委柳书记的。几个乡干部,只见邱志维火急火燎,连珠炮似的问话,对方说了些什么,一句没听清。

要知道,楚县四十五个区乡镇,属水网地区,出门见水,无船不行,陆路交通不发达。县委书记再密切联系群众,也不能保证一年当中每个区乡镇都能跑到。因而,乡镇党委书记有时一年也不能在自己管辖乡镇接待一次县委书记,邱志维不重视能行么？那些乡镇一般干部就更不用说了，很可能一年见都见不到县委书记的面。所以，对于在乡政府等候的几个阳山乡干部来说，这是邱书记信得过他们，为他们创造跟县委柳书记见面的机会。说白了，这也是为他们创造将来提拔重用的机会。你在乡里干，要想动一动、升一升，没得县委一把手点头，那哪成啊。

在跟县委领导见面这个问题上，阳山乡倒有着得天独厚的优势，离县城近，公路直达。上级经常把现场和试点摆在阳山，县里领导现场指挥，下乡试点，不是方便么？这样一来，阳山乡一把手的位置可吃香了，哪个当上了阳山乡一把手就意味着升迁，早晚的事。

现任阳山乡党委书记邱志维，三十二三岁年纪，没来阳山之前，在县委办公室一科当科长，主要是为县委书记服务。当时县委书记不是柳成荫，是柳成荫的前任，一个老工农干部，解放前就参加革命了，特别看重乡情亲情，当县委书记期间提拔了不少本乡人、家里人，上级不太满意，让提前退了下来。

算起来，邱志维为老书记服务了三四年，县里不要说部委办局负责人，就是县四套班子成员，也有点儿有意亲近邱科长的意思，书记身边的"红人"，在关键问题上透个风，在哪个节骨眼上美言几句，那情况将大不一样。邱志维虽说年轻，为人处事却显老成，并没有借老书记的"大红伞"到处张扬。正因为如此，柳成荫来楚县没到一年，上任的第一把火，就是动了几个关键岗位上的干部，邱志维意想不到地被提拔到阳山乡当书记，成了一把手。这在楚县上上下下震动可不小。

在楚县政界人士看来，新来的柳书记有点"嘴上无毛，办事不牢"的意味。柳成荫此举实在是有违常理。人头问题，是何其重要的问题，你初来乍到，哪个几斤几两，根基多深，都还没摸清楚，就调，就任，过于草率。话再说回来，就算是你要调，要任，也不应该把前任书记的贴身人物如此之快地重用。但凡新任领导要开创工作新局面，必须要树立自身的威信，这往往是要跟前任的工作思路不一样才行，要跟前任重用的人、亲近的人说"拜拜"才行,你柳成荫反其道而行之,意欲何为？还怎么打开工作局面？

邱志维一帮人在乡政府等柳成荫，左等也不来，右等也不来，火上堂屋了，着急。

柳成荫和小金两个人正逸事逸当地推着自行车，下了公路，转到一处村民的土场上来了。只见几个村民在整理土场。有的在铲杂草，有的修整地面，还有几个人一起拖着个石磙子，满土场打转。小金秘书告诉柳书记，村民们这是在"做场"，稻田里稻子没几天要收割了，不"做场"，割上来的稻谷没处脱，没处打。

"小金啊，我告诉你吧，你说的这些，我都干过。在我的老家，收稻时节，各个生产队土场上可热闹了。白天还看不出什么，一到晚上，那可是不一样噢。灯火通明，满土场的人，男男女女，尤其是那些牵着牛打场的用牛师傅，打起牛号子来，那声音，高亢，鲜亮，悠扬，整个村子都听得见。现在联产承包，分田到户，很少看得到那种场面哎。"

金爱国并不在意的一句话，竟引起了柳书记的一番感慨，这让他这个做秘书的不曾想到。

"老乡，忙着做场呢，是几户联手做场么？"说话间，柳成荫在土场边把他的黑永久撑好，和做场的村民们拉呱起来。

"老乡，这是我们……"小金见柳书记撑车子问话，连忙煞咯[1]支好自己的自行车，一边掏出随身带的黄果树，给村民们一一递过去，一边想向村民介绍县委柳书记。

"老乡，这是我们阳山乡哪个村啊？"柳成荫瞪了小金一眼，赶紧接过了他的话茬。这一趟柳成荫可是要摸一点儿真实情况的，

---

[1] 当地方言，赶紧、赶快的意思。

县委书记的身份一暴露,村民们谈起来哪有那么自在吵。

你这个小金机灵的时候机灵,不机灵的时候还真不怎么样。柳成荫对金爱国掏烟的举动很是赞赏,俗话说烟酒不分家,有烟好说话。彼此原本陌生的两个人,递根烟,借个火,便可交谈起来。

这会子,几个做场的村民嘴里抽着金爱国发的"黄果树",滋味不一样呢。你一言他一语,跟眼前这个身材高大、干部模样的年轻人交谈起来。

"阳山乡柴家村的。"

"这联产承包了,田里的庄稼总得收啊,不做场怎么收?"

"不瞒你说,现在不比大集体时收麦收稻,一队人在一面大土场上,那阵势叫人心热啊,我们现在是回不到从前呗。"

"这不,几家稻田靠得近的,联起手来一起做场呢。"

"这场,我们几家也不能全做,全做了其他村民不答应,他们要收稻。不全做,稻子上场局促得很,撒不开。"

"不是我们小气,就是我们全做了,村干部也不肯全给我们用,我们费时费力不是白干呗么?"

看来,并不是一联产承包,农村所有问题就都解决了。柳成荫听着,几乎插不上话,看来他担心自己县委书记身份暴露村民们不肯讲真话,是多虑了。老百姓真的有不少话,想说给上面领导听呢。"小金,拿个笔记本来,把老乡们的意见都记下来。"

"老乡们,能不能耽误你们一会儿做场的工夫,我还有些问题想问问大家伙儿,大家伙儿有些什么难处,有些什么意见尽管跟我说。我是刚到县委工作的县委书记。"柳成荫这刻儿来情绪了,来了个自报家门。

"这是我们县委柳书记,你们有什么样想法就提吧,这可是千载难逢的好机会啊。"小金抢先报出了年轻县委书记的姓氏。

"金秘书用词不当啊,什么叫千载难逢啊?啊?我还想跟大家伙儿交朋友呢。"柳书记笑着把几个村民招拢起来,在场头边坐下。又把金爱国叫到跟前耳语了几句。只见金秘书从身边棕色长型皮包里，掏出个砖头般大小的东西，在上面键盘上按了一下。

"原来是县委柳书记啊，嗳哟哟，不得了，碰上大干部呶。"

"那可不，要是放在从前就是县太爷呀。"

"县太爷？哪有这么年轻的县太爷哟！"

"小金同志，县委书记下乡怎么就你俩呀？我来¹乡长书记到哪块都是一走一大趟，一帮人，可威风呶。"

"是么，到底怎么个威风法，说来听听。"柳成荫似乎很感兴趣，插话道。

在这帮做场的村民眼里，这位年轻的县委书记一点儿没得架子，你说什呢²，他脸上总是笑嘻嘻的，问这问那，好像有问不尽的问题。什呢乡里干部多长时间来村里一趟啦，什呢今年农药、化肥价钱如何啦，什呢村子上困难户多不多啦，什呢今年田里的稻子亩产计划几百斤啦，什呢这个秋熟一季能落³多少钱啦，……话匣子一打开，让柳成荫忘了时间，忘了阳山乡政府里还有一帮等他的人。

邱志维见到柳书记和小金他们时，已经是下午一点多了。

"柳书记，可把你等到了。你也太辛苦了，一定饿坏了。食堂师傅还在等呢，赶紧吃饭。吃了饭之后，再向你汇报工作。"邱志维满脸堆着苦笑，他又不好批评县委书记，可乡里几位平时也是威风八面的干部，跟在他后面饿肚子等人，心里肯定不惬⁴意。邱志维也觉得在这帮乡干部面前，没撑足面子。

"什么？你们几位还没吃午饭？哎呀，小金啊，我们只顾着

---

1 当地人的说法，"我们"的意思。类似的说法还有"你来"、"他来"，即"你们"、"他们"之意。

2 当地方言，什么的意思。

3 当地人习惯说法，剩余的意思。

4 当地方言。音 xia，去声。

和老乡们谈话，忘了给邱书记打个电话，要不不至于让他们饿肚子。"

"柳书记还饿着肚子呢，我们几个饿肚子算什么。"邱志维把柳书记、小金引进乡政府会议室的当口，和邱志维一起等候着的乡干部一齐来到了县委书记身边，握手，寒暄，自有一番热情与礼貌。

"嗳，邱书记，你们赶紧吃饭，吃了饭之后，我们再谈。"柳成荫朝邱志维挥挥手，示意邱志维不要管自己。柳成荫顺势在会议室上手位置坐下来，端起一杯茶。

"我和小金可是在村民家里吃过了，五毛钱一顿饭，比你们乡政府便宜多啦。"看见邱志维他们一帮人满脸疑惑，柳成荫笑了，喝了一口茶，"嗯，这茶不错。"

"对不起了，邱书记。对不起了，各位乡领导。都是小金工作不到位，忘了给你们打电话，让你们饿肚子了。柳书记倒是交代了的，可这'大哥大'没电了，与村民们一交谈，就把这事忘了。实在对不起。"金爱国这刻儿只有检讨的份儿，他无论如何不能告诉邱志维，是柳书记让他把"大哥大"关机的，为的是让邱志维找不到柳书记。小金知道，一旦被邱志维联系上，弄得前呼后拥不算，老百姓见了没人敢说一句真话，阳山乡秋粮生产的实情就无从全面了解。说句公道话，也不怪邱志维这个乡党委书记这样做，面对上级检查，哪个区乡镇的书记不想在领导面前得到表扬，在部属面前争个面子，汇报工作有所保留，安排考察点有所取舍，人之常情。

"志维啊，你们赶紧吃饭。小金快给'大哥大'充电，不能再误事了。"柳成荫面带微笑，让原本不知如何是好的邱志维他们去了食堂，又朝金爱国使了个眼色。小金秘书连忙从长长的"大哥大"包里拿出"大哥大"，在会议室墙壁上找到一处插座，插好充电器，给"大哥大"充电。

柳书记在会议室等着呢，邱志维他们肚子再饿，也不可能逸事逸当吃好这顿过了时间的午饭。他几乎是三扒两噎的，一碗饭下肚就丢筷子了。食堂师傅没来得及给他打个热手巾把子，让他擦下子嘴和脸，邱志维转身就出了食堂。他这一丢碗筷，其他几个乡干部也连忙煞咯丢下各自的碗筷，跟了出来。

邱志维他们跨进乡政府会议室时，听见了一阵接一阵轻微的鼾声。只见柳书记身子仄在椅子上，头微仰着，睡着了。小金秘书伏在桌子上，翻看着笔记本，不时动笔写着什么，想来是在补今天与村民的谈话笔记。于是，邱志维便轻手轻脚地来到小金身边，紧挨着坐了下来。

"柳书记真是太辛苦了，让他休息一会儿。"金爱国见邱书记他们吃了饭来了，跟邱书记招呼道。

"不要紧，不要紧，让柳书记休息一会儿再谈。"邱志维客气地请金秘书喝茶，因为不是跟柳书记说话，所以邱志维没用"汇报"一词，而是用了"再谈"。眼前这位邱书记，不愧是老秘书，措辞极有分寸。这让做秘书的金爱国暗自佩服。邱志维面对柳书记理当是"汇报"，如若跟他金爱国也用"汇报"，显然有点虚了，假了，从金爱国本人听起来的感受，也不舒服。邱志维用了"再谈"，蛮得体的。

借着柳成荫打盹的当儿，邱志维从小金那里把柳书记和柴家村村民交谈的情况摸得个一清二楚。什呢乡供销社农药、化肥不仅涨价涨个不停，要用的关键眼儿上还脱货啦；什呢田间管理时总是望不见村干部的影子，村上的农业技术指导不正常啦；什呢夏粮没能卖出个好价钱，担心秋粮丰产不丰收啦……当然，小金没把村民们说邱书记他们下村检查工作前呼后拥、威风八面的情况说出来。小金心里自然也是有分寸的，你邱书记县委办出来的，想了解柳书记与村民交谈的情况，好更好地向柳书记汇报工作。这个忙，自然得帮。要不然，汇报得不到位，情况不对，柳书记批评下来，你还不把账记在我小金头上啊。但，我也不能完全是"竹筒倒豆子"，有些情况从我小金嘴里讲出来不合适。

金爱国和邱志维交换情况的当口，其他乡干部听了，不时插话。有的说这些村民"嘘功"大，把原本绿豆大的事情，硬说成了西瓜；有的说村民们反映情况不实事求是，故意在县委领导面前丢阳山乡的脸；有的抱怨农药化肥涨价、脱货不是阳山乡一个乡的事，确实要向上面反映反映。其他乡干部你一言他一语，自然是替邱书记说话，也是替他们自己说话。

这刻儿，邱志维想的是怎样调整向柳书记汇报的尺度，有些工作做得不到位该检讨的就得检讨。但他要把如何做好秋粮收割收购工作作重点汇报，夏粮这一页已经翻过去了，应该从夏粮工作中汲取一些经验教训，从而更好地做好秋粮工作。这才是柳书记所关心的！想到这里，邱志维心里有了向柳书记汇报的全新腹稿。这得感谢小金秘书。邱志维起身，从会议桌子上拿起热水瓶，亲自给金爱国茶杯里加水。

"邱书记，你太客气了。自己来，自己来。"邱志维的这一举动，让金爱国受宠若惊。按理说，一个乡党委书记给县委书记的跟班秘书加点水，原本也没什么。但眼前这位乡党委书记可不一样。邱志维可是县委老书记的跟班秘书，算起来应当是金爱国的师傅辈，尽管邱志维年纪并不大。

新老两个县委书记跟班秘书相互客气的当口，金爱国接邱志维加了水的茶杯时，手脚快了一些，碰得茶杯盖子"当"的一声，掉在会议桌上。

这"当"的一声，让柳成荫从打盹中醒来。"小金，你怎么老犯错误？"柳成荫见大伙儿坐在会议桌旁，显然在等他睡醒，"午饭前我们已经让邱书记他们等了，这会儿你应该早点叫醒我，怎么能再让邱书记他们等呢？"

"看柳书记说的，是我不让小金叫的。你太辛苦了。再说，我们几个在交流呢,没等几分钟。"邱志维连忙给小金解围,边向柳书记解释,边重新给柳书记泡茶。

"好吧,邱书记,你们就把今年秋粮工作情况说说看。志维同志先讲,其他同志随后补充。好吧?"柳成荫从随身的大黑皮包里掏出厚厚的笔记本,钢笔还插在笔记本里呢。柳成荫翻开笔记本,那是上午与柒家村村民交谈时的记录。浏览着记录下的内容,那些村民们你一言我一语,七嘴八舌争先恐后与他交谈的情形,又出现在柳成荫的眼前……

"小金啊,今天收获不小啊!"柳成荫和金爱国各自骑着自行车,行驶在回县城的公路上。偶有骑车的、徒步的,与他俩擦肩而过,人们并没有发现这位掌管着一百多万人的"父母官"和他的秘书。夕阳的余晖,依旧那么耀眼,照在金黄色的稻田里,照在柳成荫和金爱国行驶的公路上,把他俩骑车的身影拉得长长的,印在公路上。

柳成荫对今天邱志维的汇报还是满意的。邱志维汇报的情况,跟他在柒家村了解的情况基本一致,这说明邱志维工作是踏实认真的,对基层存在的问题是掌握的,不像有些乡镇主要负责人,对自己辖区情况是本糊涂账,见到领导只会评功摆好。更让柳成荫感到满意的是,邱志维在他面前还是肯讲实话的,现在一个乡党委书记能做到这些,已经很不错了。柳成荫不知道,邱志维今天之所以能做到这一点,他身边的小金秘书功不可没。

"柳书记,也就是你今天没有先到乡政府听汇报,而是直奔农民的场头,才能了解一些实情。"金爱国不无讨好地说。

"这个算不得什么。一个领导者,你想要了解掌握什么样的情况,采用的方式方法很重要。我看今天柒家村的村民们很不错,肯讲真话。"柳成荫顺手把车龙头上的黑包往车把口边移了移,免得擦到车轮子。

"不错是不错,要是邱书记他们那些乡干部在场呢?村民们还敢讲么?我看未必。"金爱国稍不留神,自己的车子又掉队,掉到柳书记的车子后面了,他只得猛蹬几下,跟上。

"你不能对这些村民们要求太高,能做到这样,很不错了。今天他们虽然只讲了农药、化肥的价格问题,收粮时土场的问题,农业科技方面的问题,反映出的却是'三农'工作中的重要问题啊。"

"'三农'问题,中央不是发过好几个'一号文件'么?"金爱国在平时工作中既跟班又参与书记报告起草,为柳书记写过这方面的讲话,头脑中有印象。

"是啊,还是中央看问题看得准,看得早。关于'三农'问题,中央连续发了五个'一号文件'啦。第五个'一号文件'下发也已经两年了,可农业、农村、农民这三方面工作仍然存在不少问题,这说明'三农'工作的复杂性、艰巨性、长期性。我们这些身在基层的同志不能不引起足够的重视啊!"说着说着,柳成荫面色凝重起来。

"小金啊,来,我们下车走一段。"

"好的,柳书记。不瞒你说,跟在你身边骑车,跟得还是蛮费劲的呢。"从阳山乡政府出来,金爱国和柳成荫边骑边聊,稍稍一走神,金爱国就掉后,脚下一直不曾轻松过。这会子书记说下车走一段,他以为书记舍不得他太赶。随手擦擦额头上的汗珠子,心里头蛮感激的。柳书记实在是太体贴了。

柳成荫今天原本只是想了解一下秋粮生产方面的情况,可从老百姓嘴中听到的具体问题中,他明显地感受到农村工作中几大问题已经制约着农业生产的发展,制约着农村工作的开展,制约着农民从事农业生产的积极性。中央一再强调,无农不稳。可稳,要从根子上稳才行啊。他头脑中有些想法,要好好理一理。

"嘀铃铃——""嘀铃铃——"金爱国车龙头上，棕色小长包里的"大哥大"响了。

"喂，哪位？我小金，金爱国啊，是找柳书记吗？"

"喂，喂，我们在从阳山回县城的路上，听不太清？可能是信号不太好。"金爱国这才发现"大哥大"拉杆天线没拉开，连忙拉开天线，"你说，老陈你说，现在听得清楚吧？"

"柳书记，是管理员老陈。说这会子县委、县政府大门口有上访的农民，你如果这时回县政府的话，回避一下。"金爱国捂住"大哥大"下端，转身向柳书记报告。

"是哪里的农民上访？为什么事上访？事态严不严重？谁在处理？"柳成荫的思绪被"大哥大"的铃声从遥远处拉了回来。他头脑中正谋划着楚县下一步农村改革方面几个动作呢。

"老陈啊，喂，老陈，是哪里的农民上访？为什么事上访？事态严不严重？谁在处理？"金爱国把柳书记的话复述了一遍。

"什么？是俞垛镇两个村子的农民，为水面养殖发生群体性械斗？"

"还有人受伤了，伤得不算重？"

"暂时还没有县领导出面处理？只有信访局和俞垛镇的干部在做工作？"

"走，回县政府。我们有些领导同志就是学会了遇到矛盾绕道走。"小金秘书和县委办管理员老陈的通话，柳成荫听得清清楚楚，心中有些不痛快。信访方面的工作，县委、县政府都有分工负责的领导，这会子怎么能一个都不出面呢？

本来，小金提到"俞垛"时，柳成荫心里像是被什么东西刺了一下。老陈让小金告诉柳书记，最好回避一下。柳成荫心头一愣，这个老陈，怎么这样善解人意？他怎么就知道柳书记面对"俞垛"人，想回避呢？

其实，这是柳成荫心里有想法了。老陈并不可能与县委书记如此心灵相通。老陈只是出于一个管理员的本分，提醒一下，不让书记为难和难堪。因为跟老百姓打交道，有时并不那么容易。要跟一群带着情绪来上访的老百姓沟通交流，做他们的工作，更是不容易。老陈质朴地想，与其让柳书记为难和难堪，不如不让柳书记和那群带情绪上访的群众见面。

对于"俞垛"，柳成荫其实已经有了一个心病。他从清江调到楚县后，就知道了一个人的下落。他想象着该怎么和那个人见面，选择一个什么样的场合才合适？见了面该说些什么？这一年中，柳成荫不止一次地想过。但，始终没有满意的答案。于是，他只能采取一个态度：回避！

四十五个区乡镇，柳成荫现在就剩下俞垛镇没有去过。俞垛镇的书记、镇长能够理解，毕竟要领导楚县这么大的一个县，事情肯定少不了。再加上，像俞垛这样的水网乡镇，镇政府所在地都没通公路，只有水路。县委书记头二年不来，属正常。说起来，有人也许会感到奇怪，连镇政府所在地都不通汽车的地方，怎么还会有个镇呢？关于这一点，只要是楚县当地人，都知道，俞垛地处楚县西北部，与宝应、盐城接壤，属三县交界，在解放前曾经设过"市"的。即便是现在，也是楚县的水产重镇。

原本真的想回避的柳成荫，听说县委、县政府竟然没有一个领导出面解决俞垛群众上访的问题，心里想想不痛快。县委、县政府都有分管信访的领导，怎么就连分工之内的本职工作都不去做呢？他们不可能都不在楚县吧？事情哪会这么巧呢？既然没有人出面，他这个一把手就没有退路，想绕也绕不过去了。要不然，那帮群众在县政府大楼门口"闹"的时间一长，会让楚城的老百姓看县委、县政府的笑话。看县委、县政府的笑话，说到底不就是看楚县一把手柳某人的笑话？！

当柳成荫和小金急匆匆赶到县政府大楼门口时，情况并没有柳成荫想象的那样紧张。一群老百姓扰扰攘攘从县政府大院内出来,并没有什么过激的言词和举动。而领着这群老百姓向县政府大院外走的,是一个剪着齐耳短发,看上去蛮精明干练的年轻女干部。

"陆书记!"小金一看,走在那帮群众前头的是俞垛镇党委副书记陆小英,他便连忙上前打招呼。小金原本极正常的一声招呼,却让柳成荫和陆小英四目相对,彼此发现了对方。这下,让他俩都有些意外,小金看得出来,柳书记和陆书记几乎是同时愣了一下。这让小金有点丈二和尚摸不着头脑。

"柳书记,我是俞垛镇党委副书记陆小英。今天是我们镇两个村子为养殖水面划分发生了一些争执,闹到县里来了,实在是我们工作没做好。现在他们的问题也向朱县长反映了。朱县长对这件事情有明确指示,我会把今天的事情处理好的。请柳书记放心。"陆小英说的朱县长,其实是副县长,主抓大农业,和陆小英一样,也是位女性。陆小英在与柳成荫四目相对的一瞬间,头脑中想的是,不能让这帮群众看出她和眼前这位年轻的县委书记之间有什么不正常。于是,主动上前,自报家门,并且汇报了上访事情的处理情况。尽管,她在说这些话时,心头的五味瓶子早打翻了,自己也说不清是什么样的滋味,什么样的感觉。

"好,好。让我跟乡亲们说两句。"在自己曾经那么亲近的人面前,柳成荫怎么也想不到,分开多年之后,会是这样一个见面的场合,会是这样一种见面的方式。柳成荫内心原本想让陆小英早点带着上访群众离开,他对在今天这样的场合见到陆小英实在没有思想准备,想都不曾想过。可话一出口,竟完全反掉了。他自己也弄不清楚,为什么会说出这么一句来,真是鬼使神差。

原本已经很顺从地跟着镇里陆书记往外走的上访群众,听县委书记这么一说,呼啦一下子,把柳书记团团围住了。这时,陆小英真的不知如何是好,狠狠地盯了柳成荫一眼:你想干什么?

柳成荫此刻已无退路,只得让小金把自己的黑永久推到一边,

自己面对这帮上访的群众。他自然感觉到了陆小英恨恨的目光，此时他也不好说出来，他内心并不想这样，天知道怎么会弄成了这个局面。

"乡亲们，听说你们是为了村与村养殖水面来上访的。如果我没记错的话，应该在黑高荡上吧？那里水面可是大得很哪，乡亲们有积极性搞水产养殖，应当大力支持！这件事情，刚才听陆小英同志说，朱县长已经交代她协调解决。我看，大伙儿还是要相信你们陆书记，会把这件事处理好，不让你们的利益受损失。"柳成荫毕竟出了学校门多年，在清江干了两年副书记，一上了台面，便显示出自身的领导才能来了。那初见陆小英时的头脑"真空"，很快变成了过去时。这刻儿，他面对陆小英交代道："陆小英同志，当着在场的乡亲们，我给你三天时间，把这件事情处理好，结果要专门向我汇报。"

"啪啪啪——"人群中响起一阵齐刷刷的掌声。县委书记对大伙儿的事如此重视，这是上访的这群人想不到的。

"乡亲们先不要忙于鼓掌。今天不怕你们不高兴，我也要说你们两句。有什么问题，你们可以反映，找村里，找镇里，也可以找县里。但千万不能弄成群体性事件。我听说，你们还发生了械斗？这样影响就不好了。受伤了怎么办？再闹，出了人命怎么办？"柳成荫说得有些动情，走到头上裹着纱布的村民跟前，问了句，"伤得重不重？"

"头皮子破了一点，不碍事。"憨厚的村民见县委书记这么一问，有些不好意思了，索性扯掉了裹在头上的纱布。原来，这纱布是为了引起县里领导重视才裹的。

"哈哈哈——"

"想不到，你原来是乔装打扮的呀，是怕人家说你到县里上访不好听吧？"县委柳书记和扯纱布的村民开了个玩笑，引来一阵哄笑。

"柳书记,你的话我们信,只是万一我们一散,镇里不给我们解决问题怎么办?"

"是啊是啊,柳书记,到时我们还要到县里来,要直接找你!"

"金秘书,把我'大哥大'号码报给乡亲们,如果陆书记三天之内还没把问题解决好,你们也不要再费事跑到县里来,只要哪位打个电话给我,我去俞垛,给乡亲们现场办公。怎么样?"

柳成荫无意之中成了县级领导干部公开电话号码的典范,他的这一举动在若干年后变成了领导者为官勤廉的重要举措之一,这是他当时所不曾想到的。

"柳书记的答复,乡亲们满意吗?"小金秘书一边从身边棕色包里掏"大哥大",他知道不让这帮老百姓看到"大哥大",他们心里是不会踏实的,一边引导这帮群众"喊好"。

"满意!满意!"听小金秘书这么一问,上访的群众齐声高喊,情绪一下子高涨起来。

陆小英在一旁,看着,她似乎认不出眼前的柳成荫了。

第二章

"柳老先生坟头上冒青烟呴!他家孙子当县太爷呴!"

"柳春雨这下子腰杆子硬呴,自家的小伙[1]回来当县委书记呴!"

"不得了,不得了,香河村出大干部呴!"

……

香河村龙巷上,大人小孩,男女老少,奔走相告。柳安然虽然不在世了,可他在香河村村民们心目中的威望还在,因他早年间做过几年私塾先生,村上人提及他没得"先生"不开口,以示对他老人家的敬重。

这下真是不得了呴,香河村除了早年间出了来认族的"大学士",再也没出过什呢大人物呢。柳安然家孙子、柳春雨家小伙柳成荫,居然当上了县委书记,成了全县一百多万人的"一把手",真是不得了。村民们真的做梦也不敢想。

不管村民们敢想也好,不敢想也罢,当柳成荫一家三口坐着

---

[1] 当地人习惯说法,和"儿子"同义。

一辆黑色红旗轿车，开进香河村，缓慢地行驶在龙巷之上，村子上在家里的老老小小，几乎把小轿车团团围住，看西洋景儿似的，香河村人知道并不是做梦，一切都真真实实地发生了，柳成荫在外地上了几年大学之后，在外地工作了几年之后，回来了，回楚县当县委书记来了。

那辆黑色红旗轿车停在柳家前后两进四合院前院门口时，院内响起了"噼噼啪啪"的鞭炮声，紧接着柳春雨、杨雪花两口子满面春风地给看热闹的老人小孩发糖果，发香烟，把儿子、媳妇和细孙子引进屋子里来。杨雪花早给儿子、媳妇和细孙子准备了红糖茶，尽管柳成荫早习惯了喝茶叶茶，尽管现在不过年、不过节，做母亲的还是刻意这么做。自家儿子当上县委"一把手"，回来给上人[1]报喜，这可是天大的喜事，过年过节也没得这桩事情大哟！

柳成荫回老家头一桩事，就是给爷爷上坟。

"爷爷，我回来了，回来看你老人家了。"香河村垛田公墓，柳安然的坟前，柳成荫带着妻儿，在爸妈的陪同下，给自己爷爷上坟。

秋天的垛田，柳树叶子泛黄了，不时随秋风飘落下来，落在地上，落在爷爷的坟头上。柳条在秋风里吹得"飒飒"作响，让柳成荫心生悲意。毕竟爷爷不在了，柳成荫是多么希望爷爷能亲眼看到他所疼爱的孙子有了今天啊！

不远处，别人家墓地上，高大的老榆树枝杈间有个喜鹊窝，几只毛色灰白相间的花喜鹊，在窝的上方扑棱着翅膀，似飞非飞，"鹊，鹊鹊，鹊"，不时有喜鹊的鸣叫声传出。

"妈妈，花喜鹊，树上有花喜鹊。"很少下乡的柳永，见到榆树上的喜鹊，高兴得叫喊着，让苏华看。他自然不能领会爸爸此

---

[1] 长辈的意思，此处指父母。

时此地的感受。

"柳永，还不快给太爷爷磕头！"柳成荫吩咐道。

"来，小永，给太爷爷磕头。"丈夫话一出口，苏华连忙拽着儿子跟在丈夫后面跪下了。

"伯伯、妈妈，你来的孙子有出息了，回县里当县委书记啦，给柳家增光啦！"在墓前烧着纸钱的柳春雨、杨雪花两口子，这时也在父母亲坟前跪下了。不管自己的小伙，当多大的官，身为父亲的柳春雨依旧是满口土话。他说的"伯伯"，念"bāi·bai"不是人们通常说的父亲的哥哥，而是指父亲本人。柳春雨这刻儿提及自己的母亲，其实母亲在他很小的时候就去世了，是父亲一手把他们兄妹三人拉扯大的。母亲的坟，是父亲去世后才"合坟"移在一块的。

在柳成荫的记忆里自然不会有奶奶的印象。但爷爷就不同了，爷爷曾经活生生地和他一起在香河生活过，曾经给予了他太多太多的疼爱和教导。

望着爷爷坟前新近刻立的石碑和修理一新的坟，柳成荫心里稍稍有些宽慰。这是去年在他强烈要求下父亲和大伯才答应的，修整祖坟的费用全由柳成荫一个人出。

当初，柳成荫把这想法跟父亲通气时，父亲很为难，自己的小伙有这份孝心，做上人的当然很高兴，但这种事他得跟老大商量，照旧时规矩礼，老大家也有个小龙，同样是柳安然的孙子。

老大柳春耕倒想得通，说是就随了大侄子的心愿，让他来做这件事，大不了过几年，再让他家柳小龙也单独修一次祖坟。在他们孙子辈上，柳成荫是大孙子，想法又是他先提出的，让他先来修，情理上也说得过去。老大到底是在外走南闯北的，经营一家船运公司，常年在外边，一家人难得回香河一趟。

"香河村，真龙地，是个出能人的地方啊。"爷爷的话，此刻又在柳成荫耳边响起。的确，柳安然在世时，劝诫细孙子好好念书，求上进，总会说这句话。自然会给他讲"大学士认族"的故事，尽管爷爷的故事柳成荫早烂熟于心，然而柳成荫没有一回不认真听的。

香河村已经不是早先的香河村了。

从垛田给爷爷上过坟回来之后，妻子苏华和司机小黄就在家里帮父母忙饭。杨雪花和丈夫又是杀鸡，又是打肉，忙得开心煞了，两口子一定要给当县委书记的儿子做顿好吃的。柳成荫只管让父母亲去忙，倒是苏华再三跟婆婆说，不要买这买那的，到家里自留地上挑几样蔬菜，比鸡鸭鱼肉都好。还说，每回从香河村带进城的蔬菜，一上桌子，柳永都会跟他爸爸吃得抢起来，打筷子仗呢。

"清官难断家务事。今天这顿饭，全凭你们婆媳做主，你们做什么，我们就吃什么。花不花钱，花多少钱，我们都不发表意见。不不不，都没意见。走，柳永，陪爸爸到村子上视察视察。"柳成荫心里明白，父母亲今天是高兴，花点钱他们愿意，过分拦着反而会让他们不高兴的。

这会儿，柳成荫牵着细小伙的手，走在他再熟悉不过的龙巷上。那些被岁月磨得滚光溜滑的碎砖不见了，变成了混凝土浇制的水泥路面，平整了许多，行走起来方便了许多，可再也找不到脚踏在碎砖地上的感觉了。龙巷两旁的房屋，上下两层的小楼多了起来，四四方方的，直上直下，祖祖辈辈种田人能住上这样的楼房，心满意足矣。在柳成荫眼里，怎么看怎么像影视片里日本人修的碉堡，跟早先绿树掩映中的村舍比起来，意韵差远了。

香河两岸那些抚风点水的杨树柳树不见了，留下的是一个又一个树桩，似乎叫柳成荫面对着现在裸露的圩堤，不要忘记它曾经有的浓荫覆盖，曾经有的抚风点水。

还好，村委会倒是基本保持着原先的模样，红砖红洋瓦的房屋，前后两进。前屋的一面土墙上，依旧是洞儿眼儿的，让柳成荫想起儿时的夏天野蜜蜂繁忙地出没于此的情形。

秋天的阳光照在土墙上,给人十分温暖的感觉。"爸爸,爸爸,看,有蜜蜂嗳。"柳永跟在爸爸后面一路逛着,兴趣不大。望着柳成荫深沉的脸色,他更不知道出门时笑嘻嘻的爸爸,一路走来,话也不多,怎么像变了个人似的。眼前这面土墙,让爸爸脸上又有了笑意。这偶或飞过来的蜜蜂,也让小柳永喜欢。看来,在这面土墙上,这对父子找到了共同的开心点。

"喜子哥,这块洞口黄霜霜的,里边蜜蜂屎肯定多。不相信,你来掏掏看。"是小英子在喊么?

"哈哈喜子,今天可叫我逮到了。为了掏蜜蜂屎,你竟然折大队部屋檐口的芦柴,这可是破坏集体财产。跟你报告汪老师!"是摸鱼儿幸灾乐祸的声音?坏了,肯定是他,摸鱼儿这个坏蛋。要是张邋遢,就是借他个胆,张邋遢也不敢这么大喊大叫。

…………

"爸爸,爸爸,我掏到蜂蜜了。你看,你看。"柳永捧着几粒蜜蜂屎,小手举到了柳成荫跟前。

"嗯,不错,不错。小永继续掏。爸爸告诉你,这里蜜蜂酿的蜜可甜啦。"做父亲的拍拍儿子的头,给小柳永一点鼓励,继续想自己的心事。

实在说来,这面土墙有着柳成荫太多童年的记忆。不,不止是这面土墙。在香河,每一块地方,都有着柳成荫和小伙伴们童年时候的记忆。这记忆,今天被眼前的这面土墙唤醒了。柳成荫清楚地记得,每天一放学不是和小伙伴们去河北高垛子上拾猪草,就是到香河边新挖的泥渣塘里拾螺螺、蚬子,抑或扛着趟网子,去小河沟学着大人,干些取鱼摸虾的营生。

有一回,柳成荫和小英子一起到河北的高垛子上铲兔子苗,那可是他们这帮小伙伴拾猪草理想的所在。正因为如此,这高垛子上的猪草再多,也经不住他们三天两头往垛子上跑。别看这些细猴子个头没得三尺高，取鱼摸虾、拾猪草，一个比一个神。再加上这高垛子上不比别处，有几户人家自留地里长着"青虫子"，那可是挺解馋的玩意儿。

说起"青虫子"，其实就是挂在蚕豆枝叶间的青豆子。蚕豆长到一定时候，便有蚕豆花开出，有黑白相间的，也有紫红相间的，花瓣和花蕊组成一只只活脱脱的"蝴蝶"，猛一看，那一片绿叶丛中，似有群蝶翩跹其间，好看极了。等到这蚕豆花落，便有嫩豆爪子在蚕豆秆上结出。这嫩豆爪子成熟之前，又与乡间极常见的青虫子极相似。这才有了"青虫子"之说。对于乡里的细猴子来说，拾猪草时顺手牵羊，干些捉"青虫子"之类的事情，可谓是十有八九。原本专心拾猪草的细猴子们，抬头看看豆叶间一串一串的青豆子，自然是垂涎欲滴。嘴馋的直接摘了青豆子，剥开壳子将豆米子往嘴巴里送，那个新鲜劲儿就别提了。

不过，有一种做法，虽说稍稍麻烦些，但经此法之后的青豆子别有一番青香，比之先前直接入口，要强上百倍。这便是烧青豆子。先择一块空地，挖个小坑，找片稍许大点儿的瓦片，在小坑上架好，再捡些枯树枝、枯草之类当燃料。一切准备妥当，便可将青蚕豆米子放在瓦片上，点火烤豆。待到草尽豆熟，你一粒我一粒，尽情享受。最是那热腾腾的豆粒儿，在嘴里一咬，一股青香飘出，可馋人呢。为此，细猴子们也是付出过代价的。在附近农田劳作的大人，闻着香味便能抓住作案者，人赃俱全，只得低头认错。可认错归认错，下回再进蚕豆地，依然故我，"青虫子"还是要捉的。有首童谣便是描述乡里孩子吃烧青豆子后的情形：

　　小小伢子，
　　长黑胡子，
　　娶新娘子。

丫头片子，

长黑胡子，

出不了门子。

  这样的事情不用说，柳成荫、小英子也干过。这一回到垛子上来，是小英子妈妈王小琴提醒小英子的，说是河北高垛子上兔子苗长儿疯儿了，再不去铲，被人家铲儿去就没得你的藕了。没得你的藕，是乡里人打的比方，意思是说没有你的份儿了。这样的好消息，小英子怎么能一人独享呢，自然要告诉喜子哥的。喜子一听当然愿意同往，他晓得高垛子上有不少人家自留地里长蚕豆呢，想想喉咙里都要往外流口水。他俩约定好，先把兔子苗铲满一网兜，之后逸事逸当地捉"青虫子"。柳成荫还在埋头铲猪草呢，突然，小英子"啊"的一声惊叫起来。

  "怎么啦，怎么啦？"柳成荫从不远处直起身来，一看，是条尺把长的水蛇，出现在小英子的脚下。这让他在小英子面前显摆了一回小男子汉的气派。小英子看着他伸手捉住蛇尾，只听得"哧溜"一声，水蛇被他提在了半空中。

  "喜子哥，你要干什么？小心蛇咬你！"小英子吓得躲在了柳成荫的身后。

  "咬我？看着，一会儿我就叫它上西天。"柳成荫得意地抖动着蛇身，随着手腕不停地抖动，可怜那条水蛇没晃动多会儿工夫，就被柳成荫随手扔在地上，一动也不动，死了。

  "喜子哥，你真神了！也没打它，这蛇就被你抖几下，抖死了。太厉害了！"

  "这叫散蛇骨。我爷爷教我的。"柳成荫在小英子十分崇拜的目光中，极其得意地继续铲起兔子苗来。那诱人的"青虫子"还在等着他俩呢……

  现在想来，最快活的是夏天，香河成了柳成荫和小伙伴们天然的游泳池。一到星期天，不上学，一群细猴子都会不约而同拽着个拖着长绳子的澡桶，在香河里游泳，打水仗，摸河蚌，捉白米虾。据说生吃白米虾能让小孩子快点学会游泳，所以小伙伴们捉到这种虾，都挺当宝贝的，有的连虾儿的芒须都不掐掉，让整个虾儿往自己喉咙里跳。这样的动作，小姑娘一般不敢，细小伙则根本不在乎。哪个不想早点学会游泳？哪个不想游泳游得最好哟？尽管如此，还是有个小姑娘三番两次把好不容易捉到的白米虾，送进了喜子哥的嘴里。

在通常情况下，柳成荫他们一群小伙伴，在香河里游泳嬉戏，不会有事。但凡事总有意外。有一次，谭赛虎这鬼精鬼精的细摸鱼鬼子，竟然发生了意外。

这个摸鱼儿，不晓得是怎儿弄的，摸河蚌的时候，自己的细脚指头被河蚌咬住了，疼得他杀猪似的叫个不停。原本在不远处水面上专心摸河蚌，准备和摸鱼儿一决雌雄的柳成荫，听到了摸鱼儿的嚎叫，也听到小英子他们的叫喊，连忙煞弃澡桶而直往摸鱼儿出事的水面游过来。等到柳成荫一个猛子扎到摸鱼儿脚底下，掰开夹着摸鱼儿细脚指头的河蚌，将河蚌举出水面时，水面上一阵欢呼。

平时水性并不比喜子差的摸鱼儿，这时踩水将被咬的脚露出水面，"喜子望望看，我的细脚指头可曾断掉？""就你嘘功大，一只半大的蚌能咬断你脚指头？"柳成荫随手将手中的蚌扔进了摸鱼儿的澡桶里。今天他俩还要比哪个摸到的河蚌多呢。手中的河蚌不扔把他，摸鱼儿会说自己赖皮呢。

"哗啦——"只听得柳成荫一个转身，奋力朝漂浮在不远处的澡桶游去，那里头装着自己大半天的劳动成果呢。

…………

小英子家这几年不知变成什么样子了，应该不会是原来的草坯墙了吧？看着龙巷两边村民们的房屋全都变了样了，很想去她

家看一看。可小琴阿姨能欢迎么？能给我这个县委书记面子，让我进屋喝杯水么？要不是她当初那么拼死反对，今天……柳成荫抬头望着蓝天，长长吐出一口气，回过头看看神情专注地掏蜂蜜的细小伙，他叫妈妈的人就该不是苏华了吧？！

今天这是怎么啦？用父辈们的话说，水早过了八亩田的事情，现在想有何用。柳永是你和苏华生的，他不叫苏华妈妈，叫谁妈妈？如果……，你是想说，陆小英？那就算还会有个小柳永，可此柳永非彼柳永啦！再说了，你说的如果，早已不存在了。要知道，这个世界上哪有那么多如果？

这刻儿，柳成荫才发现，原来一块儿上村小、一块儿到严吴读中学的几个要好的伙伴，有好几年都没有联系了。说起来，这么多年下来，彼此的变化蛮大的。有些人的情况，柳成荫多多少少也还知道一些。小英子自然是他最关注的，眼下在俞垛镇当党委副书记，成了自己的下属。这是柳成荫无论如何都没有想到的。到楚县工作之后，一直想见见她，又很害怕见到她。内心积压着许多许多的话，想对她说，却又不知道怎么说。领导上百万人的一个县他也没有犯难过，可面对一个人却让他有万难的感觉。这，几乎成了这位年轻的县委书记的一块心病。

听说摸鱼儿谭赛虎在楚县搞房地产，赚了不少钱。这小子打小就鬼精灵，取鱼摸虾传他爷爷的手艺，比柳成荫都聪明。现在当上了老板，在柳成荫看来，一点儿都不奇怪，可以说是鼻涕往嘴里流，没什么费难的。柳成荫很想会会这位儿时的玩伴，关于楚县县城改造，自己是有好多设想的，说不定摸鱼儿真能帮上忙呢。

柳成荫在脑海里盘来盘去，眼下只有一个人能见面。那就是中学没读完就回村开店的王月香。那时候，一个姑娘家从父亲二侉子手里接过一家代销店，没得几年工夫，"香香店"名闻左村右舍，香香的生意不仅在香河村没有哪家小店可比，就是邻近村子上的姑娘小伙,都愿意跑到"香香店"买些个可心的小玩意儿。对,去看看"香香店"主人王月香。不能让她说自己当了县委书记就摆官架子,到了村上也不看看儿时的小伙伴。她和陆小英都是女生,说不定平时联系要比其他人多,从王月香那儿或许有意外收获呢。

"小永,我们回家吃饭啦!"柳成荫头脑中还在胡思乱想呢,一个脆甜甜的声音在他耳边响起。是妻子苏华沿着龙巷找过来了,显然是来叫他们父子吃饭了。

"妈妈,妈妈,我掏了好多蜂蜜。你尝尝,真的好甜的。爸爸也尝尝。"小柳永依旧波斯献宝捧着小手掌,让爸爸妈妈看看自己的劳动成果。

"真不少。真甜。走,回去让奶奶找个小瓶子装起来。"苏华象征性地尝了一点儿子掏的蜂蜜,给予了一个大大的鼓励。

倒是柳成荫心中开了一回小差,想不到妻子这会儿会出现在自己面前,有点儿不好意思,便搪塞着小柳永:"妈妈代表着尝过就行了。走,爷爷奶奶做了好吃的在等着呢。"

一家三口,手搀着手,从大队部往回走。苏华发现,丈夫的心仍旧没有回到她和儿子身边。

第三章

很快，柳成荫到楚县工作的第一个中秋节就到了。

妻子苏华特意跟学校请了半天假，去了香河村。她是想把公公婆婆接到县城里来，一家子团团圆圆，过个团圆节。去年这个时候，柳成荫刚调到楚县没几天，既要匆匆忙忙地安顿自己的小家庭，又要快速熟悉楚县的情况，上手自己的工作。毕竟他成了一把手，担子不一样了。柳成荫哪有什么心情过中秋节呦。当时，苏华心里就想好了，下一年吧，下一个中秋节跟公婆一起好好过个团圆节。

她这样做一是想让公婆高兴高兴。以前她和丈夫在清江工作，远在几百里之外，公公婆婆难得来，即便是来了，也就是住个一两天，说是放心不下家，放心不下家里的鸡呀，猪呀，放心不下自家的小菜地，更放心不下责任田里的庄稼。现在好了，她和丈夫到楚县工作了，离公婆近了，来去比原先要方便得多。

苏华这样做，再一个自然是想让丈夫柳成荫高兴。要知道，柳成荫的孝顺在香河村可是出了名的。每年过年，柳成荫都是带着妻儿回香河老家，和爸爸妈妈一起过。这或许不难做到，过年毕竟是一年一度，离得再远的人们还是往回赶。可每年清明，柳成荫也都要回来，祭祖，祭奠疼爱自己的爷爷。自从爷爷去世，他不管自己多忙，清明必须回老家。这些年来，从未间断过。倒是有时候，苏华碰到特殊情况，不能一同回来。尽管柳成荫心里不怎么高兴，但他毕竟也是个当领导干部的，道理还是讲的。再说，在他心里，自己站到爷爷坟前拜上几拜，磕几个头，最重要。爷爷不在了，父母亲虽说还不曾老得那个样子，但年岁也一年不似一年了，多让他们开心高兴，是柳成荫最愿意做的事。苏华发现，丈夫对公婆越来越用心了。

妻子主动到乡下接爸爸妈妈进城过中秋，这让柳成荫内心很高兴。不过，他还没有过中秋的习惯。这一天，工作日程依旧排得满满的。既然妻子如此用心安排，他表示晚饭一定回来吃，一家子好好吃顿团圆饭。跟妻子交代过之后，仍然推着他那辆车龙头上挂着大黑皮包的载重永久，离开家门。

如此一来，一项重要的事情就落在了管理员老陈身上：送小柳永上幼儿园。虽说接送儿子基本上是苏华一个人包干了，但管理员老陈偶尔也会帮忙接送。老陈做事踏实、逸当，苏华很是放心。

老陈这个人，快六十了，在县委办公室干管理员有些年头。他细鼻子、细眼睛、细个头，头上没有几根发，说到底样子不中看，是个矮小的癞老头。可别小看了这个不起眼的小人物，在县委机关他可是个畅行无阻的角色呢。他的腰间挂着一串钥匙，从县委一把手书记柳成荫的办公室到县委办每个科员的办公室，他都进出自由。每日里，到县委办公室最早、走得最晚的多半是他。因为老陈是为领导服务的，有时候，县委书记柳成荫碰到特殊情况，会到班特别早，离开特别迟。老陈晓得，他不能说柳书记都来了，要杯热茶都没得吵。自然要来得早一些，先把柳书记的办公室打扫打扫，好让领导有个清爽的环境开始一天的工作。如果柳书记走得迟，老陈当然得等，防止领导有事喊起来，一个人都没得怎么行呢？这时候老陈肯定不能离开的。

老陈到班头一件事，就是把县委领导们的办公室一个一个打开，开窗通风，拖地板，抹桌椅，整理办公室。把散在桌上、茶几上的报纸夹好，放到报架子上；把原本零乱的书刊归拢，有的顺到书橱里，有的在领导案头堆放齐整，诸如此类。由东往西从县委一把手柳书记办公室，到几个副书记的办公室，再到县委办一把手主任室、副主任室，最后是县委常委会议室。当然，县委机关内远不止这几间办公室，那些科长、副科长、科员们的办公室就得自己打扫整理了。老陈只负责领导们的办公室。等到老陈把领导们办公室内所有室务——整理好了，便见他把从各个办公室收拾出来的空热水瓶放到一辆小板车上，从县委办后院边门推出，到前面不远的机关食堂打开水。

据说，楚县刚解放那会儿，老陈就跟在县委书记后面当通讯员了。县委书记看着他手脚勤快，办事麻利，不该听的不听，不该说的不说，纪律性蛮强的，很是喜欢。有一次，县委书记问了个问题："小陈啊，你说究竟是共产党好呢，还是国民党好？"那会子，老陈还是个毛头小伙子，自然没有人叫他老陈的。

县委书记是新四军出身，曾经带着部队攻打过楚县县城。楚县县城打下来之后，上级一时找不到合适的人选来当县委书记，就让这位新四军团长留下来了。新四军团长出身的县委书记对身边工作人员的政治觉悟要求很高。刚刚从家里跑出来没多久，连自己名字都不会写的小陈，只晓得为领导当差，要勤快，不怕苦，听话不翻腔[1]，哪里想过共产党和国民党好不好的事情哟？！

小陈极其认真地想了又想，最后很肯定地告诉县委书记："两个屄养的，都不是好东西！"面对这样的回答，县委书记是哭笑

---

[1] 当地人的土话，与顶嘴意思相近，引申为不听从别人的意见。

不得，气得伸手刮了小陈一个脑巴子，"你这个糊涂虫，一点政治觉悟都没有。"

原来县委书记觉得跟在身边的小伙子不错，想重用，给他个职位。不想，这一试让县委书记很不满意。县委书记身边的通讯员怎么能是个敌我不分的糊涂虫呢？！结果弄得小陈不仅干部没有当成，县委书记通讯员的饭碗也丢掉了。县委书记一句话，让小陈从通讯员变成了管理员，在县委机关做后勤工作。别人既笑话他，又为他惋惜。笑话他，糊涂得也太离谱了，怎么能连共产党与国民党哪个好哪个坏都分不清呢？为他惋惜，自然是县委书记看中的人，有第一步就会有第二步，这次机会抓住了，今后的政治前途无可限量啊！人家说因祸得福，你这个小陈，因福得祸，能不惋惜么？！

小陈倒没觉得有什么惋惜不惋惜的，只是觉得没把县委书记问的问题回答上来，蛮不好意思的。通讯员不干了，干管理员。小陈没觉得有什么不好。这么一干，就干了几十年。熟悉情况的人知道，到柳成荫来楚县当县委书记，老陈已经为五任县委书记打扫办公室，当管理员了。小陈如今变成了老陈。

就是这样一个这么多年来一直踏实勤恳做事的老陈，竟然出纰漏了。

柳永妈妈一早就去香河村接爷爷奶奶了，他爸爸也上班去了。这会儿，柳永一人在家等陈爷爷来接他去机关幼儿园。柳永知道，陈爷爷家也住在机关大院内食堂后面，到柳永家不需要多少时间，几步路就能到了。

妈妈临走时，帮柳永整理好了书包，并叮嘱他不要调皮，在家等着，陈爷爷马上就来了。爸爸推着自行车出门时也鼓励柳永今天在幼儿园要好好表现，争取拿朵小红花回家，和爷爷奶奶一起开开心心过中秋。

对于爸爸妈妈的话，柳永今天认真地听进去了，他知道爷爷奶奶要和自己一起过中秋节，心里还是很高兴的。爷爷奶奶每回进城，都会带好多他们自己种的山芋、芋头、南瓜之类，煮熟之后又粉又甜，可好吃啦。柳永已经想好了，今天要好好表现，像爸爸说的拿朵小红花回来，送给爷爷奶奶，让爷爷奶奶高兴高兴。要知道，机关幼儿园老师对小朋友的要求可高呢，这小红花不是谁想拿就能拿得到的。

对，要想想今天到班上，怎样表现才能让老师满意，才能得到小朋友们都想得的小红花。仅仅是听话守纪律肯定不行，认真听讲带头回答老师提问？帮助其他小朋友，多做好事？小柳永正动着小脑瓜子想主意呢，只听见"笃、笃、笃——"，院门外有人敲门。

"陈爷爷——"小柳永第一反应就是以为管理员老陈来了。这时间段，应该是陈爷爷来。柳永走出屋子，正准备打开院门。忽然，院门外"嘎鹅——嘎鹅——"，响起了几声鹅叫。

这几声鹅叫，让小柳永有些云里雾里的，弄不清院门外究竟是怎么回事。他警惕地将院门慢慢打开一道缝，从门缝里向外张望。别看柳永年纪小，才上幼儿园，警惕性还蛮高的。

当然，这些都是爸爸妈妈平时教的。到楚县之后，总有些人七拐八弯地找到熟人，跟县委书记柳成荫搭上关系，彼此之间话没说上几句，就往柳成荫家里跑，送这送那，让柳成荫心里很烦，很不痛快。任何人的礼，都不收！这是柳成荫多年来当领导在家里定下的规矩。在清江当副书记是这样，到楚县来当一把手，这方面强调得更严。

妻子苏华在这方面，跟丈夫配合得很好，让柳成荫很满意。这让柳成荫在外头讲话很硬气。俗话说得好，吃了人家的嘴软，拿了人家的手短。尤其是他柳成荫，调任楚县县委书记时间不长，今天收张三的，明天收李四的，那还怎么开展工作呢？还怎么按照上级领导的要求打开楚县的工作局面呢？果真在工作中碰到问题还怎么秉公办事呢？特别是老百姓利益受损害时，还怎么为老百姓讲话呢？当官不为民做主，不如回家卖红薯。封建时代的一个七品芝麻官都能有这样的想法，更何况他柳成荫一个受党教育、经党培养多年的共产党的县委书记呢？！

柳成荫的这条底线，妻子理解，照办，没话说。可，对于小柳永来说，就困难多了。的确，你柳成荫不能要求刚上幼儿园的儿子理解你为官做人的那些想法。问题是到楚县工作之后，有时会出现小柳永一人在家的情形。柳成荫当这个管上百万人的县委书记，每日里上班下班根本没个准点，八小时工作制在他这里早作废了。苏华在县教师进修学校，虽说工作不算忙，但哪就没有个特殊情况？偶尔加班啦，开会啦，早走晚回，难免的。好在有老陈帮忙，解决了接送孩子的问题。可另外一个问题，老陈没办法解决。小柳永一人在家，有人上门送礼怎么办？

为这事，柳成荫两口子还真花了不少功夫。从防坏人人手，对儿子进行家庭安全警惕性教育。当然，最容易让柳永理解的坏人，就是小偷、盗贼之类。他们叮嘱小柳永，一人在家门窗要关好，不能让小偷进来。如果有人敲门，也不能轻易打开。有时候坏人知道只有小孩在家，会冲进来抢东西呢。不仅如此，两口子还现场演示，让柳永一个人待在家里，他们在外边敲门，然后告诉儿子怎么看人，怎么问话，怎么开门。

这不，此时面对院门外的敲门声、鹅叫声，小柳永把平时爸妈教的一套防贼的办法用上了。他没有一下子就把院门打开，先悄悄地开了道门缝，朝外看了一下。只见院门外站着个男的，一手提个篮子，一手抓着只大白鹅。不认识。这是小柳永的第一反应。"啪！"赶紧关上了院门。

"你是谁呀，干吗敲我家门啊？"隔着院门，柳永朝门外喊道。

"我是……"一个陌生的声音刚开口，就听见陈爷爷在外头说话了："小永子，是我，陈爷爷，来接你上学呶。"

"陈爷爷，陈爷爷，你可来啦。"柳永对老陈的话音再熟悉不过了，一听到老陈的话音便将院门完完全全地打开了。

老陈刚进门，原本站在门外的陌生男人提着一篮子鸡蛋，抓着一只大白鹅，跟在老陈后面也想进来。

"不许进！"小柳永把陌生男人挡在了院门口。

"嘿嘿……我是……"陌生男人欲言又止，让小柳永觉得这人不是什么好人，警惕性一下高了起来。

"小永啊，是这么回事。你妈妈今天要去乡下接爷爷奶奶，没空去菜市场买菜，临走时拢陈爷爷那里关照陈爷爷帮着买只鹅，再买几斤蛋。不是过中秋节么，你妈妈想今天晚上多做几样好菜。我呢，又怕耽误送你上学，就让菜市场的一个朋友，帮忙把你妈要买的东西送过来了。"老陈边给小柳永解释，边从他朋友手里把鹅和蛋接了过来，往柳永家屋里走。大白鹅在两人之间易手时，又亮开了它的高嗓门："嘎鹅——嘎鹅——"

"原来是这样啊！我还以为是有人给我爸爸送礼呢。陈爷爷，爸爸妈妈跟我说过，我要是收了人家礼，就会挨罚的。"这刻儿，小柳永如释重负，松了一口气。他再也不管那只叫喊不停的大白鹅了，背起小书包，和陈爷爷一起上机关幼儿园去了。

今天晚上，柳成荫家是少有的热嘈。

原本还要看一个厂的，柳成荫看看表，下班时间快到了，便对身边的秘书小金说了句："给周厂长打个电话，叫他不要再等了，明天上午一上班先到他那儿。"这些天，柳成荫带着跟班秘书金爱国在跑城区的县属骨干企业，了解当前生产情况，更主要是了解县交指标完成得如何，有没有缺口。有缺口的，采取了什么样的措施来弥补？作为县委书记，他要知道得十分清楚。要知道，这些县属骨干企业的厂长们都不是好对付的。但不管厂长们有多少花花肠子，有这样那样的情况，有一条底线是柳成荫坚守的，谁也别想突破。那就是，县交各骨干企业的全年生产、销售、利税三大指标必须完成。当然，超额是越多越好，多多益善。

等金爱国用"大哥大"给化肥厂厂长周金民打过电话，约好了明天去化肥厂的事之后，柳成荫破天荒地没有再回县委他自己的办公室，而是骑上他的黑永久直接回家了。

金爱国知道，柳书记无论是下乡，还是跑企业、跑部门，结束一天工作之前，他都要回办公室一趟。金爱国自然不清楚，这是柳成荫当领导干部多年养成的一个习惯。他要看一看，这一天下来自己案头上有没有重要文件、重要信函要处理。重要文件是漏不掉，也误不了。县委机要室有专人负责这方面的事，办公室主任也会及时向他报告的。倒是有些重要的信访件，稍不注意就会造成被动，等到上面领导批示下来，再怎么重视也会给领导留下不太好的印象。

柳成荫推车进院门时，院内已经是有说有笑，时不时夹杂着几声鹅叫。最先出来迎接他的是宝贝儿子。"爸爸回来咴，爸爸回来咴。"柳永又蹦又跳的，从客厅走出来，朝刚进院门的柳成荫迎上去。

"爸，妈，你们来啦。"柳成荫把黑永久在院内靠墙边支撑起来，转身和在客厅嗑瓜子说家常的父母亲打声招呼。在父母面前，柳成荫用不着拿腔拿调讲普通话，香河一带方言俗语从嘴里说出来蛮自然的。

"回来啦，还有一个红烧肉烧芋头，一个菱米子烧小公鸡，两个菜马上就好。好了就能开饭。"听见丈夫说话，苏华从院内小厨房出来，随手接过丈夫手上的黑皮包，送到他俩的房间里去。

"你什呢时候到的？"柳成荫牵着宝贝儿子的手，在父母亲身边坐下。坐在沙发上的柳春雨、杨雪花两口子，见当县委书记的儿子回来了，刚想从沙发上站起来，被细孙子一拽，"爷爷奶奶，请坐。"

"嘿嘿嘿嘿，我家小柳永蛮讲礼貌的嘛。"柳春雨开心地笑着，把细孙子搂在自己跟前。然后才对儿子道："中饭一吃就来了。花了苏华好几块钱打的费呢。"在乡里眼里，打的坐出租车蛮费钱的，多半舍不得。尽管自己小伙当了县委书记，可柳春雨当了大半辈子农民，平时紧省惯了，从不大手大脚。

"也没几块钱。爸爸妈妈是想等乡里的'突突车[1]'的，我怕一来'突突车'不安全，二来爸妈带了那么些山芋、芋头，还有几只小公鸡，东西多没地方放。"做儿媳妇的，这时该如何表现，苏华心里清楚得很。更何况，公公婆婆每回进城都带来不少农副产品，丈夫、儿子和她一家三口都爱吃。她这个当儿媳妇的，遇上这样的公婆内心蛮知足的。

"都是家里自留地上长的，不值几个钱。只要你们爱吃，我和你爸负责供应。我们还没老得种不了地。再说了，我家小永不是还拿到小红花了么？冲着小永在幼儿园这么好的表现，爷爷奶奶哪里还会舍不得几个山芋、芋头哟。"做奶奶的借机把细孙子的良好表现在柳成荫面前夸奖一番。

"奶奶，奶奶，还有小公鸡。"小柳永从爷爷怀里扑到了奶奶怀里。杨雪花在细孙子脸蛋上亲了又亲，"好，还有小公鸡。原来我家小永是个小馋猫啊！"

"哈哈哈——"一家人开心笑着。

只见苏华一步跨出客厅，对丈夫说了句："坏了，只顾着说话，忘了锅上还烧着两样主菜呢。"

"没事没事，你烧成什么样，我们都吃。"望着满脸笑意，开开心心的父母，柳成荫内心暖暖的，充满了幸福。在这样的时刻，一家人团团圆圆在一起，吃什么都已经不重要了。

---

[1] 当地乡里常见的一种简易三轮机动车，铁皮篷子的，安全性能较差。因其发动机马达发出的"突突"声而得名。

晚饭过后,柳春雨在院子里摆上了一张小茶几,吩咐苏华把准备好的月饼、苹果之类在茶几上摆好,并且插上一炷香。

"小永,来,拜月神啰。"在爷爷带领下,一家人在茶几前站定,双手合掌,给月亮作揖。这可是小柳永长这么大头回拜月神呢,蛮新奇的。

"爷爷,爷爷,是拜月亮里的嫦娥么?"在幼儿园,柳永听老师讲过"嫦娥奔月"的故事。

"嫦娥当然要拜,但月亮上不单单有嫦娥,还有总是在不停砍桂花树的吴刚,还有跟嫦娥形影不离的玉兔。他们啊,也要拜的。"苏华耐心给儿子做辅导呢。只听得一声长鸣:"嘎鹅——"

柳成荫这才注意到院墙角拴着腿脚的一只大白鹅。"你来怎么一下子带这么多东西啊,又是山芋、芋头,又是小公鸡、大白鹅的。小永不就得了朵小红花嘛,可不能把他惯得上了天。"柳成荫嘴上责备自己的父母,心里还是蛮高兴的。今天临出门,他只不过对细小伙说说,在幼儿园要表现好一点,让爷爷奶奶高兴高兴,想不到小家伙还真的上心,从幼儿园拿回来一朵小红花。

"嗳呀,我们可不能把所有功劳都往自己身上揽。这大白鹅可不是我们带来的。家里是有两只大白鹅,那是要留着下大鹅蛋给我家小永吃的。奶奶可舍不得。"杨雪花不说还不要紧,这么一说,让柳成荫心头起了疑惑,随即问身边的妻子:"怎么回事?"

柳成荫这一问,让家里原本欢乐轻松的气氛一下子全变了。苏华支支吾吾的,并不正面回答丈夫的问话,轻轻拽了一下丈夫衣袖,轻声道:"等明天爸爸妈妈走了,再告诉你。"

"这是什么话?让你回答大白鹅哪儿来的,有这么复杂,这么难么?"柳成荫脸色有些不快,笑意全无。

他隐约意识到,院子里的这只大白鹅肯定是有人送的礼。这可是绝不允许发生的事!身为妻子,苏华你是知道的。这些年来,也一直蛮支持丈夫工作,在拒礼这个问题上配合很好,做得很好。

这让当领导干部的柳成荫在外边讲话，口气硬硬的，腰杆子直直的。开展工作爽手得很，不受那些非正常因素干扰。当然，非正常因素干扰也不能说完全没有，尤其是柳成荫调到楚县当县委一把手之后，毕竟是到了家乡，找上门的还真不少，但并不能改变柳成荫秉公办事的原则。他和妻子配合默契，使得来自家庭的非正常因素为零。这让做丈夫的，从心底蛮感激自己妻子的。

说实话，人活在尘世间，哪个没有个亲疏远近，志趣相投？哪个又能保证不碰上沟沟坎坎，需要有人伸一伸援手？有个做县委书记的丈夫，平日里，苏华身边想亲近她的人多起来。苏华心里清楚得很。她既没有敞开胸怀，广交朋友，形成一把手夫人外交圈子，也没有端起县委书记太太的架子，拒人于千里之外。苏华处理得很有分寸。从柳成荫一直以来掌握的情况看，妻子做得真的不错，没给他出过一个难题。可眼前这只大白鹅，柳成荫不想自己就此糊里糊涂，当作没有这回事，于是，对妻子道："爸爸妈妈又不是外人，你就说清楚是怎么回事。"

做父母亲的听出儿子口气有点急呛，再也无心情和细孙子拜月神了，劝儿媳妇道："苏华呀，你就别让成荫着急了，把事情来龙去脉说给他听吧，也好让成荫下个决断啊。"

爸爸妈妈爷爷奶奶为了这只大白鹅言来语往的当口，小柳永吓得躲在妈妈身后，看都不敢看爸爸一眼了。为了这只大白鹅，妈妈从香河村接爷爷奶奶回来时就已经教训过柳永了。原来，妈妈根本不曾让陈爷爷帮忙到菜市场买鸡蛋、买鹅。难怪早晨去机关幼儿园前，在院门外碰到的那个人，看上去脸色不对头，开口说话支支吾吾的，原来是个送礼的。幸亏我没一下子就打开院门，要不然送礼的轻易就进来了。嘻，都怪陈爷爷，他和送礼的合起来骗我，这哪里想得到哟？这下可惨哎，妈妈教训几句就教训几句，爸爸这一关就不好过啦！

一晚上，小柳永都在担心院内墙脚边的大白鹅被爸爸发现。

要知道,爸爸发起脾气来可不得了,气得厉害时会动手呢。值得庆幸的是,今天爷爷奶奶在家里,谅爸爸发现了大白鹅,发再大的脾气也不会动手打人的。就是他想打,爷爷奶奶也不会让他打。爷爷奶奶疼自己还来不及呢,怎么可能眼睁睁看着自己挨打呢?眼看一晚上就要平安过去了,可这个大白鹅,真不识相,在院墙脚叫喊什呢吵!现在好了,爸爸发现了。柳永躲在妈妈身后,等着爸爸发火,挨骂。

苏华这才把接公婆回家后发现家里多了一篮子鸡蛋和一只大白鹅,怎么样询问儿子、教训儿子,以及从儿子那儿问来的情况,一五一十地告诉了丈夫。

"爸爸爸爸,这事不能全怪我。是陈爷爷,陈爷爷说他帮妈妈买的。"小柳永再怎么有爷爷奶奶保护,心里还是害怕。妈妈说明了大白鹅的事情经过之后,他赶紧向爸爸解释。可怜的小柳永,说话的声音都有点儿发抖,拖着哭腔了。

"嗯,爸爸知道了。这件事,不怪我们小永。是陈爷爷欺骗了我们小永。是陈爷爷不对。"柳成荫一把从苏华身后拉过儿子,搂在自己怀里,顺手给儿子擦了擦眼角,"不哭,爸爸没怪你。我们和爷爷奶奶一起吃月饼。"

爸爸竟然没有骂一句,更没有动手,这让小柳永感到太意外了。当然,太意外的同时,也感到太开心了。于是,他又变成了一只活蹦乱跳的小兔子,一会儿蹦到爷爷跟前,一会儿蹦到奶奶怀里,一会儿蹿到妈妈身边。家里的气氛又活跃起来。

这时,柳成荫把正活跃着的儿子叫到跟前:"小永啊,明天爸爸替你到幼儿园请一天假,你要帮爸爸办一件事情。好不好?"柳成荫的话一出嘴,一家人都云里雾里的,丈二和尚摸不着头脑,更别说小柳永了。他歪着小脑袋问:"爸爸,是什么事呀?"

"明天你就知道了。"柳成荫对儿子卖了关子。

第四章

　　楚县县委、县政府机关坐落在楚县县城中央，标志性建筑就是机关大门口古城堡似的四方楼。这座四方楼，整体四层，在楚县已经属高层建筑了。楼的最底层中间空成了一条过道，人们进出县委、县政府机关大院，正常情况下都得从此处经过。因此，这过道两边一边设立的是传达室，一边设立的是保卫科。这样的布局再合适不过了。

　　这四方楼底部一空，楼体又成四方形，让整座楼的造型显得与众不同，个性十足。再加之楼的墙体，用净一色的细长条青砖砌成，每条青砖之间缝隙极细，是传说中那种糯米汁调灰勾的缝，而不是现在房屋建筑通常所用的水泥灰。一看，就知道有年头了。

　　不论是刮风下雨，还是阳光明媚，四方楼顶上总会升起一面五星红旗。人们一看到这四方楼上的五星红旗，便知道，此处是楚县县委、县政府之所在了。

　　楚县县委、县政府的大门朝南，四方楼坐北朝南。由四方楼进县委、县政府机关大院，有条宽阔的水泥路，把整个大院分成东西两部分。东边沿路排下来几幢平房，青砖黛瓦，古色古香。

县委所属的重要部门，都在这些平房里办公。再往里，有个龙墙围成的院子，院内便是楚县的政治中心：县委书记、副书记等县委领导的办公室。

水泥路西有一幢两层的大楼，看上去楼的体量蛮大的，楼下靠近路边的办公室门口挂着长方形的木头牌子：秘书科。到过秘书科的人都知道，这秘书科不是哪个部门的秘书科，而是楚县县政府办公室下属的秘书科。整个这幢楼就是楚县县政府办公大楼，是楚县行政首长们办公的地方。大楼前后有些平房，安排的是计划、经济、财贸等县政府所属的主要部门。

如此泾渭分明的格局，倒是有一个好处，方便外来办事者。找县委及县委所属的部门，往东边部分；到县政府及县政府所属的部门，往西边部分。当然，也不全都是这样分得清爽的。 机关食堂、机关浴室怎么说也属政府的后勤部门，却都建在东边部分。

楚县是个有着上百万人口的大县，每天来县委、县政府机关办事的，不在少数。四方楼的大门口，进进出出，人来人往。机关大院内，从外边进来办事的，原本就在里头办公的，往外赶着外出的，哪一个都显得脚步匆匆，让人觉着毕竟是县级机关，不一样呢，人人都忙着，一派高速运转的繁忙景象。

就是这样一个人人都忙碌着的机关大院，这些天竟有人在看"西洋景儿"了。

"这是哪家的大白鹅，赶紧拿回去哟——"
"嘎鹅——"
"这是哪家的大白鹅，赶紧拿回去哟——"
"嘎鹅——"

只见机关大院里，一老一小一前一后走着，老的一手抓着一只"嘎鹅""嘎鹅"叫个不停的大白鹅，一手提着一篮子鸡蛋。这一老一小顺着水泥路边走边喊，一会儿往东边转几圈，走几趟，

一会儿往西边转几圈,再走几趟,看上去像是在寻找鹅的主人。

这一幕出现在县委、县政府机关大院里,跟正在高速运转着的县级机关显然不那么协调。在通常情况下,四方楼里传达室、保卫科一定会有人出来干预,不能让这一老一小为寻找鹅的主人而影响机关大院的正常秩序。

可问题是,眼前的这一老一小,让传达室、保卫科工作人员很难办。老的,他们再熟悉不过了,谁啊?县委办公室管理员老陈!小的,更是个特殊人物,县委柳书记的公子小柳永。更为特殊的是,这一老一小的举动是奉命行事。奉了谁的命?县委书记柳成荫!

刚开始,看"西洋景儿"的自然是丈二和尚摸不着头脑,不清楚这老陈带着柳公子唱的是哪一出。慢慢地,有人看出了门道。

原来,中秋节那天晚上,柳成荫要替儿子到幼儿园请假,让儿子为他办件事情,就是这件事。他要让老陈带着自己的儿子把收的人家的大白鹅和鸡蛋给送回去。问题是,这送礼之人是老陈领进柳家大门的,要熟悉也只有老陈熟悉。柳成荫两口子连送礼的长得什么模样都没见着,根本谈不上熟悉。小柳永倒是见到送礼的面了,可根本不认识。

老陈一下子成了能不能把大白鹅和鸡蛋退回去的关键人物。

等到柳书记把老陈叫到办公室,老陈抖抖活活的,只有一个劲儿检讨的份儿。他是一时糊涂,同情了一个不认识的乡下人,主要是那个送礼之人没有什么特别的用意,只是感谢柳书记替他们农民讲了话,帮他们解决了几件实际困难。当然,老陈并没有一开始就想帮着陌生人把礼收下,再三劝说没把送礼的劝走,反而被送礼的说得心软了。人家又没有什么事求柳书记,大老远的从乡下跑到城里来,就为表达感激之情。再说,说是送礼,只不过一篮鸡蛋,家里鸡子生的,一只大白鹅,家里养的。要是真正给县委书记送礼,这点东西也拿不出手。见那送礼的说得言词恳切,而小柳永在院门内警惕性特别高,没见到老陈之前,无论陌生人怎么敲门,他就是不开门。情急之下,老陈这才想到请朋友帮忙送菜过来的一套说词。否则,小柳永也不会随随便便就把大白鹅和鸡蛋留下的。

对于老陈的行为,柳书记还是要批评的。这一点,老陈有思想准备。不过,事已至此,再批评也没有用。柳书记看似轻描淡写地给老陈交代说,礼是怎么收的,还怎么退回去。这事柳永守门不严,也有责任。让他和老陈一块把礼退了。

老陈本以为他一番解释,能让柳书记原谅自己。送礼这事就算过去了,以后注意,下不为例。好多领导都会这么说的。在县委、县政府机关大院里,老陈服务的领导不止柳书记一家,这样的情况也不是头一回碰到。一般来说,领导们都会通情达理,下不为例就行了。可柳书记没有跟老陈说以后注意,下不为例。柳书记让老陈退礼的话一出口,老陈的心口上就像被蚂蚁咬了一口。你说有多疼,那倒不是,但的确是疼,是那种细细的钻心的疼。这回自己要在领导、同事、家人面前丢面子呀。柳书记这一手,是老陈没有思想准备的。不过,这也算是老陈为自己存有的私心付出点儿代价吧。这又是柳书记所未曾想到的。

几天下来,老陈带着小柳永在机关大院里转来转去,随着大白鹅"嘎鹅""嘎鹅"的叫声,不少人都在议论:

"柳书记要求也太严了,人家送只鹅都要退回去。"

"说的是啊,连个人都不认识,这让老陈怎么退呀?"

"嗳呀,老陈也就罢了,连累细小伙也跟在老陈后头,游街呃似的,受罪哟。"

楚县县城原本就算不得大,这县委、县政府机关大院里的鹅叫声,很快就一传十,十传百,传出了机关大院,传得满城皆知了。

大街小巷，茶余饭后，市民们都在议论，究竟是谁给县委柳书记送了只大白鹅？柳书记的赞扬声多了起来。这些平头百姓，平日里极少有机会能跟县委书记打上交道，多半从县电视台的节目里见过柳书记，从他在电视上讲话、做报告，抑或是在基层检查工作的一言一行当中，来了解柳书记的。现在可是不一样了，中秋节有人给柳书记家送了一只大白鹅，柳书记都让公勤员给退回去。这可是一件实实在在的事，让市民们有切身感受的一件事，不信你可以到县委、县政府机关大院里看，那只大白鹅还在"嘎鹅""嘎鹅"地叫呢！

"不就一只鹅嘛，收下又何妨？这柳书记也太清廉啦。"

"非也，非也，古人云：勿以善小而不为，勿以恶小而为之。"

大街小巷，茶余饭后，市民们的议论还在继续着……

中秋节后一连几天，柳成荫都是带着秘书金爱国在跑县属骨干企业。这不，刚从化肥厂周金民那儿出来，柳书记心里还是很愉快的。他这一轮跑下来，就是要看看今年的指标完成情况如何，这些县属骨干企业明年的发展后劲怎么样。这样他才好和梁县长商量明年全县工业经济的总指标。周金民不错，在柳成荫的再三启发下，今年县交指标产值这一项就将超额150万元。这可比化肥厂原先的计划增长了100万。100万，在一个工业经济欠发达的楚县，就是新增了一家重点企业啊。在楚县，年产值几十万的厂是有一些，几百万、上千万的厂就凤毛麟角，少得可怜了。

本来，周厂长汇报情况时，说今年能完成县交指标就不错了。柳书记自然不满意，化肥厂可是县属骨干企业的排头兵，是块金字招牌，怎么能只是完成指标呦？厂部会议室内，柳书记听了周金民的汇报没有开口讲话，只是端着茶杯不紧不慢地喝茶。其他几个副厂长一看这架势，没一个吱声的。

金爱国一看这情形，连忙合上笔记本，先给柳书记茶杯里添了点开水，随后借着给周厂长加茶的当儿，给周厂长使了个眼神。这才让周金民又开了腔："不瞒柳书记说，厂里事前商量把已经完成的50万指标压下来，留着明年用，减轻一点明年完成指标的压力。我们也担心今年超了，明年指标又加码。那样压力就更大了。"

"周厂长真够精明的，原来你是怕鞭打快牛啊！"柳书记轻轻拍了拍长条形的会议桌，站起来说道："这一点请化肥厂的同志们放心，县委绝对不会鞭打快牛，搞层层加码。但你们也要实事求是。今年能超额完成的指标不能瞒瞒藏藏的，要报出来。这是你们带领全厂职工奋力干出来的嘛，成绩怎么能不报呢？至于明年县交指标，那是另外一回事。"柳书记说得来情绪了，手指着周金民，"金民同志啊，精明得过了就不好哎。你说说看，你们领导班子事前商量了几套方案来应付这次调查呀？"

"书记说的是哪里话，我们这些做属下的，都是尽心尽力想把工作做好，不辜负书记的信任。既然书记把话说到这个份儿上，我周金民也来个竹筒倒豆子，有什么说什么。今年县交指标，剩下的几个月，我们再努一把力，全年再超个100万，没太大的问题。"周金民从自己座位上也站了起来，情绪高涨，在金爱国看来，就差拍胸脯了。

"好嘛，果真如此，你周金民就是我们楚县工业经济的大功臣啊！"柳成荫主动向周金民伸出了手。

"小金啊，看来，这个周金民还真是不简单啊。"柳成荫从化肥厂得胜而回，心情不错。

"那可不，周厂长领导着化肥厂几千人的大厂，一年产值上千万，在县里举足轻重呢。"身为县委书记的跟班秘书，金爱国为自己能在特定时候帮上书记一点小忙而高兴。今天他给周金民递的一个眼神，使得化肥厂会议室气氛峰回路转，结果自然大不一样。

当他们心情正好地推着自行车进入四方楼过道,进得机关大院时,远远地传来几声鹅叫:"嘎鹅——""嘎鹅——"

金爱国发现柳书记眉头不易察觉地皱了一下。随后,柳书记就交代金爱国道:"你去跟老陈说,把鹅和鸡蛋送到机关食堂。他和小永被罚在大院里转了这几天,应该汲取教训了。"

"那是肯定的。相信老陈再不会犯这样的错误了。"原本跟柳成荫一样推车前行的金爱国,得到书记的指令,跃身上车,循鹅声找老陈去了。

"老叔子为我受委屈啦,来,敬你一杯。"

"我这点儿事,算不得什么委屈不委屈的,贴上老脸在县委、县政府机关大院转了几天,总算没有把礼给你退回来,没有在柴家村老老少少们面前丢脸。"

在城郊阳山乡柴家村,老陈门上的侄子陈大朋家里,一桌晚宴正在进行。这陈大朋正起身向老陈敬酒,老陈倚仗着是长辈,坐着不无得意地喝了一小盅。

实在说来,这会儿也该老陈好好受用几盅啖。这几天,为个大白鹅,老陈领着小柳永,在机关大院里像没头的苍蝇,漫无目的,一会儿转到东,一会儿转到西,明知手中的鹅送不出去,还是要不停地转,不停地叫喊。就这样转着也就罢了,这机关大院里好几百号人,哪个不认识他老陈呦?碰上个熟人,人家不免要关心地问一下是怎么回事,老陈还得满脸堆笑跟人家解释,自己擅自做主替柳书记收了陌生人的礼了,柳书记让他把礼退回去呢。

其实,老陈也知道,一个无名氏的礼怎么退得回去呦?柳书记这是在惩罚他。单纯惩罚他一个老同志,柳书记又觉得欠妥当,于是狠狠心把自己的儿子也拉进来,跟老陈一起受罚,如此一来,你老陈也没得什么好说的了。

柳书记做梦都不会想到，这只大白鹅的确能够退得回去的。因为送这只大白鹅到他门上的那个陌生人，是老陈远房侄子陈大朋。这陈大朋何许人？阳山乡柒家村村民委员会副主任是也。前些时候，县委柳书记骑自行车到柒家村，在场头与一些村民们席地畅谈，村民们反映了不少问题，得到了柳书记的赞赏和肯定。这些村民中就有身为村民委员会副主任的陈大朋。他对现任村主任工作有诸多不满，自认为有能力来担任柒家村一把手主任一职。

柳书记到柒家村调查研究的事，陈大朋当下就告诉了在县机关工作的门上叔子老陈。不管怎么说，能在县机关大院工作，在村里人看起来都是了不得的。对于祖祖辈辈种田的村民来说，是上辈子修来的福气。更何况老陈在县机关大院干了几十年了。陈大朋很为自己有这么一个远房叔子而感觉到腰杆子硬挣。他自然也想着，能通过老陈叔的路子，把他村主任前头的那个"副"字去掉。

陈大朋跟老陈叔一商议，借着中秋节给柳书记送点礼，为后面的事情打个底子。或许有人会问，一个村民委员会副主任，要想提拔竟然给县委书记送礼，这不是高射炮打蚊子，大材小用么？县委书记为你一个村干部提升开口讲话，怎么可能噢。当老陈叔给陈大朋出了这个主意，陈大朋也有这样的疑惑。老陈慢慢告诉自己的远房侄子，并不是让柳书记直接为你讲话，而是要在村里乡里形成一个印象：陈大朋真牛，都能往柳书记家里送礼。这可是楚县若干人想做却做不到的事。只要你陈大朋做成了这件事，阳山乡的头头脑脑们还不对你刮目相看？到时候，说不定有多少人要和你走柳书记这个"道"呢，还愁个"副"字去不掉么？

当然，老陈知道柳书记对"礼"字很敏感，年轻领导干部要求进步，对自己要求严，不难理解。所以，老陈让侄子只准备了一篮子鸡蛋，一只大白鹅，都是自己家里的土特产，表示一个普通农民对县委书记的感激之情。由于县委柳书记到柒家村的那次调查，村民们的打谷场解决了，农技员的农技服务及时多了，乡供销社的农药化肥供应比夏季时好多了。

在老陈看来，鸡蛋和大白鹅这两样东西，又不金贵，况且还有个感谢柳书记的名义，柳书记收下的可能性极大。

当他提着一篮子鸡蛋和一只大白鹅，带着小柳永在县机关大院转了几天之后，他又庆幸，他侄子送礼上门时没碰上柳书记。要不然，还真让他在侄子面前下不来台呢。你想啊，礼都进了院门了，还要退回。要是当时柳书记在家，那还不当场给退回去？那时，老陈总不能眼睁睁看着自己侄子的愿望落空，肯定要上去在柳书记面前说几句好话，实在没有退路时，只好说出是自家侄子，不然他老陈帮腔也没道理呀。老陈估计，依照现在的情形，柳书记不但不会给他面子，还要狠狠批评一通，最后礼照样退回。那样的话，人可就丢大了。

虽说老陈在县机关大院转了几天，也有些个丢人，但在机关干部看来，是柳书记对自己要求太严，太廉政，倒没有多少人看老陈笑话的。当然看老陈笑话的也不是一个没得，有。差不多都是跟他一样在机关干后勤工作的，机关食堂就有好几个这样的角色。说不定，他们平时望着老陈动不动就往柳书记家里跑，而柳书记大凡小事多半叫老陈帮忙，这些人心里头嫉妒，老陈心里有数着呢。

现在情况毕竟不一样了。侄子的礼虽说进了机关食堂，但终究没有被退回来。他老陈在机关大院里的"西洋景儿"，柴家村的人哪里会知道哟，就算有耳朵长的，晓得了事情的来龙去脉，那时水早过了八亩田哎。如此一来，村民们看到的是，陈大朋中秋节进城给县委柳书记家送了一只大白鹅。

当初让陈大朋送只鹅，老陈也是有考虑的。别人送礼怕被人发现，陈大朋送礼就是希望有人发现。他拎着一只大白鹅，挎着一篮鸡蛋，出村时肯定会有人望见。可望见归望见，陈大朋也不好主动跟人家搭讪，说是给县委柳书记送礼。有一只鹅，情况就不一样了。这鹅，生性爱叫，叫起来声音洪亮，老远就能听见。

这样自然会有人上前跟陈大朋打招呼，无非问抓了大白鹅上哪儿去。这时，陈大朋轻描淡写地说一句，门上叔子让他给县委柳书记送只鹅，这不是中秋节了么，给柳书记表个心意。说者自觉平常，听者却吓了一跳：乖乖，不得了，了不得，给县委书记送礼！言语之间，羡慕之情流露无遗。

在陈大朋看来，在老陈叔全力支持下，他给县委柳书记送礼的第一步目的，总算是实现了。因而，把老陈叔这个功臣请到家里来，感谢一下是情理之中的。因限于事情的特殊性，所以酒桌上没有闲杂之人，只陈大朋的父母，陈大朋两口子，主角就老陈叔一个。

这样的桌席，气氛虽说不是那么热闹，但充满着亲情，老陈动酒杯的频率还是蛮高的，不一会儿就有些喝多了，举着酒杯对陈大朋说："你爸爸，我老哥哥晓得，想当年，我不是没文化，没把共产党、国民党好坏分出来，何至于几十年下来还干管理员？！"

"谁说不是啊，我们老了，这一辈子就算过来了。大朋才三十几，能有个机会升一升，前景就不一样啦。来，老哥哥敬你一盅。"陈大朋的老父亲借着老陈的话头，也端起了酒杯。

"好来，老弟兄喝一盅。"一连几杯酒下肚，老陈说话舌头不大伸得直了。今儿晚上侄少[1]家里的这顿酒，他是该放开来喝的。情况再明了不过，就冲着他宁肯拎着侄少送的那只大白鹅在县机关大院里转圈圈，也不曾把"礼"退回去，这酒他怎儿样子喝都不为过。当然，在他内心深处，他觉得柳书记罚他的这一招厉害了点儿，所以当柳书记在书记办公室跟他讲这件事时，老陈心头被针刺了一下，被蚂蚁咬了一下。这么说，柳书记对这件事情作如此处理，其厉害之处老陈就全清楚了？未必。

---

[1] 当地人的说法，和"侄子"同义。

第五章

陆小英一回到香河，就知道县委柳书记衣锦还乡，祭拜过祖坟了。

一时间，香河村的男男女女，老老小小，在巷头上碰见，庄稼地里一起干农活，大伙儿谈论的话题，都是柳安然老先生家的孙子、柳春雨、杨雪花家小伙。一连几天，柳家门口都是进进出出，人来人往。

有为柳家高兴，上门说好话的；有晓得柳成荫当了大官，有难事想请他帮忙的。不管怎么说，乡里乡亲的，低头不见抬头见的，柳春雨、杨雪花两口子都是笑脸相迎。他们心里自然晓得，村上人拜托的事，儿子到底能不能办，他们两口子决定不了，得儿子说了才有用。因此，办与不办，他们都犯不着得罪人。允诺人家把事情记下，再跟儿子说，至于结果怎样，没得哪个敢打包票。

陆小英还知道，县委柳书记还登门看望了她母亲。一个人来的，没带妻子、儿子，没带糕点茶食。不过，临走时留下了几百块钱。这钱，陆小英的母亲怎么可能收呦？

说实在的，柳成荫来看望她王小琴，这本身就让王小琴意外。

照理说,柳成荫应该是恨她的。当年,他和陆小英的事,就是王小琴拼死反对,他俩才痛苦分手的。现在登门看望,是不是想告诉我当年做错了?还是要让我后悔,自己放弃了一个县委书记女婿?王小琴越想心里越难过,她的苦楚跟哪个去说呢?

柳成荫再三恳求,请小琴阿姨收下这几百块钱。不管怎么说,小琴阿姨是长辈,他柳成荫是晚辈,来得匆忙,一盒糕点都没带,实在是做晚辈的不是,无论如何请小琴阿姨原谅。说到最后,如果小琴阿姨这几百块钱不收下的话,他这个县委书记也实在是没得面子了。陆小英母亲实在没办法推,只好勉强收下。不过,有一条跟柳成荫讲明的,日后让小英子还他。

"妈——,看你做的这件事,你收了人家的钱,叫我去还。我才不替你还呢!"陆小英说得气呼呼的,把母亲递给她的钱重重地放在床头柜子上。

当她回到自己家里,坐在自己平时并不怎儿睡的床铺边上,听母亲王小琴讲述这一切时,她的内心说不出是什么滋味,禁不住浑身发抖。

可能连陆小英自己都不知道,她这是在生柳成荫的气呢。在县委、县政府机关大院前的偶遇,就让身为俞垛镇党委副书记的陆小英感到难堪。她得知柳成荫回楚县当县委书记之后,在头脑里盘算过若干个与柳成荫相逢的场景,可怎么也不曾想到过,自己会带着一群上访的跟曾经的恋人、现在楚县的最高领导见面。她想象不出自己当时有多狼狈。与自己的狼狈相比,县委柳书记却十分自如地掌控着在陆小英想来原本该是很尴尬的场面。他甚至抓住了一次机会,在陆小英面前展示了自己化解群众矛盾的高超本领,并且在一群上访群众面前一下子树立了很好的形象。她看不到自己在柳成荫心底的位置,一对曾经那么相爱的人,真的在彼此心中一点痕迹都没有了么?你柳成荫就能把过去的一切忘得一干二净?

人们常说女人心细如发。这话，未必百分之百正确。那也是要具体情况具体分析的。面对分手多年的恋人，柳成荫如此收放自如的表现，让陆小英心生不满。但，平时一直很心细的她，没发现柳成荫在与自己四目相碰时内心的一颤。这一颤，无疑触到了柳成荫内心深处的隐秘部分，对于他跟陆小英而言，则是一种刺心的疼。柳成荫在那群上访群众面前所做的一切，其实都是在遮掩，为自己，更是为自己心爱的女人。只不过，这一切来得让陆小英毫无准备，她把柳成荫的一举一动，看成了一个县委书记的做秀。

内心原本的气还没有消，回家后母亲又交给她一个难题：还钱。柳成荫如此高调地回香河村，这件事本身也让陆小英心里有点儿生气。她有好几年与柳成荫完全没有联系了。不错，她目前还是单身一人，但柳成荫不仅成了家，有了老婆，而且还生了个儿子。现在再来谈两个人的情感，毫无意义。更何况，几年不见，柳成荫摇身一变，成为她陆小英的最高领导。这一现实，让陆小英心中仅存的那点儿念想似乎都没有存在的必要了。

床头柜上那几百块钱让陆小英见了气不打一处来。这不是存心恶心我母亲么？你柳成荫官再大，我们家也不差你这几百块钱！你在县委、县政府机关大门口那样的做派，到我家里又是看望，又是给钱，是怜悯？是施恩？还是……不管你是什么，对于我陆小英来说，都不需要。

现在的陆家，只有陆小英和母亲相依为命。陆小英当上了一个镇的党委副书记，在村里人看来，真的很了不起，不简单。村民们质朴地想，一个姑娘家又没得什呢后台，靠自己走到这一步，真正不容易。常言说得好，朝中无人莫做官。她陆小英就是个地地道道的香河村人，"朝中"自然没有"人"，却做上了官，还是个镇党委副书记，让左邻右舍都跟着觉得脸上有光。由于有个能干的女儿，中年守寡的王小琴并没有觉得日子难过。

陆小英的父亲陆根水，早年间是香河村的农技员，要说农业生产技术，那是一把好手。什呢选种育苗啦，什呢施肥治虫啦，什呢田间管理啦，只要是跟"农"字沾上边的，陆根水真是没得话说，用村民们的话来说，呱呱叫。

就是这么一个"呱呱叫"的人，名声不大好。陆小英长大懂事之后，听村上人过耳传言，说是自己的父亲是在一个大型水利工地上，把母亲王小琴强奸了，之后他们才成的亲。母亲王小琴在这之前，要好的是另外一个人。这在香河村是公开的秘密。

村里人说起陆小英父母的事，给她父亲陆根水起了个绰号：霸王硬上弓。言下之意，如果不是陆根水玩霸王硬上弓这一出，王小琴根本不可能嫁给他的。有了这一出，对于一个乡里姑娘来说，还能怎么样？不嫁陆根水，跟自己心爱的小伙结婚，那将是一个抹也抹不去的心病。日子过得顺还好，风平浪静，无话可说。要是日子过得不顺，不舒心，这心病就会发酵，弄不好会酿成灾难。说不定，到那时连日子都过不成，夫妻都做不成。

也有人说，王小琴尽管出了事，但拼死也不肯嫁给陆根水，是哥嫂做主，她万般无奈，只好屈从。所有这些传到陆小英耳朵里，她并不往心里去。父母亲的事，她陆小英一个姑娘家能说什呢咉？在她的记忆里，从她来到人世，来到陆家，父母亲整天就扛丧[1]吵死吵个不停。两个大人的战争，总是会殃及年幼的小英子。最常见的情形便是，父亲陆根水一手拽住细丫头的细辫子，嘴里还骂骂咧咧的："细讨债鬼，投胎投到陆家来，自认倒霉吧！"

奶奶在世时，有时实在望不下去，就会掰开小伙的手，把细孙女儿拉到自己怀里，一面哄小英子别怕，一面对自己小伙骂几声："痴鬼拱呃肚子里呃啦，把自己丫头婆娘不当人，由人家笑呢。"

---

[1] 当地方言，吵嘴的意思。

奶奶能做出这样的举动，多半是父亲把她们母女打得实在是望不下去了。更多时候，奶奶不会为细孙女儿挨打挨骂出来护孤。所以，陆小英从小就有一个想法，自己尽管出生在陆家，陆根水好像不是她的亲生父亲，奶奶自然也不是她的亲奶奶。任何时候，不惜自己受家里男人的苦，挨家里男人的打，总要保护小英子的，只有妈妈。妈妈，是陆小英内心真正的唯一的亲人。

因而，她读大学之后没多久奶奶病逝了，自己并不怎儿难过。再后来，父亲陆根水在一次水利工程事故中淹死了，她也没怎么伤心。有人说陆根水是遭到报应了。他在上"大型"时对陆小英的妈妈做了坏事，之后那么多年又折磨她们母女，最后是老天爷望不下去了，叫水龙王把他收走了。

不论陆小英对自己的父亲、奶奶怎儿没有感情，她总觉得他们不应该对自己的女儿、孙女那么薄情寡义。尤其是她长大成人，成为一名大学生之后，每每想起自己的父亲和奶奶，心中总有无法解开的困惑。这种困惑，直到自己最亲最亲的母亲，坚决阻止她和心爱的喜子哥的婚姻时，陆小英似乎有些明白了。

柳成荫和陆小英在广陵大学那三年大学的时光是美好的。

也许有人会说，大学一般不是四年么？柳成荫和陆小英怎么会是三年呢？这你就有所不知了。大学四年这不假，当年柳成荫并没有能和陆小英一起考上广陵大学。陆小英高中毕业头一年就考取了广陵大学。柳成荫头一年没考上，苦苦复读了一年之后，才追到了广陵大学。

坐落在小西湖畔的广陵大学，其中文系是国内知名的。柳成荫追随陆小英够彻底的，陆小英读了广陵大学中文系，他也读了中文系。只不过，两个人的关系有了点新变化。

从小一起长大的他们，自打在香河村小读一年级开始，到严吴读初中，一直到楚县城郊读高中，可以说是形影不离。尤其是柳成荫还是被叫作小喜子，陆小英还是被叫作小英子的时候，小喜子几乎成了小英子的保护伞。和村上一帮细猴子在一起玩，难免鸡争鸭斗。碰到有人想欺负小英子，小英子自然会跑到喜子跟前，"喜子哥，张邋遢欺负我，拽我小辫子。"

张邋遢，真正的名字叫张卫东，比他俩岁数大，是靠留级当的班长，成绩不太好，又总是鼻涕啦呼的，喜子他们都瞧不起他。在一起玩时从不叫他张卫东，开口闭口总是"张邋遢"长"张邋遢"短的，还编了个顺口溜来形容张邋遢呢——

> 张邋遢，爬宝塔。
> 宝塔有多高？十丈八尺高。
> 高到哪块去了？高到天上去了。
> 天上有什呢？天上有嫦娥。
> 嫦娥可漂亮？嫦娥蛮漂亮。
> 漂亮可有用？送把你做婆娘。

小喜子柳成荫这时自然快速反应，毫不客气地把张邋遢指责一通："你身为班长，还好意思欺负女生？你怎儿不欺负其他人的吵？来，来，我送把你欺，送把你欺。"说话间，伸手对张邋遢是半推半揉，样子蛮霸道的。别看张邋遢块头大，打架不是小喜子的价钱[1]，只好识相地跑掉，惹得小英子和其他几个女生一阵哄笑："噢，噢，张邋遢逃跑了，抓坏蛋噢。"

此类事情不在少数，今天是张邋遢，明天说不定另有他人了。有一点，只要小英子有事，小喜子总会挺身而出。久而久之，缺少家庭温暖关怀的小英子对她的喜子哥多了一份依恋。小喜子也习惯了多照顾小英子。碰到摸鱼儿谭赛虎约他去趟鱼虾，喜子总

---

[1] 当地人的说法，含有对等之意，此处是说两个人力量不对等，张邋遢不是小喜子的对手。

要问一句:"能带上英子么?"摸鱼儿不大喜欢跟细女生在一块,嫌女生拖拖拉拉,跟不上趟,自然不愿意带。这时,喜子宁肯自己不去,带着小英子铲猪草。尽管他更喜欢趟鱼虾。沿着河沟,一网趟下去,收网时总会有细鱼儿、细虾米,活蹦乱跳的,可好玩了。不仅如此,这一趟漕沟转下来,下一顿,家里的餐桌上就有荤腥了。小时候的日子还是苦了一些。

从两小无猜,到渐渐长大,陆小英和柳成荫都是那么亲蜜密,那么依恋。在严吴中学读初中时,他们的伙食都不怎么好,小英子更差一些。柳成荫总是隔三岔五地给小英子加菜。有时是学校食堂烧的红烧肉,通常是茨菰烧肉。虽说肉少茨菰多,可那仅有的几块红烧肉,咬在嘴里油滋滋的,好吃,更解馋。

有时是喜子自带的饭盒里的蒸泥鳅之类。这些,可不是喜子向家里伸手要的,都是他上学下学的路上,转漕沟的收获。一根麻绳,一根铁丝制成的蟹钩子,一条漕沟转下来,柳成荫便能提着一串螃蟹进学校。之后,拿到学校食堂,跟食堂师傅一商量,一份红烧肉就有了。要是运气好,还能捉到长鱼之类,请食堂师傅稍稍加工一下,也就是配点儿酱油之类,用饭盒直接放到食堂蒸锅上蒸。蒸好之后,柳成荫便会让英子通知其他几个同村的伙伴,一起共享一顿美餐。因为捉长鱼之类的事少不了摸鱼儿谭赛虎,柳成荫当然不好意思吃独食。还有就是,他们同村出来的就五个人,他总照顾英子,闲话传到家里大人耳朵里不太好,会生出多少麻烦。在柳成荫和陆小英眼里,他们两家好像不投[1],尤其英子家爸爸陆根水跟喜子家爸爸柳春雨,用香河村人的话,撒尿都不愿意尿到一个壶里头。

上了初中的两个人,人小鬼大地意识到男女有别了。

---

[1] 当地人的说法,"投"含投缝合隼之意,引伸为关系友好。不投,则相反。

真正让柳成荫和陆小英意识到情爱，是柳成荫复读一年接到广陵大学录取通知书之后。那时，陆小英已经是广陵大学中文系的学生，并且在广陵大学已经生活了一年。

当年，柳成荫考上广陵大学，在香河村可算是件轰动的事情。尽管是复读一年之后才考取的。在村民们看来，这是祖祖辈辈种田的香河村人的骄傲。他们的下一代也有进高等学府念书的大学生了。奇怪啊，在柳成荫前面不是有了陆小英么？她才是香河村考上大学名副其实的第一人啊！这是你的看法。香河村人，不这么看。女生外向，终究是人家的人。只有小伙才是为家族传延香火的。因而，柳成荫成为一名大学生，更被村民们所看中。其时，那个坐过私塾馆的柳安然老先生尚未仙逝，更高兴得合不拢嘴。

传宗、耀祖这是大人们考虑的。柳成荫心里头想的是，这回能跟心爱的小英天天见面，在一起读书了。原本两个人朦朦胧胧的情感，在一起上学时似有似无，这分开了一年，让柳成荫心口上蹲了只小馋猫，既闹心，又嘴馋，想得慌。

不是都说大学里最兴谈恋爱么？十年寒窗苦，进入大学压力一下子全没了，该让自己的生活变得甜蜜些，哪能总是苦呢。

从水乡走出来的陆小英，浑身透着股水灵灵的秀气劲儿，谁见了都会喜欢的，人家又不知道你柳成荫喜欢陆小英。青春靓丽的少女，再多小伙子追求也属正常。话又说回来，即便是你柳成荫喜欢陆小英，以前只是一起上学相互照应得多，彼此有些好感，并不曾互表衷肠，互吐心曲。到这个阶段，你还得了解陆小英心里是怎么样想呢。以前在香河村，一眼望下来，你柳成荫就上数了。到了广陵大学，陆小英眼前的男生可就多了去了，还这么认可你么？想想这一年，她也不曾和你多联系，明知你在复读，这种日子可以说苦不堪言，也不曾有过安慰之类举动。人们不是说么，少女的心，天上的云。飘浮不定，易变。

就在柳成荫自说自话，心中举棋不定的当口。陆小英来到了他的身边。她是为喜子哥终于考上大学，而且考的是和自己同一所大学而高兴。在她极力主张下，陆家也像村子上不少人家那样，专门请柳成荫吃了顿晚饭。陆小英的主张，妈妈肯定支持，爸爸肯定反对，奶奶这时站出来支持了孙女儿，说是不能让人家笑话。当初小英考上大学，柳春雨家就请过的。这顿晚饭要请。

陆小英要请柳成荫吃晚饭，自然不光是为了请他吃顿饭。柳成荫一听说陆家请吃晚饭，一口就答应了。他自然也不仅仅是为了吃顿饭。两个年轻人，都有心事。吃了晚饭，出去走走，也就再正常不过了。

两人默契地走到了香河边，垂柳丛中。香河流水潺潺，天空月牙儿刚出柳梢。正应了"人约黄昏后，月上柳梢头"的意境。

"喜子哥，恭喜你终于考上了。"

"我也会考到你那儿去，不曾想到吧？"柳成荫没有接陆小英的问话，反问了一句。

陆小英晓得，柳成荫是在责怪她进了大学以后，跟他联系少了，似乎是把他这个"喜子哥"给忘了。

柳成荫哪块晓得陆小英的苦心呦。陆小英当然晓得这一年的复读对于柳成荫是多么关键，多么重要，她不想影响他，让他心里总有个人在打扰他，让他不能安心学习，这样子是对喜子哥不利的。这一点，陆小英的体会太深了。

要克制自己原本已经生根发芽的情感是多么的难呃。刚进大学校门的那些日子，喜子哥的影子总是在陆小英眼睛头里，赶也赶不走。陆小英蛮苦恼的，课堂上老师讲的一句都听不进去，自己都不知道心飞到哪里去了。课后，一个人沿着小西湖的长堤，漫无目的地走着，她怎儿也想不到，思恋是这样子的折磨人。可这一切，她只能放在心里，不能跟其他人说，不能跟家里人说，哪怕是她妈妈，更不能告诉她的喜子哥。

世间有多少有情人不能够成为眷属呢？其间的原因千差万

别，有一条，相互之间把真心藏起来，再想方设法试探对方，结果悲剧便出现了。自古以来这样子的事例不胜枚举，林黛玉跟贾宝玉便是如此。

"难不成，你真的把我忘了？一点都不晓得我心里想的什呢么？"陆小英同样不曾回柳成荫的问话，反问道。

"那你到现在都不曾来过一封信，哪个晓得这一年会有怎儿样子的变化。"柳成荫口气里头有些责备的意思了。

"还不是为你好！"

"为我好？"

"就是。"

"听不懂。"

"真不懂，假不懂？难不成我的一片苦心都喂狗了。"

"你苦？你有什呢好苦的哟，大学里不用洗冷水脸，听说校园靠了小西湖，两个人一起散散步，花前月下，绿柳长堤，诗情画意，有什呢苦的哟？"

"你真是个没良心的，你以为我陆小英是这种人？不错，我是去小西湖散过步，那是我没办法上课，我一个人去的，可心还不是被狗给叼走了，找不回来了。"陆小英说着，实在忍不住了，带着哭腔，起身想走。

"那你为什呢不肯告诉我，你想我，你心里头有我，喜欢我，爱我！"柳成荫一把就把陆小英拽到跟前来了，陆小英感受到一个男人有力的臂膀，这辈子想挣脱恐怕难了。

柳成荫不想再等了，把自己滚烫的嘴唇印在了他心爱姑娘的唇上。一股麻酥酥的电流一样的东西一下子传遍两个年轻人的身体，陆小英迎上去，一点儿不曾退让，她晓得自己盼望这一刻，付出了太多太多的泪水，付出了太多太多的痴情。她不能再退让了，眼前就是她心爱的人，是她夜夜为之辗转反侧，不能入睡的人，是她愿意为之付出自己全部的人。这刻儿，她感到周身的血液在奔腾，胸部胀胀的，跟柳成荫的身子贴得更紧了。

广陵大学校园里的林荫道上，花圃旁，时不时地会出现柳成荫和陆小英成双成对的身影。在旁人的眼睛里，他俩是让人羡慕的恋人。校园里的恋人当然不止他们一对，形影不离地走在一起，多半是男生照应着身边的女生。柳成荫和陆小英跟他们不大一样。多数时候是陆小英照应她的喜子哥。

说来也是，毕竟陆小英早柳成荫一年进广陵大学，校园里的布局早熟悉了。教学楼、宿舍楼、图书馆、报告厅、浴室、食堂，凡此等等，都是陆小英领着柳成荫一一熟悉的。校园外紧挨着的小西湖，也是陆小英带着她心爱的喜子哥去的地方。

两个人漫步在长长的柳堤上，看湖中的水，水是那么碧透。抬头望天，天空是那么纯蓝。偶或有几只不知名的小鸟，从柳丛间，从头顶上，叽叽喳喳地飞过，叫声都那么悦耳。

"喜子哥，真的跟以前来的时候不一样了呢。"陆小英幸福地依偎着柳成荫。

"那当然。以前的我，只是一个影子在你头脑里。现在的我，是个大活人在你身边。"望着自己心爱的姑娘，柳成荫有说不出的自豪。

大学校园生活对于柳成荫来说，是新奇的。能再次跟自己心爱的姑娘一起读书，又让他很是兴奋。尽管他晚陆小英一年，有些小课不能一起上，但因为同专业，好多大课都能一起听。何况，大学里自主支配的时间不知比中学时代多出了多少倍。于是乎，他俩成了图书馆的常客。偶尔也溜到校门外一家录像厅里看看当下比较火的录像片。让他轻松了许多的是，他所有的换洗衣服，几乎都由小英子承包了。不仅如此，柳成荫和五六个男生同住的寝室，小英子都要隔周打扫一次，弄得其他男生怪不好意思的。

大家伙儿都不愿意让漂亮的女生为他们干脏活儿,一个个小懒虫,变成了勤快的小蜜蜂。

这样一来,柳成荫的日子又不好过了。他成了全寝室攻击的主要目标。其他几个室友都恨他恨得咬牙切齿,凭什么这漂亮水灵还这么勤快的姑娘做你柳成荫的女朋友?不行,不能让你稳坐钓鱼台。只要你俩没有谈婚论嫁,咱们机会均等。我们哥儿几个也有追求陆小英的权利和自由。

这帮坏东西,听上去像是开玩笑,可谁能保证他们内心不是这样想的呢?柳成荫一下子有了危机感。

"英子,我们定亲吧。"柳成荫在他升到大二时,正式向陆小英提出了这样的要求。

第六章

进入 11 月份，楚县四套班子负责人分成了九个工作组，分赴九个区三十六个乡镇进行年度经济工作大"过堂"。这一招，是柳成荫到楚县当县委书记采取的新招数。

楚县地处苏北里下河水乡，是远近闻名的"锅底洼"。几年后的一场大水，让楚县县城变成了漂浮在水上的一座浮城，全境一片泽国，水情惊动了国务院领导，也让柳成荫在楚县的政治生涯变得有如一朵水中浮萍，在风雨中漂浮不定。此是后话，暂且不提。

河道有如蜘蛛网一般的楚县，自然而然以水路交通为主，陆路交通就变得十分落后。县域范围内，完全通汽车的只有临城一带七个乡镇，统属临城区。邱志维当书记的阳山乡就属临城区。完全不通汽车，只能走水路的有五个乡镇，位于楚县县城的西北部，属于楚县的水荡子。真正是出门见水，无船不行。这五个乡镇统属沙沟区。陆小英当副书记的俞垛镇，就是这五个乡镇当中的一个。其他还有二十四个乡镇，分属七个区，有通汽车的，有不通汽车的，也有汽车不完全通，最终还得靠水路的。

如此的交通状况，县里的头头脑脑要想下一趟乡，检查检查工作，麻烦就来了，耗在路上的时间太多了。因而，县委书记、县长一年当中有些边远水网的乡镇没跑过，属正常。有的甚至从来楚县任职，直到离开也没有跑全过三十六个乡镇。这样的县委书记、县长在楚县的历史上，也不是没有过。

柳成荫不想当这样的县委书记。年纪轻轻的他，满怀一腔热情回到家乡，是真正想干出一番事业，真心实意为自己的父老乡亲们做点儿事的。当然，他内心也是希望得到上级领导肯定和重用。年轻的领导干部，追求政治进步，原本就很正常，应该说是一件好事。

柳成荫想，面对如此众多的区乡镇，不仅我当县委书记的要往下跑，县里的其他领导也要往下跑。还有，那些跟乡镇发展关系密切的部门负责人也要往下跑。他想到了"分类指导"的工作方法。

来楚县工作时间不长，他就让县委政策研究室一帮人，把全县九个区三十六个乡镇的经济发展情况重新调查分析，从工业、农业的规模总量，到产业、产品的市场影响力和市场占有率；从乡镇骨干企业的情况，到企业发展后劲、地方的后发优势；凡此等等，逐一梳理排队，将九个区三十六个乡镇的经济发展情况分成了好、中、差三种类型。每年集中搞两次大规模的乡镇经济工作大"过堂"，6月份一次，上半年转下半年，这无疑是个关键节点。经过总结分析，上半年工作中好的成功的方面可以继续发扬光大，薄弱环节、工作中的不足可以在下半年工作中加以弥补和改进。年底前在半年度"过堂"的基础上再来一次，时间节点更加重要，关系到当下全年工作任务的完成，更关系到下一个年度怎么样开好头、起好步。

更为重要的是，柳成荫书记"分类指导"的工作思路，打破了原来只按行政区域进行工作指导的模式。"过堂"时，全县好的乡镇全部集中在一起，争当排头兵的氛围一下子就形成了。尤其是那些经济总量不相上下、发展后劲又都比较足的乡镇，谁也不服谁，谁也不让谁。说心里话，这些乡镇党委书记、乡镇长们哪个也不是亚家[1]，拿第一不仅政治上风光，而且经济上有实惠呢。实行"分类指导"原则之后，县委、县政府给乡镇经济发展排头兵奖励几十万呢。这可是让不少人看了都眼热，纷纷盘算着在哪些方面再下点劲，想把这几十万装进自己的口袋。

好的乡镇争排头兵，中等发展水平的乡镇放在一起"过堂"，大家争的是进位。形势很明显，要你们这些中游水平的地区，跟工业经济起步早、基础好的好乡镇争排头兵，哪里有可能呦？但现在柳书记的要求是，你们中等发展水平的乡镇之间不能甘居中游，不思进取，要看看半年下来，一年下来，你们的经济总量位次是否有变化，是前移了，还是后退了。

这样一来，原本觉得排头兵没指望，身后后进还有一大帮，自己可以不紧不忙慢慢上的乡镇负责人，坐不住了。不能一下子在好的方阵里当排头兵，在中等方阵里先把头把交椅拿到手，不也是个值得高兴的事么？因此，中等发展水平的乡镇之间，争进位的形势更为激烈。原本就是中等水平，再往下掉队，跟柳书记也不好交代呀。

差的乡镇负责人们，原来一到县里头开会，跟那些好的乡镇领导坐在一块儿，无形之中就觉得低人一等，矮人一头。实力不如人家，有什么好说的呦？但也有的在差乡镇工作的书记、乡镇长心有不服，某某人神气个什么劲儿，哪个不晓得你是通过某领导的门路才从糠箩里跳到米箩里的呦！

说这话的道出了另外一个实际情况，在差乡镇工作的负责人，并不等于个人的能力就差，在好乡镇工作的负责人并不等于个人

---

[1] "亚"，第二是也，"亚家"就是第二家。用当地人的说法，就是"老二"。此处意为：不愿意当第二，要争第一。

能力就强。那些经济发展上不去的乡镇，原因是多方面的，原有的基础、各方面的资源等等都是影响经济发展的重要原因，还真的不能一板子就打到乡镇党委书记、乡镇长身上。

柳书记发现了问题的关键之所在，要求在差的乡镇中比"亮点"。这下子，大家没话说了。差的乡镇，各方面基础条件都差不多，现在要看谁在并不好的基础之上，培植出新的经济增长点。谁有新亮点，就说明谁的工作有进步；谁的亮点多，就说明谁的工作成效大。

一切从头开始，一切从"零"开始，一切从你担任这个乡镇党委书记、乡镇长开始进行考核。人们常说，是骡子是马拉出来遛遛！一下子把差的乡镇负责人内心的情绪调动起来了，谁甘心当后进？谁不想在好的乡镇负责人面前直起腰杆走路，亮开嗓门说话？这帮人心中憋着一股劲呢。"分类指导"把差的乡镇集中到一起，谁有能耐一个起跑线上见高低。

这回年底大"过堂"，柳成荫主动把自己安排到楚县的"大西北"沙沟区。这是全县差的三个区中最差的。人们常说，抓两头带中间是领导干部放之四海而皆有效的工作方法。在柳成荫看来，两头中好的一头无疑重要，但差的一头也很重要，因为它增长空间最大，从一定程度上决定着一个地区经济发展面貌能否得到根本性改变。而这一点，常常被很多领导所忽视。柳成荫不想忽视这一点。

当然，他选择沙沟区，而没有选择另外两个差的区，也是因为一个人。

一望无际的水，是沙沟区和俞垛镇给柳成荫的第一印象。

因为是头一次来，从县城出发，上了县委交通组的小轮船之后，柳成荫几乎一直站在轮船前甲板上，十分关注地观察着沿途的自然风貌和水面利用情况。

轮船沿下官河向西北方向行驶着，开船的小黄极细心。碰到有农船迎面而来时，他都主动放慢船速，并且轻声鸣笛，示意来船注意。因为，小轮船在正常情况下全速前行，掀起的滚滚浪花撞击到河岸时，蛮有力量呢。小黄的这一举动，得到了柳书记的点头赞许。

跟其他为领导干部开车的司机不一样，小黄既为柳书记开车，又为柳书记开船。车，是辆老式的旧红旗，前任县委书记留下来的。柳成荫到任时，县委办公室准备给他添置辆新皇冠，被柳成荫制止了。平时，柳书记骑自行车居多，路途远时才用一下那辆旧红旗。要是陆路交通不方便，那还得用轮船。像这次到沙沟区"过堂"，小黄就成了小轮船驾驶员。有一点，那辆红旗轿车是固定为柳书记服务的，而小轮船就不固定了。

县委交通组十几条小轮船，平时县委、县政府领导要用，靠交通组负责人调度。相对而言，柳书记用船要少一些。固定一条船，多数时候闲置着，而其他县领导下乡工作，小轮船有时还排不过来。因此，县委、县政府主要领导固定一辆车，船就随用随调，不固定。不过，船不固定，开船的人是固定的。就为柳书记服务而言，自然是小黄。

柳成荫一直在轮船前甲板站着，同行的工作组其他成员，水产局、农业局、水利局的局长们，财贸办、人行、农行的头头们，见状也都挤在船沿边，不愿在船舱里坐着。柳成荫一见，笑笑跟大家说："我这是第一趟，情况不熟。你们诸位不会也是第一次吧？"

"不是，不是，当然不是。"听柳书记这么一问，这些局长们、主任们、行长们几乎异口同声。他们自然不想在县委书记面前留下不深入基层的印象。

然而，在这帮部门负责人当中，还真有从来没有到这"大西北"来过的呢。路途远，交通不便只是外因；经济欠发达，发展面临难题多是内因。锦上添花的事哪个不愿意做哟,雪中送炭虽然值得称道,但往往不为人所关注。再说了,一个部门也好,一个银行也好,可动用的资源毕竟有限,往经济发展好的地区投放一点就能见效果,功劳在明处。像沙沟这样的欠发达地区,往往是个无底洞,难题多没法解决。因而,回避不失为一种行之有效的办法。

柳书记一声反问,工作组的部门负责人们都进了小轮船船舱之中。船头上,金爱国提着个棕色的"大哥大"包,站在柳书记身边,以备书记有什么要问,有什么要布置。

见大伙儿都进了船舱,这时柳成荫才对水产局的李得水局长说:"李局长,你上来说说这个地区的水产养殖情况。"

经过一段时间的航行,轮船驶进了一片芦苇荡子。柳成荫望下来,不比城郊的乌金荡范围小,满眼的芦苇,一眼望不到头的样子。柳成荫转身问李得水:"李局长,这就是黑高荡吧?有多少亩啊?""是的,书记。这就是黑高荡。水面有三四千亩呢。"李得水见柳书记问话,身子朝柳书记跟前靠了靠,脸上堆满了笑意。

刚刚入冬时间不长,荡子里才开始有人收割芦苇。大片大片生长着的芦苇上,苇絮白霜似的,覆盖了厚厚一层。柳成荫对身边的金爱国、李得水说:"这可是老天爷给沙沟的恩赐啊,现在是不是太浪费了?"柳书记伸手指了指远处几个割芦苇的村民。

"柳书记说的是,这么几千亩水面,每年只收几捆芦柴,效益太低太低了。"小金秘书顺着柳成荫的意思,往下接了一句。

"放着这么好的资源不用,真是犯罪啊。我听说前向时,俞垛镇还有村民为水面养殖打起来了。"柳成荫话一出口,立即纠正道:"不,不是听说。我还亲自处理这事的。农民眼光短,只看到开发成熟的水面。我们要引导,要动员他们搞湖荡开发。我看不是没有水面,是我们思想要解放!"

"柳书记有所不知,开发黑高荡,沙沟区委、区公所,以及俞垛等跟黑高荡有关联乡镇,都在动脑筋,可这几千亩芦荡要开发成鱼池,资金投入可不是小数字啊。"李得水尽管当水产局局长没有几个月,也是柳书记来了之后新提的一批少壮派当中的一员,但他毕竟在水产局当副手也有几年了,对全县水产养殖方面的情况,还是清楚的。

"得水同志啊,畏难情绪可要不得啊。对于沙沟地区来说,我看就是要做好一个字的文章。"年轻的柳书记给水产局李得水局长换了个称呼。

"'水'文章。"金秘书破口而出。

"对!就是'水'文章。老辈人说什么,靠山吃山,靠水吃水。这是有道理的。"柳书记慷慨激昂地指点着沙沟地区的江山,让站在近旁当听众的小金和李得水心生敬佩。

"可这'水'怎么'吃',是要有智慧的。我这次到沙沟区来,就是要让他们五个乡镇围绕'水'动脑筋。这可是能做出大文章来的呀。或许有人会说,沙沟到处都是水,你这水文章如何破题哟?"柳成荫把手一挥,说出了三个字:

"黑高荡!"

沙沟区经济工作"过堂"会在俞垛镇镇政府举行。

因为沙沟区公所设在俞垛镇上,镇政府所在地,也是区公所所在地。就楚县行政区划的情况而言,区公所是县政府的派出机构,行使的是指导、协调的职责,不属一级政府。因而在人力、财力上并不强,日常工作的开展,多数时候要依靠所在地的乡镇。沙沟区自然是依靠俞垛镇。像这次的全区经济工作"过堂"会,得俞垛镇操办具体会务,从会场布置到会后的工作餐,都要操办。区公所领导只要派区委秘书会前查点一下,准备是否到位,无须烦神。

俞垛镇就不一样了，操办这样一个县里召开的重要会议，来不得半点马虎的。全区五个乡镇的书记、乡镇长，以及区委书记、区长悉数到场不谈，还有县里要害部门的负责人、几个银行的行长们，这些可是平时拿八抬大轿去请也不一定请得到的，不重视能行么？更何况，这次"过堂"会，县委柳书记亲自带队，柳书记又是头一回来俞垛。虽说，柳书记几次询问过俞垛方方面面的情况，但毕竟耳听为虚，眼见为实。留给县委一把手一个什么样的第一印象，这太重要了。不重视能行么？

为此，俞垛镇党委书记方国鉴亲自挂帅，并且明确一名分管大农业的副书记具体负责整个会议的事务性工作。此人就是陆小英。

要陆小英忙前忙后，其中重要的一条是为了柳成荫的到来而忙，这让她内心或多或少有些不舒服，不痛快，甚至有点儿别扭。忙里偷闲，她会对自己说，这么上心卖力地考虑每一个细节，会标啦、席卡啦、茶叶啦、工作餐四菜一汤如何搭配啦，细枝末节的事多着呢。为了迎候一个负心人，何必呢？在旁人看来，她不仅忙得那么带劲，还忙得那么开心。

柳成荫曾经是她的恋人不假，现在人家是县委书记。我陆小英不是为那个曾经伤透了自己心的人而忙，是为了迎接县委柳书记在做镇党委分派的工作。在乡镇党委副书记岗位上干了也有几年了，这公私要分开的道理，陆小英自然是懂的。

正如在来的途中县委书记柳成荫对李得水、金爱国说的那样，沙沟区经济工作大"过堂"，一个突出的主题就是：如何做"水"的文章。

沙沟区五个乡镇的书记、乡镇长们，听了柳书记慷慨激昂的讲话，一下子兴奋起来。整天在他们眼睛头里转的水，原本早就熟视无睹了，经县委柳书记一指点，真是一语点醒梦中人，这"水"

里还真有大文章呢。

在方国鉴看来，俞垛镇水产养殖在区里就算做得不错了，鱼池养殖面积大的，都成立了专业的水产村，镇里还成立了专业的水产养殖场，负责指导水产村的水产养殖工作。当他把这些情况作为俞垛镇的工作经验在"过堂"会上向柳书记汇报之后，柳书记虽说肯定了他们的常规工作，但更多的是要求他们进一步解放思想，拓展思路，敢闯敢干。柳书记明确提出了，沙沟区"水"文章，要从黑高荡开始破题。这三四千亩的水面，再也不能满足于打几捆芦柴，捉几条野鱼，逮几只野鸡野鸭了。要综合开发利用，搞多种模式的特种水产养殖。

柳书记思路一出，水产局长李得水接着和沙沟区的书记、乡镇长们算起了效益账。因为有县委一把手的指示，参加"过堂"会的财贸办主任以及人行、农行的行长们，纷纷表态，在黑高荡开发这一重点项目上，一定给予资金支持。

因为黑高荡在俞垛镇所属地域面积比其他乡镇大，一经开发，俞垛镇一下子就新增上千亩水产养殖面积，而且柳书记要求是搞特种水产，效益是普通水产养殖的几倍呢。想不到，每年只有端午节前打粽箬热嘈几天，再不就是入冬后进荡收割芦柴有些个人气的黑高荡，在县委柳书记指点之下，变成了个聚宝盆。

方国鉴眼前似乎出现了黑高荡特种水产养殖场建成后的繁忙景象：一片片整齐的鱼池，整塘整塘的特种水产品，出水装上了增氧车。一辆一辆装满了特种水产品的增氧车，从黑高荡出发，将这些水产品运往上海、南京等大城市。与此同时，大把大把的人民币装进了他的口袋。方国鉴那个开心劲儿，就甭提了。

"当然啦，开发黑高荡，仅仅是沙沟区水文章的破题之作，全区上下一定要统一思想，提高认识，树立全区一盘棋的思想。同志们要有思想准备，把一个几千亩的芦苇荡，开发成特种水产养殖基地，肯定会有这样那样的困难，工程施工如何组织，养殖基地如何规划，资金难题如何破解，凡此等等。但是有一条，不管遇到什么样的困难，畏难情绪要不得！同志们要迎难而上，知难而进，打响黑高荡开发第一仗。"在充分听取了各乡镇、部门参会同志的交流发言之后，柳书记对黑高荡开发进一步作了强调。柳书记铿锵有力的讲话，把有些走神的方国鉴重新拉回到了俞垛镇镇政府的"会堂"上来。

"国鉴同志啊，下面就看你们怎么干啦。""过堂"会结束后，柳书记并没有马上离开，而是留了下来，他说是要补一补欠账。毕竟到楚县工作一年多了，头一次到俞垛来，不能蜻蜓点水，一来就走。

"请柳书记放心，我们全镇上下一定拧成一股绳，争当黑高荡开发的排头兵。"陪同柳书记在镇上那条著名的老街走一走的方国鉴，言语之间充满了信心和决心。这让陪在一旁的陆小英听了有些不大舒服，心里暗自嘀咕了一句："马屁精。就知道说大话。"

区乡的同志，还有一些部门的同志，听说柳书记要在俞垛住一个晚上，纷纷表示了留下来陪柳书记的意愿。柳书记笑着跟大家打招呼，直接点了方国鉴的名："'过堂'会后，区里、乡镇，以及各有关部门都要快速行动起来，有大量工作在等着大家呢，就不要留下来陪我了。我有方书记陪，还有小金、小黄就行啦。"

李得水以为柳书记肯定要把他留下的，不仅因为他是在柳书记手上重用起来的，而且这次到沙沟区过堂，从了解整个经济工作，到最后将"水"文章变成主要议题，柳书记下一步要想在俞垛镇率先动作，身为水产局长，他完全可以为领导出谋划策，贡献一份力量的。

然而，年轻的县委书记没有按照人们惯常的想法去做，他甚至连区里的书记、区长都没让留下来陪。按常理来说，你一把手在沙沟区域内检查工作，区里的书记、区长陪同一下，以示重视，还是有必要的。柳书记没有点区委书记、区长的名字，小金细心地发现两位区领导和柳书记握手道别时，面部表情有些个不自然。想想也是，柳书记的做法，让两位区领导在辖区其他乡镇书记、乡镇长面前，有点儿丢面子呢。

柳成荫倒没有考虑得这么复杂。自从他到楚县工作之后，下乡也好，跑厂也好，到单位部门也好，身边多半只有跟班秘书金爱国一个，靠自行车不能解决交通问题的，再加上司机小黄。他不愿意像有些县领导那样，到哪儿检查工作，人没有到，电话早到了，结果是前呼后拥，各层各级负责人跟在后面走一大趟，看上去热闹得很，真正的情况未必了解得到，检查工作还有什么意义呢？柳成荫不愿意这样做。

柳成荫点名让方国鉴陪，这让方国鉴内心很激动。尤其是没有让区里书记、区长留下来陪，方国鉴内心甚至有点儿小自豪。他这一自豪，就自作主张把原本在继续为柳书记准备晚饭的镇党委副书记陆小英叫过来，陪柳书记一同参观考察镇上的老街。

"柳书记，我把你的老同学叫过来了，晚上陪你好好喝一盅。"方国鉴满脸堆笑地向柳成荫报告。也许有人会说，陆小英和柳成荫在广陵大学读书时算不上同学。但是，你身为领导干部，总是会被一些好心人安排一些同学、战友之类给你。于是乎，那些哪怕你在学校一天面都没见过的，只要跟你同一个校门进出都会被称之为"同学"；在部队待过的，哪怕只拥有同一个番号，那一定就是"战友"。社会上，那些打着领导干部"同学"、"战友"旗号的，神通广大着呢。

陆小英自然不能归到这样的"同学"类别当中。说实在的，现在她躲眼前的"同学"还来不及呢，哪里还想去攀这个"同学"关系吵。可是镇里一把手叫她来陪县委一把手，她不能不来。在其他人看来，这是一个难得的机会，与县委书记接触的机会不是谁想有就能有的。俞垛镇副镇级干部好几个呢，只是她这个"同学"

有此荣幸。再说,她和柳成荫早几年在校园里的事,方国鉴未必清楚。站在方书记角度,人家还是为你陆小英好呢,让你有机会和县委书记"同学"接触接触,肯定有利于你个人的政治进步。

如此一想,陆小英心里放开了许多。跟柳成荫礼节性地握手、问候之后,一直默默地陪在一旁。

"小英书记,你作为分管大农业的副书记,接下来在黑高荡开发中的担子可不轻啊。"柳成荫握着陆小英的手,很关切地说了一句。

在与柳成荫目光相遇的一刹那,陆小英内心不经意地一颤,她似乎感觉到了什么。因为,柳成荫没有称呼她同志,也没有摆出县委一把手的架势直呼其名,当然不可能像以前那样叫她小英,而是开口喊了一声"小英书记",又不是严格为"小英副书记"。是的,作为一个女性,陆小英感到了某种东西的存在。这,让她心颤。

俞垛镇上的老街可以说声名远扬,不少人慕名来访。来俞垛镇检查工作的领导同志几乎无一例外,都要到老街上走一走,看一看。而老街之所以著名,之所以吸引那些来访者,是因为柳成荫眼前的这座明代厕所。

这座古厕青砖黛瓦,正门朝南,门洞下面呈长方形,上面呈三角形,四周有转线装饰。装有对开的洋门两扇,门的两边各开一个长方形木制窗户,上部用多层线脚砖做成弧形并挑出。墙的下部用小六角磨面砖铺贴,四周用半圆砖做线镶制成镜框式样。南立面和西立面砌有几个墙垛,上方间隔有凹凸形线脚,类似花瓶的瓶颈束腰。西立面山墙上亦有四个洋式窗户。

古厕内有一方小天井,天井东边有一个仅容一人如厕的蹲坑,西边则是个小便池。再往里去便是坑厅,设有长恭凳,恭凳后面是根长护杆,以防如厕的人不慎跌入坑中。恭凳可容纳六人同时如厕。恭凳中间和两侧各设一个柏木短搁几，几面下的牙板上雕有如意花纹。如厕的人可一边如厕一边抽着水烟，水烟壶之类的用具可放置于搁几上，方便实用。恭凳前面东侧还摆有方便如厕者的净手铜盆、香熏炉具等器具。

在俞垛这样一个地偏多水、交通闭塞的乡镇，竟然有如此西洋建筑风格的厕所，实在让年轻的县委书记称奇。

更让柳成荫称奇的是，这所古厕当时还是一座经营性厕所。古时候的俞垛镇，四周都是菜农和粮农，人粪肥料紧缺。而那时俞垛镇上的商贸颇为兴旺，精明的古厕主人看到了此间的商机。于是，在此处修建一座"豪华"厕所。由于这厕所给人提供舒适的如厕环境，更有水烟之类服务，果然大受欢迎。如此一来，厕所主人农家肥的买卖做得很好。

"国鉴同志啊，我看你们要好好学习学习精明的俞垛先人，从巧做厕所文章中得到启发，来做好今天的水文章。"柳书记看厕所也能联系到当前的工作，这让方国鉴不得不佩服，只得一个劲儿点头称是。

与中午的四菜一汤工作餐不一样，晚上俞垛镇党委、政府一班人集体宴请柳书记的这桌菜，还确实别具特色。

在楚县流传着"四菜一汤，吃到中央"的顺口溜。这"四菜一汤"，也是柳成荫到楚县工作后，对全县所有公务接待活动的用餐要求。不仅如此，参与接待的陪餐人员还要缴纳陪餐费。这新官上任的一把火，烧得楚县的头头脑脑们不知所措，措手不及。

不过，时间不长，对策措施就诞生了。就像今天中午俞垛镇安排的工作餐，"四菜一汤"，"毛甲长"[1]一样不少，县城里高规格宴席也不过如此。有人或许要问，既定了"四菜一汤"的标准，

---

[1] 当地人把毛鱼、甲鱼、长鱼三种鱼连在一起简省的说法，其中毛鱼是指鳗鱼，长鱼便是黄鳝。

上这样的好菜,还只有"四菜一汤"怎么可能呢?其实,简单得很。毛鱼、长鱼和鸡蛋配在一起红烧,有个好听的菜名:"二龙戏珠"。鱼是过斤一条的,用的是连刀,既让佐料入骨,又不失"龙"型。鸡蛋是用卤煮过的卤鸡蛋,一碗几"珠",全看主人心意。甲鱼自然成了"四菜一汤"中的"汤"了。这一份汤端上来,但见那甲鱼完完整整,似鲜活之物。一旦动起筷子,揭开那甲鱼盖儿,原本在盖下藏着的鸡方能呈现,这道菜也有个好听的名字:"霸王别鸡"。顺便说一句,每一个装菜的碗盆,都是超大号的,因为数量有限制,故而单体放大也在情理之中。这样做出来的"四菜一汤",有什么理由不能吃到中央呢?

刚开始,柳成荫可以说是每餐必查,查"四菜一汤"标准执行得如何,查陪餐费是否缴纳。跟班秘书金爱国每到一处,都要先到食堂了解饭菜安排情况,餐后还要为柳书记把餐费缴纳到位。这样一来,金爱国一下子比其他县领导的秘书要多忙几件事情,有时忙的效果还不一定好。这么多年遗留下来的传统习惯,不是一个规定就能改变的。

当"四菜一汤"发展成为一个餐桌怪胎之后,柳成荫再也不去较真了。要知道,在楚县四套班子里论年龄、论资历,他都是倒数第一,当这样的一个领导群体中的一把手无疑具有极强的挑战性。但总是为个饭桌上的事情板脸孔,有时甚至让其他县领导下不来台,实在没有必要。

后来,他自己只坚持一条,只要是公务活动时不涉及其他领导人,柳成荫还是坚持真正"四菜一汤"标准,不允许超规格、超标准。像今天中午这样的大场合,柳书记面对着"二龙戏珠"、"霸王别鸡"之类佳肴,也只好微笑着动筷子。

现在,晚上主角就他一人,再铺张,他当然不会答应。这一点,不仅身为俞垛镇党委书记的方国鉴十分清楚,而且具体负责整个这次"过堂"会接待安排的陆小英也很是明了。因而,柳成荫在餐桌上没看到中午的"毛甲长",看到的是当地特色土菜,"大鱼圆"、"藕荚子"、"茄儿饼"之类。单说这俞垛大鱼圆,早就名气非常大了。这水荡地区,鲜鱼多的是,加工成鱼圆也是出水鲜。再加上俞垛人做鱼圆工艺跟其他地方不一样,做出来的鱼圆经油锅氽过,个儿大,黄霜霜,一见就能引起人的食欲。桌上还放着两瓶郎酒。

柳成荫刚想开口,方国鉴似乎晓得柳书记想说什么,站起身拿起一瓶郎酒对柳成荫道:"柳书记,这是我自己从家里拿过来的酒。说实在的,书记第一次来我们俞垛,还主动留下来,让我很感动。不不,不仅是我感动,我们班子全体同志都很感动。茅台我也拿不出来,书记不嫌酒丑,就给个面子喝两杯。也算是为我们搞黑高荡开发,鼓劲,打气。"

"国鉴书记不仅工作上有一套,劝酒同样有一套。看来,这酒不喝还真不行啦。不过,我也有个条件。"柳成荫边说,边从方国鉴手中要过了酒瓶,"今天晚上这第一杯酒,由我来给各位斟,也由我先敬各位。"

柳成荫话一出口,桌子一下热嘈起来了。县委书记要给大家斟酒、敬酒,这是多大的面子,多大的荣幸啊。方国鉴原先不晓得柳书记会提出怎样让他难办的条件,一听这话,高兴得带头鼓起掌来。坐在柳成荫斜对过的陆小英心里想,今天晚上恐怕躲是躲不过去了。

第七章

　　女儿蜻蜓点水似的，在家里待了一个晚上，回她的俞垛去了。留给母亲王小琴的，是无边的痛。

　　为了柳成荫前天留下的几百块钱，陆小英一口就把母亲回绝了。这钱，她是坚决不会替王小琴还的，要还王小琴自己还。

　　这不是还要让我在柳家面前丢脸么？小英啊，你怎儿就不体谅妈妈的难处哟？王小琴心底那块原本就无法愈合的伤疤，又被自己的女儿撕开了一道口子，在流血。

　　原本想回来住两天，跟母亲好好谈谈心的陆小英，结果心没谈成，气呼呼地走了。她想不到，在她和柳成荫两个人中间，母亲总是不断地给她出难题。在广陵大学那几年，她和柳成荫曾经是那么地相爱。可当她和柳成荫满怀喜悦，满怀憧憬，和母亲商量亲事的时候，母亲异乎寻常地，拼死反对这门亲事。这样的打击，让陆小英痛不欲生。她怀疑自己不是王小琴亲生的，要不然，一个母亲哪能不祝福自己女儿和心爱的小伙子的美好而甜蜜的姻缘呢？

　　这么多年过去了，陆小英好不容易从爱情失败的阴影中走出来，把那曾经的浪漫、甜蜜与美好，和深深的缺憾与伤痛，一起封存在心底。原本完全可以留县城工作的她，向县领导写了一份申请书，要求到全县最艰苦的地方去，经受风雨磨炼和艰苦环境的考验。这一举动，让她一下子成了大学毕业生的典型，先进事迹上了县报、县电视台。

当然，县领导也满足了陆小英的请求，把她安排到了有楚县"大西北"之称的沙沟区俞垛镇。在俞垛镇，陆小英除了工作还是工作，她用工作来麻痹自己。正像领导表扬的那样，在俞垛镇她是个一心扑在工作上的好干部。这样一来，她顺利成长为全镇最年轻的副镇级领导干部，没几年就当上了镇党委副书记。

原本已经渐渐远去的一切，因为柳成荫的到来，变得复杂起来。陆小英这些年的想法是，自己还年轻，既然组织上器重自己，就应该好好干，干出一番业绩来。追求政治进步，有一个更好的前途，总是件让人高兴的事。在陆小英的潜意识里，还有个与柳成荫比着干的意思，她知道柳成荫在清江工作干得也很出色，但具体情况究竟如何并不那么清楚。她一定要干出一番骄人的业绩，让经不起挫折与考验、主动放弃她的柳成荫后悔。

现在的情况，好像并没有如陆小英所愿。柳成荫显然干得比自己更出色，竟然回楚县变成了自己的最高领导。他回香河，还专门看望了自己的母亲王小琴。不仅仅是简单的看望，还有所表示，给母亲留下了几百块钱。为这几百块钱，母亲又一次要让她这个做女儿的为难。这让她自然不能接受。

陆小英有这样的感受、这样的反应，自然可以理解，但问题是，母亲为什么要为难自己的女儿呢？王小琴内心的苦楚又有谁来理解呢？

这些天，王小琴一直在经受着煎熬。如果说柳成荫的意外来访和他丢下的几百块钱，像一把刀在王小琴心底旧伤口上刺上了一刀，那么陆小英面对几百块钱给母亲的回答，无疑又给王小琴那刺开的伤口上撒了一把盐。那些曾经的一切欢娱与缠绵，伤痛与悲伤，再一次在王小琴心底浮现……

"春雨哥,你什呢时候拱到我前头来的吵?"

"嘻嘻,不告诉你。"柳春雨嘴上说着,手上动作就来了。在棉花田的垄沟里,把自己心爱的小琴姑娘紧紧地搂在胸前。

"你这个馋嘴猫,后边有人呢。小心把人家望见。"王小琴嘴里的话还没说完,柳春雨的嘴唇就紧紧贴上来了。

"没得事,没得事,我都张过眼了。翠云在你后头还有几篙子远呢,望不见。"柳春雨忙里偷闲,从嘴里冒出几句话,让琴丫头放心。柳春雨提到的翠云,不是旁人,是自己的妹妹,小琴同的学同学、好姐妹。

夏季正是棉花生长的旺盛期,柳春雨、王小琴这对相爱的青年男女,在棉叶的庇护下,尽情享受着彼此的爱情。他俩不住气地吮吸着对方的舌,真是想把吃奶的力气都用上呢。两个年轻人的舌头,在对方嘴里,似畅游在香河里的两条小鱼,时而贴身而行,时而上下翻滚,惬意极了。这时,柳春雨的两只手再也闲不住了,伸进琴丫头的胸前,抓住了那圆滚滚的大奶子。不一会儿,柳春雨的嘴唇和琴丫头的嘴唇不得不分开了,因为柳春雨有了新的更醉人的目标。很快,柳春雨把琴丫头的大奶子含在了嘴里。

渐渐地,两个人身子摩擦得发焐了,身体内有某种异样的骚动。

"春雨哥,我热。"在春雨的吮吸、搓揉下,琴丫头只觉得浑身焐燥燥的,两只玉兔一样光洁饱满的乳房,翘翘地呈现在自己心爱的小伙子跟前,胀胀的,蹦跶个不停。

"小琴,我要你。"血气方刚的柳春雨,更是浑身血脉贲张,血流加速,身体的某个部位显得异常亢奋,直挺挺的,似雄赳赳气昂昂的战士,只等琴丫头一声令下,随时准备出征。

在这样的时刻,多浪费一分钟都是一种犯罪,再多说一句话都是多余。两个青春的胴体有了一次亲密无隙的接触,两个年轻的生命有了一次奔放畅达的表达。

柳春雨醉了。王小琴醉了。柳春雨、王小琴醉在了彼此的情爱里。

香河村又多了一对让无数青年男女羡慕的情侣。

原来柳春雨想当村支书香元家女婿的传闻，至此不攻自破了。说实在的，香元支书不是没有这样的想法。春雨伙，是村子上唯一的高中生，是个肚子里喝过不少墨水的，在香元支书看来，是个知识分子，文化人。再加上，这个小伙品貌蛮周正的，望上去挺顺眼，跟自己家丫头水妹子蛮般配的呢。于是，柳春雨中学毕业回村没有务一天农，就让香元安排进了村小，当上了村小的代课教师。不用面朝黄土背朝天整天跟泥土打交道了，摔掉了祖祖辈辈传下来的泥腿子，那是多少农村回乡青年梦寐以求的事啊！

村支书香元既然把代课教师给了柳春雨当，又不能因为柳春雨成不了自己的女婿就把人家撤掉。他不能这样做。如若真是这样做，他这个支书要挨人家骂，被人家看笑话，在春雨伙老父亲柳安然跟前一辈子都抬不起头来的。柳安然老先生，那可是香河村人人敬重的，不仅通晓古今，见多识广，而且重德重行，君子风范，菩萨心肠。这么说吧，村民们只要碰到难事，不是找村支书香元，多半是去请柳老先生帮忙。每次，柳老先生都能遇难解难，遇疑释疑，不会让村民们失望。

据说，柳老先生早年在私塾坐馆时，曾保存过清朝一位大学士的一副楹联。人家是回香河认族的。这位大学士可了不得，当过咸丰帝师，是个著书立说的人物。可伴君如伴虎，你再大的大学士，说不准哪天什么事情得罪了皇上，龙颜大怒诛灭九族，问题就大了。因此，大学士回香河族虽没认上，却留下了手书楹联一副，由村子上辈分高者保存。这副楹联传到柳安然手上，被当作"四旧"烧了。柳老先生想着自己好歹也是个读书人，那副楹联在自己手上被烧，悔恨不已。一咬牙半路出家，离开私塾馆开起了豆腐店，以此来养家糊口，度过光阴。

你想，香元无论如何也不会去得罪这样一位德高望重之人。不过，柳春雨既然不想当我香元的女婿，这代课教师也是当不长的。香元内心的想法，可以说是司马昭之心，路人皆知。事实上，柳春雨和王小琴公开相爱之后时间不长，香元就找了个由头，把柳春雨从村小赶了出来。

不当代课教师的柳春雨，时间更自由了。他和心爱的姑娘在一起缠绵的机会更多了。

"豆腐百叶拾呃——"
"拾豆腐百叶呃——"

香河上，柳春雨划着小木船，沿河叫卖着，往村外划。坐在船尾上的琴丫头，唱对台戏似的，只要柳春雨喊一句，她就跟着喊一句。

"嗳嗳嗳，有个大人形好不好，我这是在做生意，卖豆腐呢。"柳春雨望着自己心爱的姑娘，心里头美滋滋的，别提多开心了。不当村小代课教师之类不开心的事，早抛到九霄云外去了。

现在，只要一有空王小琴就和柳春雨恋在一起，这让柳翠云多多少少有些个不开心呢。这不，原本她们两个是村子上公认的好姐妹，现在待在一起的时间少了。就连这到村外卖豆腐，原本也是翠云和她哥哥一块儿去卖的，现在也没得她的份了。她的位置被王小琴取代了。同样是年轻的姑娘家，哪个不喜欢往外跑哟，既能见到不同的人，也有可能遇见不同的事，新鲜感不一样呢。

这样一来，翠云只好留在家里头，陪老父亲做本村人的生意。在本村做生意有什呢意思哟，熟人熟面的，拾豆腐时头都不用抬，听声音就晓得是哪个了。

香河村"碗口大的庄子，筷子长的巷子"，就那么几百号人，一年到头，大番小事，总要往柳家豆腐店跑几趟的，日子长了自然就熟识了。说的也是呢，本村之人，低头不见抬头见，哪有什呢新鲜感唠。

王小琴就不一样了，跟心爱的春雨哥在一起，斗斗嘴，逗逗趣，开心得不得了，脸上笑成了一朵花。这不，一大早出来，头一笔生意竟然碰到了一个新娘子。在香河村民嘴里，说新娘子，有可能是真正的新娘子，刚结婚不久的那种；也有时候，结婚有一段时间了，还不曾开怀有细宝宝呢，也叫新娘子。要是结婚几年，都不曾生养，那就得叫老新娘子唦。

"拾四方¹豆腐，称一斤百叶。"柳春雨刚把小船靠岸边停稳当，新娘子就朝他把搪瓷盆子递了过来，细声细气地做了交代。

"我来，我来。"琴丫头见状，连忙煞呃从船尾站起身来，一脚跨进小木船的船舱。随即接过新娘子的搪瓷盆子，从船舱水桶里拾四方豆腐，养水装入新娘子的搪瓷盆子。这豆腐，干放，一方两方还可以，方数多了就得养水放，否则拿到家就全碎了。豆腐这东西嫩得很，稍有颠簸震动会碎，豆腐之间有摩擦碰撞也会碎。养水就好得多，器皿中的水起到了缓冲保护作用，豆腐自然就不易碎了。琴丫头跟春雨出来卖豆腐不是一回了，这样的小窍门早掌握了。

王小琴为新娘子拾豆腐的当口，柳春雨也把一斤百叶称好了。一手交钱，一手交货。新娘子一手端着装有豆腐的搪瓷盆子，一手抓着折叠着的百叶，笑嘻嘻地跟柳春雨、王小琴说了声"再会"，扭着并不苗条的腰肢，走了。

"嘿嘿，你鬼丫头，小心眼。连忙煞呃接人家新娘子的搪瓷盆儿，生怕我多望人家新娘子几眼。"柳春雨以桨作篙，将小木船撑离岸边，装桨时伸手在琴丫头小蒜头鼻子上轻刮了一下，之

---

1 这里的"方"与形状无关，当量词用，跟"块"同义。

后才划桨前行。

"你想到哪块去了吵,我发现了个小秘密。嘻嘻——"琴丫头倚在她春雨哥身边,并没有马上坐到船尾上。

"小秘密?什呢小秘密?"柳春雨将信将疑地看了身边的琴丫头一眼。

"刚才那个新娘子已经有了。而且有好几个月了。"王小琴很神秘地对柳春雨说道。

"你这个人,怎儿这样少见多怪的呢?人家既然已经结婚,有了不是很正常的事么?有什呢值得大惊小怪的吵?"柳春雨有些不解地望着琴丫头。

"你不懂,他们不是结婚之后才有的。肯定是之前就不规矩,'偷嘴'的。"琴丫头说完"偷嘴"一词之后,脸都有点红了。因为,说起这样的事,让她想起了自己和春雨哥在棉花田里彼此之间的鱼水之欢。

"鬼丫头,真是鬼精鬼精的。还有脸说人家?!"柳春雨又一次伸手在王小琴鼻子上稍稍用劲刮了一下。

这刻儿,琴丫头在她的春雨哥身边摩啊擦的,身体内的情绪被调动起来了。她咬着柳春雨的耳朵边儿,喃喃地对柳春雨道:"春雨哥,我想要。"

"鬼丫头,这里又不是棉花田。我在划船,还要卖豆腐呢。"柳春雨这样说,双手已经放开了木桨,把琴丫头搂在了怀里。

"我不管,哪个叫你让人家尝到甜头的吵,我就要,现在就要。"琴丫头这刻儿已经有些忘形,自己的小嘴唇紧紧地贴到柳春雨的唇上。

"好好好,豆腐不卖了。这就带你去乌金荡。"柳春雨在心爱的姑娘面前,只好退让。

就在这时,岸边上有人叫喊着:"卖豆腐的,靠过来,拾几方豆腐把我吵。"

柳春雨权当没听见，拼命挥动着木桨。河岸上的人弄不清楚，船上究竟是怎儿一回事，明明有生意为何不做的哟？看到一只小木船，似离弦之箭，飞速向乌金荡方向划去。

晴朗夏天里的乌金荡，满眼都是碧绿的芦苇，很是繁茂的样子。柳春雨的小木船，进得荡子之后，完完全全被芦苇掩盖了。

这时，柳春雨丢下木桨，快速把琴丫头压到了自己身下。两个青春的身体，似两团炽热的火球，似乎想熔化对方，合二为一。

小木船随着两个人动作的节奏，在芦荡里一漾一漾的，船的四周有涟漪一圈圈地，生起，散开，远去，之后新的涟漪又生起，散开，远去……

当柳春雨体内的熔浆流淌进了心爱姑娘的那一眼温泉之后，顿时感到周身通泰，飘然欲仙。而原本十分急切的琴丫头，在一番水乳交融过后，变成了一只安静而温驯的小白兔，很是乖巧地躺在心爱的春雨哥的臂弯里。

"春雨哥，乌金荡上面的天怎儿这样蓝的哟？还有噢，飘过来的云怎儿这样白的哟？"琴丫头有些忘情地伸出她光洁的手臂，指着荡子上空飘浮着的几朵白云，让柳春雨看。

"就你问题多。我哪有这么大的本事回答你的问题哟。"柳春雨把琴丫头绵软的身子搂得更紧了。他知道，琴丫头开心呢，想问的，想说的，并不一定非要他回答上来。她要把自己内心的愉悦借助言语表达出来。

不经意间，有几只不知名的鸟儿，从他俩身旁飞过。原本悄无声息飞着的小鸟们，一见两个青春光洁的胴体，突然，叽叽喳喳地叫了起来。它们似乎有些不好意思，为看了不该看的而相互鸟语呢。一阵叽叽喳喳过后，它们便穿过茂盛的芦苇丛，飞到远处去了。

柳春雨和王小琴相爱的时光，是那么的美好。然而，这样的美好并没能够一直继续下去。王小琴清楚地记得车路河工地上，那个让她遭受屈辱与伤害的早晨。

车路河工程是当时楚县县委、县政府的"一号工程"，此处的"一号"和楚城人大清早起床后必去之地不是一回事。楚城人如若是在一个巷子里住着，彼此做邻居日子长了，大清早出门，端个痰盂儿，抑或拎着马桶，招呼起来便是："上'一号'啊？"楚城人常挂在嘴边的"一号"，乃厕所也。那时楚城人住低矮老式平房者居多，家里没有厕所，白日里要方便，得去巷头上的公共厕所。

车路河工程冠以"一号"的名头，明眼人一望便知，第一之意也。一项工作也好，一个工程也罢，被县委、县政府排在第一位，足见其重要，足见县委、县政府领导的重视。当然，也有人不以为然。说是"一号工程"太多，县里有，其实是因为市里有、省里有，如此上行下效，乡镇也就有，甚至有的村也好赶时髦，弄得"一号工程"满天飞。

不管你怎么反感"工程"，这车路河还的的确确是个工程。全县几十万人齐聚在这一庞大的水利工地上，以乡镇建团，以村建营，以村民小组建连，那可是人山人海，挑担子的，挖土的，一条条长龙，在蠕动，在翻腾。一眼望去，整个工地是红旗招展，人头攒动，号子震天，一派繁忙。

王小琴无比光荣地成了这几十万大军中的一员，她是从香河村筛选来到车路河工地的。只不过，她跟其他人的工作不太一样。她是在香河村所在营部炊事班，负责给一村民工烧火做饭。虽说在工地上那些挑担挖土的很辛苦，劳动强度大，团与团之间，营与营之间，哪一天不铆足了劲比工程进度吵。然而，王小琴她们几个妇女要负责一个营上百号人的一日三餐，也不是什呢轻巧活计，起早带晚那是常事。

之前说"一号"的话题，哪个也不曾想到，这车路河"一号工程"，竟然在"一号"上出事了，出了大事情，惊动了上头的领导。说是有一天，有个女民工，在工段上负责挖土装担，大概是早上粥喝得多了，不一会儿有了尿意。她想停下子，方便方便。可跟前的担子不住气往她锹下放，挖上几锹装好担子走了一个，下一个紧接着又来了，她手中的锹根本停不下来。她原本指望挑担子的稀松些个再去小解，哪晓得她东张西望，一眼望下来都不曾发现哪块有个"一号"。望不到厕所，手上的锹又停不下来，体内的某个器官在不断膨胀，这让她变得焦躁不安，难以忍耐。终于，脸色涨得由红至白，突然倒在了工段上。事情既出，当然有领导过问。那妇女被立即送到县人民医院抢救，结果因尿囊破裂失去了生命。

一时间，县领导对车路河工地上的"一号"重视起来。对女民工这方面进行了专门教育。人家说笑话的，活人被一泡尿给憋死，这还成真的了。大千世界无奇不有。你还别说，这车路河工地上的奇事，还没完呢。

对于王小琴来说，这原本是一个极普通的早晨。

她与往常一样，很早就从工棚里起床，经过简单梳洗之后，提着一大箩早饭米，到工棚不远处的河口淘米。要把一大锅早饭烧好，不早起不行呢。

就在她淘好米往回走的时候，体内忽然有了尿意。这东西可憋不得，憋得不好会憋死人呢。前些时候那个女民工的事，王小琴自然也听说了。团领导还专门讲过这方面的要求，妇女同志们，千万要从出事的女民工身上吸取教训，不能要脸面不要生命。

还好，这刻儿民工们大多还在梦乡呢。王小琴瞄了一下四周，人影子没得一个。正巧，眼前有一小片芦苇滩，尽管冬天芦苇枯黄了，但多少还能给王小琴一些遮挡。王小琴放好米箩，蹲进了苇丛。

就在她走神的片刻工夫，突然有一双手从背后把她扳倒，不容分说，一个男人压在了她的身上，毫不费难地完完全全进入了她的体内。说实在的，王小琴正来情绪呢，那扇门自然是打开着。

这家伙下手也太快了。王小琴也不曾反应得过来，来人都已经完事了。当来人提着裤子站起来时，王小琴看到了一张再熟悉不过的脸：本村的农技员陆根水。

说实在的，陆根水跟她尪交易的时候，王小琴的身体并不怎儿抗拒，并不曾怎儿反感。但当她看到这张脸时，顿时像吃了一只粪坑里的苍蝇一样，恶心。

"你个挨千刀的陆根水，要死来呃了，姑奶奶拿命跟你拼。"清醒之后的王小琴系好裤子，像头怒吼的母狮子，双手死死地揪住陆根水的头发，往地上拽，嘴里破口大骂。

刚才还雄起起的，在王小琴身上来了一番狂风暴雨的陆根水，此刻一点反抗的意思都没有，任凭王小琴撕打、痛骂。"小琴，我一直喜欢你，想和你在一起。"陆根水双腿跪在了王小琴面前，竟然失声痛哭，满脸泪水。

"呸，小琴是你叫的么？那是我春雨哥叫的，你没得资格叫。"王小琴听到"小琴"两个字从陆根水嘴里吐出，比起刚才跟他尪交易都来得恶心，狠狠地朝陆根水脸上吐了一口痰。

"我晓得，你眼里只有柳春雨，我就哪块比他差呦？他家哥哥柳春耕跑到东北去了，他家已经成了村上的'外流户'，他代课教师当不成，现在连上'大型'都没资格。要不然，他跟你一块上车路河工地，我也没得这样的机会。"陆根水只顾把自己的想法往外说，王小琴吐在脸上的痰沿着脸颊往下淌，他也不管。

"跟你在一起，做梦。别以为有了这一回，就能跟我怎么样，门都没有。除非你把我尸首抬到你家去。"王小琴再气、再恨，有一样事不能不做，那就是要给营里民工烧早饭。再说，刚才发生的这件事情，跟挨千刀的陆根水再怎儿吵闹，也已经发生过了。闹得厉害了，让旁人晓得了更是丢人现眼。这叫哑巴吃黄连，也是打掉牙自己往肚子里头咽。

王小琴提着一大箩早饭米，恨恨地离开那片芦苇滩，离开还跪在芦苇滩上的陆根水。

常言说世上没有不透风的墙。王小琴在车路河工地上被陆根水强奸的事，很快就传进柳春雨的耳朵里了。

自从村上的李鸭子给柳春雨的哥哥做媒，他又陪哥哥到邻近的杨家庄望了一回亲之后，不顺遂的事情就接二连三地登上柳家门了。

先是杨家庄的杨雪花放出话来，她看中了柳家老二。这让身为老大的柳春耕觉得再无脸面在家里待下去了，一气之下离家出走。他这一走，柳家成了不光彩的"外流户"，香元支书便名正言顺地把柳春雨的代课教师给撸掉了。

没有了老大与老二的纠缠，杨雪花反而光明正大追起柳春雨来了。杨雪花的理由是，你柳春雨主动跑到杨家庄把我"望"的，你到杨家庄看场电影，把人家姑娘的心勾走了，现在又不认账。

这事对柳春雨而言，有说不尽的冤枉。杨家要"望"人，柳春雨是陪哥哥去把杨家"望"的，哪晓得节外生枝，杨雪花没"望"中哥哥，反而把他"望"中了。

实在说来，杨雪花比琴丫头还要漂亮，高挑的身材，该翘的地方翘，该收的地方收。瓜子型的脸盘子，光洁得如同刚煮熟新剥开的鸡蛋。一双杏眼，水汪汪的透着灵性。两条垂到腰际的长辫子，乌黑乌黑的，走起路来那辫梢上的紫色蝴蝶结儿一跳一跳的，蛮撩人的。

你说，面对这样一个天仙似的姑娘，哪个小伙子不动心呢？柳春雨也不是没有心猿意马的时候。但，他跟琴丫头早已如胶似漆，杨雪花偶尔走进柳春雨的脑子也不过是一闪而过。

柳春雨心里已没有办法再装下一个杨雪花了。

可现在，琴丫头被陆根水这个畜生强奸了。在香河一带，只要发生这样的事，处理起来基本上都是一个规矩：只要女方愿意，男方把女的娶回家，没得二话。在村民们看来，你家小伙把人家丫头睡了，不娶回家当婆娘怎儿行呢？如若不愿意，早做什呢的吵！那时候，家里上人就要挨人家骂，没得家教，细"二伙"乱犯嫌。

对女方而言，免得日后吵起架来给人家个话把子，说某人做姑娘的时候就不规矩，由人家"那个"过了。两口子过得顺心还好，不顺心执崩起来，男的出口不逊，便会骂自己婆娘"二水货"，有什呢本钱自尊自贵吵？有短处在男将手里，只得吃瘪，认下。碰到脸皮撕破了，想不开的，一头之兴，喝农药的有，一绳子把自己悬在屋梁上的有，一头扎进河里再也没上岸的，也有。事情到这个地步就无可挽回了。因此，事出后，男方便会请出人来做女方家工作，女方家也借势下坡，答应了这门婚事，无非在财礼、嫁妆上敲男方一下，求得一点心理补偿。话又说回来，凡事都不能绝对。也有女方坚决不同意婚事，而要求公家处决的。

王小琴原本是死也不同意和陆根水成亲的，但她发现，自己心爱的春雨哥自从去杨家庄看望说是突然得了重病的杨雪花之后，心就不在她身上了。

事后，她自然晓得了，是杨雪花自称病重把春雨骗到杨家庄去的。看来，杨雪花真的放不下春雨哥了。既然杨雪花如此爱他，他现在和自己若即若离，再也不似从前那般贴心了，不如成全他和杨雪花。王小琴心想，自己被挨千刀的陆根水奸污过了，身子不干净了，再也不值得春雨哥爱了。

万般无奈之下，王小琴又经不住家人苦劝，只得忍受着屈辱，在当年春节嫁给了陆根水。也是在这一年的春节，柳春雨自然而然地娶回了如花似玉的杨雪花。

　　成为新娘子的王小琴，不管她有一千个不愿意，一万个不愿意，每晚都要经受陆根水的蹂躏。当上王小琴丈夫的陆根水，在男女房事上近乎有些个变态。在他看来，现在的王小琴浑身上下都属于他陆根水的了，想什么时候尥交易，就什么时候尥交易，想怎儿样子尥就怎儿样子尥。不过，他的"性"福生活很快就被他母亲来娣子中止了。

　　新婚不久的王小琴被婆婆发现有喜了。照老礼说起来，这可是"幢门喜"，她这个做婆婆的哪能不高兴吵？这意味着这个孤儿寡母的家里，不仅多了个新娘子，不久的将来，还将有新的生命诞生。自己家不争气的小伙陆根水也要当老子了，她守寡多年的来娣子终于要有人喊奶奶啦！

　　这样一来，来娣子当然不能容许自己的小伙对媳妇瞎来了。媳妇腹中正在孕育着的小生命，那可是陆家的希望啊。在这件事情上，来娣子少有的严肃，拿出一家之主的身份来，明确要小伙媳妇不能同被子睡，两口子必须分被子睡。不仅如此，她还时不时地查点，直捣其墙地问王小琴，夜里可曾跟陆根水行房事。王小琴自然严格遵守婆婆的指令，她终于有了求之不得的清静与安宁。

　　其实，陆根水也晓得，王小琴的心还在柳春雨身上呢。事实就是这样，一个人要忘掉曾经那么相爱的人，哪有这么容易噢。王小琴的心在苦水里泡着，在盐水里煮着，无人去说，也无人来听。一切的一切，只能她自己承担。

　　被婆婆发现有了身孕，王小琴原本还有些个紧张。她生怕婆婆细枝末节地盘问她。在生儿育女这上头，来娣子毕竟是过来之人，王小琴有什呢情况，瞒不掉婆婆的洋盘。所好的是，来娣子只顾了为媳妇一进门就怀上而高兴，并不曾细究其他。

王小琴自己既紧张，又有点儿兴奋。她内心深处想的是，腹中的小生命会不会是她跟心爱的春雨哥的呢？他们行鱼水之欢不止一回，每回都激情澎湃，按理说很好落种的。这个痴情的女子，质朴地想到了种地干农活上头去了。她不由自主地在心里对自己说，死鬼丈夫之前跟自己不过就那么一回，这种要播也该春雨哥先播上才对。想着尽管没能和心爱的春雨哥生活在一起，但老天爷眷顾她，让她怀上了春雨哥的孩子，这多多少少给她破碎的心以些许慰藉。

冬季积造自然肥料的运动，在香河村正开展得热火朝天。自从出了个一天罱泥五大船的三狗子，香元支书对各家各户的期望值更高了。这不，柳春雨杨雪花、陆根水王小琴这两对新婚夫妻，也都被生产队长安排上了罱泥船。一天还有三船泥的硬任务。

香河上，浮冰撞到罱泥船帮子"咔嚓""咔嚓"作响。柳春雨、杨雪花两口子和陆根水、王小琴两口子分别在各自船上作业。只不过，柳家的船上，柳春雨端泥罱子，杨雪花拿船篙，而陆家的船上，却相反，王小琴端泥罱子，陆根水拿船篙。

陆根水长期担任村农技员，平时只管给稻麦棉花之类打药施肥，实施田间管理。就是打药施肥，也不是他亲自做，而是他掌握稻麦棉花的病虫害情况，以及农作物生长情况，适时指导村民打什么药、施什么肥。说白了，陆根水干的是技术活儿，不是体力活儿。让他端泥罱子、渣罱子，那不是要他的命，就是出他的洋相。他根本干不了。

柳春雨就不一样了。虽说当过几天村小代课教师，可老大柳春耕外流之后，他就回生产队种田了。有时也划着小船出村卖卖豆腐，但队上的正经农活柳老先生是不让他耽搁的。柳老先生也曾经把柳春雨交给三狗子，让三狗子调教调教，直到柳春雨把庄稼地里几样重要的农活都拿得出手，三狗子才敢向柳老先生复命。

柳老先生自然不会亏待三狗子，时不时地送几方豆腐、几张百叶，让三狗子一家伙食大为改善。柳春雨学成满师之时，三狗子又被请为柳老先生家的座上宾，一顿酒饭相待，让三狗子好不受用。

有这样的职业培训，柳春雨手拿泥罱子虽不轻松，但还算熟练得法，罱篙如何下水，罱口张开如何贴河底淤泥再用力前推，收罱时如何养水上提巧借浮力，凡此等等，运用自如。杨雪花在丈夫指点下，船篙快慢与丈夫的泥罱子配合默契，快慢得当。因而，他们船上不一会儿就有大半舱新鲜河泥了。

王小琴就受罪了。在香河村，罱泥、罱渣之类属男将儿做的重活计。妇女能做的，极少。除非那些个五大三粗的女将，站出来跟个男将没得二样，有把膀劲，才敢拿泥罱子、渣罱子，跟男将挣一样的工分。王小琴本身就生得小模小样的，怎儿望也不是拿泥罱子、渣罱子的角色。可这一回硬任务是按劳力分配的。陆根水在干农活上是个半吊子，她王小琴只好硬着头皮上。

为这事，来娣子还跟香元红脸，想把一天三船泥的任务推掉。结果，屁用不曾有。她只好关照自己小伙放灵巧些个，多照应自己婆娘。又叮嘱媳妇，要小心又小心，泥罱子不能满，满罱子男将儿端起来都没么便当，何况你女流之辈呦。罱子下水时，吃口不能深，不然罱篙不好往前推。总之，要用巧劲，千万不能硬来。不能忘了肚子里的孩子。完不成指派的任务，挨罚就挨罚，大不了年底分红的时候，变成"超支户"。

原本对陆家没得好印象的王小琴，被婆婆一番真心实意的话打动了，再三跟婆婆点头，一定小心，一定注意，一定不忘肚子里的孩子。可，答应归答应，时间长了，王小琴手上的罱篙还是有些个不听使唤。这不，一罱子没有端上船，罱篙一别，她脚下一扭，人摔在了船头上。

其他船上只顾着完成自家的进度，王小琴的摔倒并不曾引起他来的注意。但王小琴这一摔，让在不远处作业的柳春雨心揪了一下，生疼生疼。

"快，靠过去。"柳春雨没有跟妻子解释什么，用了近乎命令的口气。王小琴摔倒的这一幕，杨雪花自然也看到了。尽管香河上罱泥船好几条呢，但王小琴、陆根水两口子的泥船一出现，杨雪花就用眼睛余光时不时地瞄着。她当然十分清楚，眼前的这个女人，曾经怎样地和自己的丈夫相爱。要不是陆根水从中帮她的忙，她几乎是胜不过这个女人的。所以，她从心底里很感谢陆根水这个强奸犯。这样的想法，近乎恶毒，但爱情本来就是自私的，有时甚至会带有某种罪恶。

杨雪花顺从地把自家的泥船撑得与陆家的船靠在了一起。"怎儿弄的？跌到哪块了没有？"这当口，柳春雨迫不及待地跨步上了王小琴船头。言语之间有轻微的责备，流露更多的是关切。

陆根水被妻子意外的一跌，吓得愣住了。

"你走，走，不要你多管闲事。"刚才摔下来没有半点哭声的王小琴，这时异常用力地甩开了柳春雨向她伸过来的手。这可是曾经那么爱她的男人的一双手，曾经给她多少缠绵与浪漫的一双手，曾经在梦里多少次盼望牵着永远都不想放开的一双手！这一刻，她毅然决然地推开了。用近乎狮吼的声音，拒绝了。

"陆根水，你个畜生！你还算是个男人么？让老婆罱泥，自己撑船，你好意思么？屄脸都不要了。"柳春雨并没有被王小琴突然间的狮吼吓退。在他的内心里，眼前这个摔倒的女人，一直是他的女人。他有资格说，比陆根水熟悉这个女人身体的每一处地方。他有力的双臂抱起了不断挣扎着的王小琴。当他发现有鲜血从王小琴裤腿管流出时，再按捺不住对陆根水的愤怒，大声叱责起来。

本来王小琴突然间摔倒，陆根水愣神过后便有些于心不忍。转瞬之间，王小琴又被柳春雨抱起，自己接着遭受到柳春雨狂风暴雨般的叱骂，整个人一下子蒙掉了。

"放开我，你没有权利管我。"王小琴情绪依然十分激动，在柳春雨怀里挣扎不已。

"我管给你看。今天的事，我管定了。"柳春雨字字力透千钧，说得几乎咬牙切齿。由于王小琴的激发，深藏在柳春雨体内一直被压抑着的情绪爆发出来了："陆根水，老子今天就跟你把话说明了，琴丫头跟我好，我们不曾瞒，不曾藏。是你做下缺德事，对不起琴丫头和我。我也听说了，琴丫头有了。你不想要她肚子里的孩子，犯不着这样作践她的身子。孩子我要了。"

柳春雨这番话一出口，一直在拼命挣脱的王小琴，浑身一软，一下子瘫在了柳春雨怀里，顿时泪如雨下，嘴里不停地哭喊着："你管，你管得今儿，可管得明儿，可管得了我一辈子啊？老天爷呀——我怎儿就这样命苦的哟——"

香河上飘荡着王小琴凄婉的哭声……

第八章

　　九大工作组"全县农村经济工作过堂汇报会",在县委常委会议室召开。会议由县委副书记、县长梁尚君主持,分赴全县各个区乡镇的工作组成员悉数到会,各组牵头的县四套班子负责人代表本组作汇报发言,有需要补充的,其他部门负责人可以补充。会议开得很是热烈,柳成荫让沙沟区这一组暂时不要发言,他本人在这一组参加"过堂"的,情况再清楚不过。他要先听听其他组"过堂"下来的情况,有什么新亮点,有什么新举措,有什么新难题。一把手最重要的,是要掌握全局。只有全局在胸,下决断,作决策,才能更好地推动工作的展开。常言说,兼听则明。这个道理,柳成荫自然是懂的。

　　大半天的汇报听下来,柳书记和梁县长交换了一下看法。总的感到,这次区乡镇经济工作"过堂",收获是大的。各个组都把各区的特色、亮点作了介绍,譬如东部地区的老圩区大力发展多种经营,引进"波尔多"山羊新品种;圩南地区虽然也是要大力发展多种经营,但在品种选择上突出了因地制宜,在培育养猪大户上求突破;近郊的临城区阳山乡等几个乡镇则把工作着力点放在了与县属大企业寻求合作配套上。

当然，整个"过堂"汇报，还是水产局局长李得水代表沙沟组所作的汇报亮点最大，黑高荡开发。这可是前所未有的大动作！

别看柳成荫是个年轻的上任时间并不算长的县委书记，在盘人头上还是有自己的一套。在俞垛，李得水满以为柳书记会把他留下来陪，结果跟他招呼都没打一声。他走得有点儿不惬意，甚至于对柳书记还有点儿想法。

柳成荫考虑的是，虽说你李得水从工作角度留下来也未尝不可，但毕竟一个组同来的部门负责人十几个呢，单留下你一个，那不是太明显了么？那不等于是告诉人家，你李得水是县委书记旗下的人。再则，在俞垛多留一晚，还有更要紧的私事要办，怎么好让你李得水在呢？柳成荫心底的想法自然不会跟任何人说，哪怕是整天几乎跟自己形影不离的跟班秘书金爱国。

然而，回到县里，柳书记就让李得水好好准备，到时候代表沙沟组在全县的"过堂"汇报会上作发言，这可是在县四套班子领导、县各部门主要负责人面前展示自己的一次极好机会。汇报好了，自然会给自己的政治前途加分的。

柳书记让他发言，这是李得水想不到的。因为其他组都是四套班子负责人亲自发言的。他就没有想一想，柳成荫作为县委一把手，向四套班子其他领导汇报沙沟组的情况，这也有失一把手的尊严吧。让李得水发言，是柳书记的选择，这不假。但，这是个站得住脚的选择。

果然，李得水关于开发黑高荡的设想一经提出，在会议室引起强烈反响。分管农业的县委副书记苟道生率先表示支持，说这是他分管农业多年来的梦想。事情有时就是这样的，想不到也就罢了，想到了却干不成，没有办法去干，这对于一个想干事情的领导者而言，是件极苦恼的事，有时候是会挫伤人的锐气的。

苟道生，土生土长的沙沟地区人，对黑高荡那一片水面有太多的记忆，也为那么一大片水面每年只有过端午节的时候才有村民进荡打点儿粽箬而惋惜。他头脑里不止一次地盘算着，什么时候才能让黑高荡变成真正的聚宝盆。有时候，过端午他会回家看看自己父母亲，自然会吃到用黑高荡粽箬裹的粽子。有时候，过端午节他没能回黑高荡，父母亲节后进城看儿子孙子，总会带上几只粽子，让他们尝尝鲜。那时，苟道生就会想，黑高荡真是老天爷对沙沟人的恩赐啊，没有让黑高荡产生应有的效益，实在是愧对老天爷的这份恩赐。

分管农业的副县长朱蕊听了苟副书记一番感慨，情绪激动地站起来向书记、县长表态，一是全力支持黑高荡开发，建议县里专门成立黑高荡开发工程指挥部，县各相关部门抽调负责人参加，从组织力量上首先得到充分保障；二是主动请缨，担任黑高荡开发工程指挥部的副总指挥，愿意坐镇俞垛，靠前指挥。

或许有人会问，身为分管农业的副县长，她完全有资格担任总指挥呀。这一点，朱副县长是经过一番考虑的。县委、县政府如果决定开发黑高荡，那将是全县一项重大工程。县委柳书记作为一把手，关键时候行使最高领导权，不一定担任总指挥。但梁县长作为行政一把手，担任总指挥的可能性不能排除。即便梁县长不担任这个总指挥，总指挥的位置也还轮不到她，在她前面还有个分管农业的副书记苟道生呢。

正如大伙儿所知道的，苟道生老家就在黑高荡，那里情况熟得透透的，在县四套班子中的排名又在她之前。所以，她当副总指挥的自我定位极其准确。不过，作为一位女性的领导，朱蕊讲话的语调分贝蛮高的，会议室里的与会者都能听得出她的激动。但对大多数人而言，她激动的真正原因不得而知。

从一个普通插队知青，成长为楚县唯一的女性副县长，朱蕊有着极不寻常的成长史。

从楚县县城刚到俞垛插队的那会儿，朱蕊还是个满脸稚气的女中学生，梳着两只"爬爬角儿"，走起路来一蹦一跳的，两只"爬爬角儿"在头上一颤一颤的，蛮活泼的。那时的朱蕊整天像只村树上的雀儿似的，走到哪儿都是"叽叽喳喳"的，一副无忧无虑的样子。

刚刚高中毕业的朱蕊，毕竟还是有些幼稚、天真。她积极响应伟大领袖的号召，一心想着到农村这个广阔天地经风雨、见世面，然后锻炼成长，成为社会主义革命事业的接班人。在她看来，这是件多么光荣而又值得骄傲的事情啊。

毛主席不是说了么，知识青年到农村去，接受贫下中农再教育，很有必要。毛主席还说了，农村是个广阔天地，在那里可以大有作为。朱蕊觉得毛主席真是太伟大了，真不愧为我们全国人民的伟大领袖。毛主席的话说到她心坎里去了。她愿意在俞垛滚一身泥巴，炼一颗红心，接受贫下中农再教育。她愿意在俞垛贡献出自己的美好青春，然后干出一番作为。

因此，当领导决定把朱蕊留在当时的公社文化站，当公社文娱宣传队队员的时候，朱蕊是一千个不答应，一万个不答应。她理直气壮地回绝了，我到俞垛来是要和贫下中农打成一片，接受贫下中农再教育的，不是来蹦蹦跳跳，唱"三花脸"的。请领导把我分配到最艰苦的村，最好不要分配在知青点上，而是直接分派到贫下中农家里，这样我就能和贫下中农同吃同住同劳动，更好地接受贫下中农的再教育。

公社领导很是为自己被一个子没得三尺高、乳臭未干的小丫头噼里啪啦抢白了一通而深感意外。抢白归抢白，小姑娘的革命热情还是值得肯定和鼓励的。对于一个青年人来说，主动要求到条件艰苦的村子多接受贫下中农再教育，这一点还是难能可贵的。

不过，身为一个公社领导总要为自己挽回一些面子。"小朱同志，你迫切希望与贫下中农打成一片，接受贫下中农再教育的心情可以理解，想法也是好的。但是，公社考虑到你有文艺特长，想把你留在文化站当一名文娱宣传队员，那也是十分重要的革命工作。你怎么能认为是唱'三花脸'呢？你这样的认识是错误的，必须严肃批评。我们的文娱宣传队，是毛泽东思想文娱宣传队，不是过去地主老财家戏台子上唱的才子佳人那一套。这一点，你要弄清楚。当然了，你年纪太小，没见过地主老财家的戏台子，更不晓得什么才子佳人了。总而言之，你对公社文娱宣传队的认识是个错误，必须彻底纠正。"

"苟主任教育得对，我一定纠正错误认识。不过，我还是希望苟主任能把我分配到俞垛最艰苦的村去，我真的愿意和那里的贫下中农打成一片，接受贫下中农的再教育。苟主任，我这可是听毛主席的话，做毛主席的好孩子呀。"朱蕊接受公社苟主任批评归接受批评，希望到条件艰苦的村滚一身泥巴、炼一颗红心的决心丝毫没有动摇。

"你这个小丫头，人小志气可不小嘛。好吧，那就让你到我老家的村子黑高荡去怎么样？那可是全沙沟条件最艰苦的村子，到时候你可不许哭鼻子噢。"在自己的办公室里，身为俞垛公社革委会副主任的苟载德，第一次把手伸向了朱蕊，在她小小巧巧的鼻子上轻轻地刮了一下。

这一刮，让原本一直情绪紧绷着的朱蕊彻彻底底放松了下来。"黑高荡就黑高荡。难不成黑高荡会吃人么，有什么好怕的。"离开苟主任办公室时，朱蕊嘴里哼唱着刚来俞垛不久听来的童谣：

   俞垛镇，
    西北乡，
   最穷不过黑高荡。

黑高荡的穷,还是超出了朱蕊的想象。据说,有些人家男孩子多的,到了冬天几个男孩子合穿一条棉裤。最紧张的是大早上,个个都想上趟茅坑,只能老大穿了先去,然后再老二去,之后才轮到老三去。等到前头两个哥哥完事回来,老三这里已经屎到屁眼门子,熬得急急的呦。平常无事,要是老大霸道一些,那老二老三只好待在铺上。外面发生什么再好玩的事情,都跟他俩无关,出不去呀,着急有什呢用呦!总不能光屁股往外跑呦,那还不把裤裆里的"细麻雀儿"冻呃掉了。这是说的男孩子多的人家。

要是姑娘多的人家,只有大姑娘,家里才给做抹胸之类女性用的东西。做家长的也不放心呢,自家姑娘大了,懂事了,自己胸口两堆肉,鼓鼓的,不住气疯长,惹得村子上的细公鸡猴子,眼睛总往姑娘胸口上瞟,犯嫌呢。不弄块布给自家姑娘遮起来,弄不好要出事的。就像抹胸子这样的小物件,姑娘家不发育成熟到一定程度,家里都舍不得做。说什呢丫头家,能有件衣裳穿就不错了,还讲究什呢胸抹子不胸抹子呦。如此一来,大姑娘用过胸抹子,还会传给二姑娘、三姑娘手上。要想有件新的胸抹子,难呢。

这些是朱蕊后来跟村子上一个做老师的小伙子交往之后,了解到的。当然,她也在自己落户的村民家里见到弟兄两个冬天合穿一条棉裤的情形。

那时,朱蕊被安排住在黑高荡村一个名叫苟富贵的贫农家里。别看苟富贵名字起得蛮吉祥的,家里的条件可真不怎么样。三间茅草房,四周都是土坯墙。用当地人话说,没得一个砖头旮旯。其时,条件好的人家已经有砖头山墙了,就是说一幢房子两顶头用砖头砌,前后墙用土坯垒。村民们这样摆布,自有道理。

苏北里下河一带,村民的房屋多为坐北朝南,俗称南北向。这样一来,东西两山墙,一面雨水打得多,一面太阳晒得多。也就是村民们常说的,西山太阳东风雨。因而有条件的人家,砌房子首先考虑把两山墙换成砖墙。当然，要是前后墙也换成砖墙，那再好不过，问题是手上买砖头的票子哪块来呦？

大集体时代，俞垛一带，一个大劳力一天做下来拿个把"工"，才几角钱，要盖砖头墙的房子谈何容易。这里说的"工"，是"工分"的意思。人民公社时期，村村都是大集体，一家一户，男劳力女劳力，都必须到生产队上劳动。具体农活由各个生产队队长分派，生产队长根据各人劳动表现记工分。十分工，为一个工。不足十分工的，就具体到数字，譬如像朱蕊这样的，生产队只能算她个半劳力，一天劳作下来最多只能记五六分工。

能拿超过一个工的，一般都是五大三粗的男将，一天劳作下来，很见农活呢，生产队长不敢少记工分。记少了，会扛丧吵闹起来，队长还得补记，那多丢面子啊。所以，在一般人看来权蛮大的生产队长也不好当，每天给社员记工分要一碗水端平。要说绝对一碗水端平了，难。没听人家说，人心本来就不长在当中，偏心眼，属正常。

要说苟富贵家这茅草房，其他没得说头，值得一说的，也就是房顶上的茅草。要说这茅草，还真是个好东西。尤其是盖房顶，爽水，经烂，强过稻草、麦秸。在别的地方茅草稀奇，难找，在黑高荡算不得什么稀罕物，一到冬季下荡子，收芦柴，总能割到不少茅草回来。捆绑好了，装到船上运回来就能用，晒都不用晒。这茅草，长在荡子里，一冬的西北风刮下来，早吹干了，哪里还用得着晒呦。

苟富贵一家五口，住在三间茅草房里，过着日出而作，日落而息的生活，日子穷些，苦些，也都惯了。夫妻两个都蛮本分的，在村子里从不跟人作怨生伤。两个小伙，一个叫苟胜，一个叫苟担，小学没毕业就回家务农了，在生产队里也算得上大半个劳力，每年也能为家里挣些工分回来了。最小的一个是丫头，苟花，在村小读五年级。苟花人小鬼大，一直跟父母亲抗争，不想像两个哥哥那样小学没毕业就回家务农，她是想到俞垛镇上读中学的。

就是这么一个原本的寻常人家，由于插队女知青朱蕊的落户，一下子变得不寻常起来。

对于朱蕊的到来，苟富贵一家五口的态度，并不一致。坚决反对朱蕊到苟家落户的是苟富贵的妻子谭毛子。谭毛子想的是，家里头日子本来就过得紧巴巴的，再多张嘴吃饭，虽说公家有补贴，但是十补九不全。即使朱蕊在生产队劳动能拿点儿工分，谭毛子也不好意思开口跟人家女知青要工分的。那不成了剥削革命知青了么，公家晓得了那是要挨批的。这种事，老实本分的苟富贵、谭毛子两口子做不出来。

身为母亲，谭毛子对家里的苟胜、苟担两个细雄鸡猴子一直不放心，生怕他们在村子上闯祸。在谭毛子看来，这两个小伙，都到了公鸡打鸣的年龄了。有人或许会问，公鸡打鸣有什么讲究吵？村民们都晓得，小公鸡长到一定时候，就会学着打鸣，叫起来声音闷而短促，不像成年公鸡那样，一仰脖子："喔喔喔——"声音洪亮，悠长。

小公鸡一旦学打鸣，就多了一样特别的喜好：追着母鸡转圈圈，喜欢往母鸡身上蹲。真是人们常说的，骚公鸡，骚公鸡，一点儿不假。你说苟胜、苟担到了这样的年龄，家里突然来了个如花似玉的大姑娘，做妈妈的谭毛子能不担心么？

一家之主苟富贵对于朱蕊的到来，表面上还是欢迎的。在他看来，公社苟主任派人把一个女知青安排在自己家里，那是件光荣的事，在村民们面前争面子的事，怎儿能不欢迎呢？尽管他家婆娘谭毛子的担心，他也不是一点儿没想到，但接受插队知青落户是公社指派的政治任务，必须不折不扣地完成，反对也是没有用的。这样一来，苟富贵还不如态度积极些，给公社苟主任留下个好印象。再怎儿说，他和苟主任还是本家嘛，尽管不是紧门，说起来有个在公社当领导的本家，也是件脸上有光的事情。因而，于公于私，荀富贵只能对朱蕊的到来，表示欢迎。

至于荀胜、荀担两兄弟，在这件事情上头根本无所谓。他们感兴趣的是，公社电影放映队什么时候到黑高荡来，现在转到哪个村了，放的是什么电影。只要是新片子，跑再远的夜路，他们兄弟两个都要同村上的大姑娘细小伙一起同往，看露天电影。家里来什么人，多不多张嘴，能不能揭得开锅，那不是他们兄弟俩关心的事，有爸爸妈妈呢。

朱蕊落户荀家，最开心的是黑高荡村小学五年级女学生荀花。一听说她家要来一个县城来的女知青，荀花别提有多高兴了。县城来的，而且是高中生，住到她家来，不用说肯定跟她睡一个铺了。因为家里就三个铺，她和爸爸妈妈睡东房间，爸爸妈妈一个铺，她在爸爸妈妈铺对过搁了一张竹架子床，一个人睡。她两个哥哥睡西房，只有一个铺。家里头这个样子的格局，来个女知青当然要跟荀花在一起睡。

问题是，她荀花才十三四岁的年纪，跟爸爸妈妈睡一个房间，没得什呢不妥当的。自己家的爸爸妈妈，自己家的丫头，一家人睡在一起，就是有点儿不方便，做床上的那些事注意些个就行了，好在丫头还不曾真正懂事。现在，要在荀花床上安插一个女知青，再跟荀花的爸爸妈妈睡一个房间，那肯定不行。

谭毛子这时候正好找到理由了，让荀富贵到村上支部书记门上说，家里实在太逼仄，女知青朱蕊没办法安顿。最好是重新找个条件好的人家，也不至于让人家城里来的姑娘受罪。

现在到了什呢时候啦，公社荀主任已经把人送到门上来了，你还说什呢病话，想把人退回去。这事情找支书有个屁用，他一句话就给堵回去了，人是公社荀主任让送来的，要退回还得找荀主任。弄不好还给你扣上个不支持知识青年插队落户运动的帽子，到时候，你吃不了就得兜着走。荀富贵把个婆娘连冲带吓，数落了一大气，数落得谭毛子两眼直瞪，屁也不敢放一个，再也不提把女知青朱蕊退回去的话了。

不过，就算不退回，人家城里来的一个大姑娘，跟我们两口子睡同一个房，肯定不行。说出去，还不由村上人笑煞咯呃。谭毛子把如何安排朱蕊的难题捧给了自家男将。

苟富贵嘴里含着铜烟嘴子，抽着旱烟叶子，在堂屋心里转得来，转得去，一股并不好闻的烟叶子味在茅草屋里弥漫着。

"你不要老是驴子磨磨，转个不住气。快点想个办法出来是正经。"谭毛子痛恨男将抽旱烟。又没得条件抽商店里卖的纸烟，自家田头子上种上几棵烟草，收下烟叶子扎好挂在屋檐下吹。想抽烟了，从屋檐口拽几根下来，一揉，装进铜烟嘴子里，点根火柴，便可吞云吐雾了。这样子抽旱烟，几乎不用花什呢钱，谭毛子自然没得什呢意见。谭毛子有意见的是，男将抽旱烟的那股味。一到晚上睡觉，那股味就跟着男将带上铺了。要是男将不安逸，想"那个"，一张嘴更是满嘴的烟臭，把谭毛子原来"那个"上头的兴致，都熏没得咯。

"急，急，你想办法出来把我望下子哟？"苟富贵不耐烦地冲了婆娘一句。终于，堂屋心里一张大凳绊了他一下。他连声对谭毛子说："有了，有了。把苟胜、苟担的床铺搬到堂屋里来，两个大伙头子，睡在外头没得事。这样把细丫头的竹架子床搬到西房间，不就行啦！"苟富贵很是为自己想出来如此两全其美的办法而高兴，就着铜烟嘴子猛吸了一口，一股长长的烟雾从他嘴里徐徐吐出。

谭毛子望着自家男将近乎陶醉的样子，满脸疑惑："这烟叶子真的就那么好抽么？"

苟花从村里的小学下学回家时，朱蕊已经在西房间收拾自己的东西了。一见有个剪着齐耳短发，背着花布书包的小姑娘跨进苟家的茅草屋，朱蕊猜到她就是苟花。于是，朱蕊停下手上的活计，主动上前和苟花打招呼："苟花，放学啦。"

"咦，你怎儿晓得我的名字的哟？噢，是我家爸爸妈妈跟你说的。我也晓得你是朱蕊姐姐！听说朱蕊姐要住到我家来，我已经盼望了好几天啦。"苟花进屋后，一边放下书包，一边自问自答，也不用朱蕊回答她的提问。

爸爸妈妈还有两个哥哥在生产队上还没有下工，苟花极自觉地到正屋外头的锅灶间拿淘米箩，再到东房间米缸里糧量几升粞子[1]，准备烧晚饭。其时，村民们的日子还是蛮艰苦的。淘米箩，淘米少，淘粞子多，枉担了个"淘米箩"的虚名。

村民们碗里难得有荤腥，饭是粞子饭，粥是粞子粥，吃进肚子里刺闹闹的。隔三岔五有点儿米加进粞子里，饭也好，粥也好，均软熟了些个，一家人就会眉开眼笑。因为能吃上这样的好吃食，难得。粞子打滚，属正常。在这样一个盛产稻米的地方，为什么吃顿米饭这样难呢？

这跟当时的政策有关。在整天跟泥土打交道的村民们印象里，公家一再强调的是正确处理国家、集体和个人三者关系。先国家，再集体，后个人。村民们从地里打下来的粮食，首先满足国家的需要，再给集体仓库装满，然后才轮到村民自己。说实话，上头一个劲儿号召要缴爱国粮，村民们信奉的是家里稻麦堆到屋梁，抵不上领导大会上表扬。于是一个比一个缴得多，到最后连自家的口粮都留不足，整天粞子打滚，也在情理之中了。

这会儿，苟花提着一大淘箩子粞子，往河口去淘，朱蕊也跟着要帮忙。对于朱蕊姐姐的帮忙，苟花自然求之不得。

"朱蕊姐，我带你走，码头离我们家不算远。"苟花表现得像个小大人似的。

---

[1] 粞，读"xiàn"，见《现代汉语词典》第6版第1417页，粞子即粗麦粉，与作者义同。

"好，那你的淘米箩就给我拎吧。"朱蕊主动伸出手。

"不用。有你陪我就很开心了。你刚来我们家，还算是客人呢，日子长了活计有你干的呢。"苟花仄头斜脑地对朱蕊说道。

"嘻，我算哪门子客人啊，落户到你家，今后就和你们生活在一起，就算一家人啦。"朱蕊还是执意帮苟花拎淘箩子，"呀，你淘得不少嘛。"

"朱蕊姐，你不晓得。我们家个个都是吃将，爸爸妈妈不谈，狗剩、狗蛋更是个吃不死，一顿能吃好几碗呢。"话匣子一打开，苟花就说起来没有完。

平常，难得有人能听她说这么多话。爸爸妈妈农活家务事忙都忙不过来，哪有闲工夫听她拉呱呦。狗剩、狗蛋更是没得可能，他们两个整天鬼鬼祟祟的，干什呢事情也不带上自己妹妹，村子上倒是有几个细丫头跟他们打帮玩。苟花心里晓得，这两个狗屁都不如的哥哥，嫌她上到五年级了，还想到镇上读初中，花家里的钱，不做事。一个丫头家，能有多大出息呦？有了这层，苟花自然也不拿正眼看两个哥哥。当面不敢，私下里都叫他俩的绰号：一个狗剩、一个狗蛋。

刚才，苟花说的时候，朱蕊感觉苟花喊自己哥哥名字的口音不大对，一问，原来是这么一回事。"苟胜变狗剩，苟担变狗蛋，有意思。谁给起的这么个绰号？"听到苟家兄弟俩有这么好笑的绰号，可把朱蕊乐坏了。因为和自己差不多大，今后要是相处得好便罢了，相处得不好，这绰号就是她打击他们的有力武器。

"还不是上学那会子，班上的同学给起的。也怪我爸爸，让老师给我哥哥起个具有革命意义的名字。我们家姓苟，名字本来就不好起，还要是革命的，更难了。老师一听我爸嘴里'苟''革'同音，灵机一动，两个名字一下子就有了。一个取'革命胜利'的意思，给我大哥取名'苟胜'；一个取'革命重担'的意思，给我二哥取名'苟担'。我爸当时一听，满意极了，还特地到村里商店给老师买了包'飞马'香烟。"

"是嘛,那你爸爸这包'飞马'香烟可算是撂下水了。"在村河边水桩码头上,朱蕊和苟花一边淘粞子,一边有说有笑,蛮开心的。

有一点,苟花没跟她喜欢的朱蕊姐姐讲,她在学校里其实也有一个绰号:狗尾巴花。

朱蕊头一次见到苟道生,是她身上不好,来例假。

朱蕊到学校去找苟花拿大门上的钥匙。那时候,朱蕊还没有取得苟富贵、谭毛子两口子的完全信任,还没给她配把大门钥匙。其实说起来,大门钥匙就几乎是整个屋子的钥匙了。当地人家,贵重物件锁进箱子、柜子里头,房门多半不上锁。那年月,家中穷得叮当响,值钱的黄铜没二两。有什呢值得锁的唦。说到钥匙,苟富贵倒是要谭毛子配一把给朱蕊的。谭毛子摇摇手,"别着忙,才来没得几天呢,再望下子没得坏处。生产队派工,我跟她基本上在一块儿,我上工她上工,我到家她到家。暂时没得钥匙,不要紧。"

谭毛子说的是多数情况,朱蕊没得大门钥匙不要紧。这不,她和朱蕊不在一个作业区,朱蕊又有了特殊情况——来了例假,必须回家,只好到学校找苟花拿钥匙。

"笃、笃、笃——"

"报告!"朱蕊找到苟花教室门口时教室门关着,学生们正在上课。她从窗口望见一个年轻的男教师正在给学生们讲解毛主席的诗词。

"'红军不怕远征难',指的就是红军进行二万五千里长征,开头的第一句就起到了点题的作用。"男教师边讲解,边用捏着粉笔的手指,在黑板上"长征"两字下面点了点。

朱蕊一看这情形,肯定不能贸然进入。尽管她身体某个部位非常不舒服,但她也必须要忍耐。她选择了有礼貌地敲门,并且像小学生那样守规矩地喊了一声"报告"。

"进来。"教室里男教师正聚精会神讲《长征》呢,突然门外响起敲门声,然后又是一声悦耳的"报告"。男教师"进来"两个字几乎是脱口而出,一种习惯性反应。

教室门一打开,只见门口站着一个亭亭玉立的大姑娘,手捧课本的苟道生傻了。显然,这根本不是他们班上的学生,也不可能是班上哪位学生的家长。做学生年龄太大,做家长又太年轻。可自己又不认识眼前的这位女孩子,肯定不是来找自己的。毕竟已经担任了一年多小学民办教师,苟道生很快稳住了自己,礼貌地问了句:"请问你找谁?"

"不好意思,自我介绍一下,我叫朱蕊,刚到黑高荡插队时间不长。打扰老师讲课。我找苟花拿钥匙。"朱蕊脸上挤出些许笑意。

"噢,原来是这样。我叫苟道生,很高兴认识你。苟花同学出来一下。"苟老师这刻儿完全恢复了应有的神态,自如了许多。他在心里暗暗地责备自己,刚才见到朱蕊的那一刹那是怎么啦,好像被朱蕊的漂亮吓到了。苟道生啊苟道生,好歹你也是个二十几岁的高中生,也当上了民办教师,一见到漂亮姑娘怎么就这么没出息。

苟老师还在为刚才的小失态感到不好意思呢,朱蕊已经从苟花手上拿到钥匙,朝他摆摆手,"我可是你爸爸安排过来的呢,有机会和你再交流。今天实在不方便,我先走了。"朱蕊来到黑高荡就听插友们说,公社苟主任家大公子可帅气了,就在小学当老师。不想今天就这么见上了。说实在的,她没怎么注意苟家大公子帅气不帅气,心里只想着早点从苟花那儿拿到大门钥匙,回茅草屋把自己身子处理干净了。这女人量大的日子,真受罪。

苟道生到苟富贵家门上找朱蕊，是在朱蕊去他学校一个星期之后。他借着给苟花做家访的由头，在苟富贵家见到了朱蕊，极便当地攀谈起来。

因为公社苟主任的缘故，朱蕊对苟道生显得特别热情，亲自给苟道生倒了开水不说，还从自己床头挂着的小挎包里拿出了几块大白兔奶糖，递给了苟道生："苟老师吃块糖。看起来，苟老师工作挺认真的嘛，放学了还做家访。"

"朱蕊姐，你不知道，我们苟老师上课可好了。我们班上的同学都喜欢苟老师上语文课。"朱蕊给苟道生大白兔奶糖时，也递给苟花一块。苟花哪里吃过这么软熟、鲜甜的奶糖哟，心里别提多开心了。没等苟老师回朱蕊的话，就逞能地夸奖起自己的老师来了。

"光喜欢老师给你们上课还不行，还要把老师在课堂上讲的内容吸收进脑子里，还要在语文考试时考出好成绩。知道吗，苟花同学？"苟道生没接朱蕊的话，而是教育起自己班上的学生，接着说道，"你可知道这一次单元测试，你的成绩下滑了好几名。问题就出在老师课堂上讲的，你没有真正吸收进脑子里去。马上就要学期考试了，考得不好就评不上'三好生'噢。"

"那苟花一定要好好努力，争取学期考试考个好成绩，争取本学期被评上'三好生'。"朱蕊在一旁为苟花鼓劲打气。

"朱蕊姐，那以后我功课上有什么不懂的，你得教我，辅导我哟。"苟花的作业本摊在堂屋大桌子上，好半天没有写一个字了。她似乎对参与苟老师跟朱蕊姐的交谈更感兴趣。

"我哪有你们苟老师的水平哟，最多教你一些基础知识。"朱蕊笑嘻嘻地拿起大桌子上的热水瓶，给苟道生搪瓷缸子里头加水。

"朱蕊同志用不着谦虚，你是县城中学毕业的高中生，我只不过是城郊中学的高中生，跟你不好比。只不过，我给学生们多上了一年课，对课本熟悉一些罢了。苟花同学说得没错，今后功课方面遇到不懂的,在学校可以问老师,在家可以问你朱蕊姐姐。"苟道生对自己说出嘴的一番话都觉得有意思,怎么不知不觉中把对朱蕊的称呼从"同志"变成了"姐姐"。

"苟老师这样讲,今后我还得多向你学习,多向你请教呢。我跟苟主任申请到条件艰苦的村子接受磨炼和考验,态度是端正的。但是,我毕竟对农村情况不熟悉,尤其是对黑高荡村的情况更不熟悉,还望你能多给我指点,多给我帮助。"朱蕊请求苟道生指点帮助倒是发自内心的,不是说的客气话。作为一个具有革命热情的青年,朱蕊愿意把自己置身于农村这个广阔天地,经过各种各样的锻炼之后成长起来。

"要想了解农村情况那倒是没问题。朱蕊同志,那我们以后就相互学习,相互帮助,共同进步。你看怎么样?"苟道生说得有点儿激动,把手主动伸向了朱蕊。

"好,一言为定。"朱蕊的手刚一伸出,就被苟道生紧紧地握在了手里。

苟富贵、谭毛子两口子带着苟胜、苟担兄弟俩,扛着锄头、钉耙进门时,苟道生正准备跟朱蕊道别。一见苟家一家大小全回来了,就笑着对苟富贵说了句:"到你家家访来的,你躲在田里头到现在,生怕我在你家吃饭吧?"

"看你侄大少说的,你是苟花的老师,请你还请不到呢。今儿晚上就别走,正好从自留地上扒了新鲜的芋头、山芋家来,洗下子烧烧,再炖两个鸡蛋,老叔子陪你喝一盅。"按辈分,苟富贵跟苟载德平辈,自然就长苟道生一辈。因年龄没得苟载德大,于是自称起叔子。

苟富贵自称叔子,也不错,但是苟道生并没有答腔。苟道生开口,并没有对苟富贵叔子长、叔子短的。在苟道生看来,虽为本家但不属一门上,苟道生父亲是公社领导,自己又是小学老师,父子两个身份都高于苟富贵,说话的口气自然就不一样了。

这一点，朱蕊从他们的来言去语中，听得清楚得很。

"要不道生大哥就留下来喝一盅，我们兄弟俩也跟着沾沾光。要不然，又是粞子饭，吃得我屁穿穿的，解手都费劲。"苟胜见父亲说出了留苟道生吃饭的话，就跟着说了一句。他跟苟担已经开始馋酒了。

苟富贵难得在家里扳回子"大麦烧"，两个细雄鸡猴子，馋嘴猫似的，总要跟在后头尝几口。能把苟道生留下来，就多一个解酒馋的机会。至于酒呀菜呀的花销，那不管。他们兄弟俩只要有酒喝。

"今天就算了，我是来家访的。你看哪个家访老师在学生家里喝酒的？上级知道了要通报批评的。真心请我，就下次。提前告诉我，我带两个熟菜来。"苟道生边说边指指朱蕊道，"不要忘记我们的'一言为定'哟。"

"你来有什呢'一言为定'啊？"谭毛子盯着朱蕊追问了一句。她似乎望出点儿苟道生对朱蕊的某些苗头了。

一心想在黑高荡经受一番艰苦生活磨炼的朱蕊，自己也不曾想到内心爱情的萌芽有如开春后黑高荡的芦苇，不经意间就蹿出新芽，蹿出水面了。

白天，朱蕊和黑高荡知青点的知青们一起下地干农活。除草，破土，施肥，浇水，浇粪，什么活儿她都干。

要说这地里的农活，苦点儿，累点儿，知青们大多不是太在乎。知青点上这十来个小伙子大姑娘，都正值青春年少的岁月，精力旺盛得很，正愁力气没处用呢，下地干了农活之后，回到床上好入梦。

当然，这是对一般知青而言。知青当中岁数稍大的，也已经开始悄悄地谈"那个"了。这可是公社苟主任在知青欢送大会上明令禁止的。想想也是的，知青们是到农村接受贫下中农再教育的，如果在这方面不管得严一些，弄不好一两年下来，多出不少革命的下一代来，那成何体统。所以，这一条是高压线，哪个也不能碰。稍微有点儿常识的人都知道，电路上的高压线，一碰就会触死人的，危险。

还说这农活。知青们最受不了的，是给农作物浇粪。那可是从一家一户粪坑里舀得来的。在地里浇粪时，一般是两个人抬着粪桶，把粪从农船上再舀到庄稼地里，一舀子，一舀子，从粪桶里舀出来，均匀地浇到农作物的根部。这个过程中，如若是哪个喉咙浅的，一望见那浮在粪桶里的屎块子，随着抬桶人的脚步子，在粪水里一漾一漾的，异怪煞呢。更何况，粪便浇到地里之后，那臭烘烘的气味，刺鼻得很，不仅挑战你的胃，还直接刺激你的喉咙。那滋味，真的要多难受有多难受。因而，碰到浇粪这种活儿，知青们一个个都哭丧着脸，像死了人似的，难看。

朱蕊就不这样。浇粪，她照浇。她不仅能浇，而且浇得很在行。几次得到知青点负责人在知青会议上表扬。朱蕊浇粪，不仅不捏鼻子挤眼睛的，把粪便一舀子一舀子浇到庄稼地里，浇粪匀，又不泼泼洒洒的，不造成浪费，不会烧苗。原来，这粪便肥劲大，浇不匀，肥料多了农作物就吃不消，严重的就会烧死了，这叫肥伤。给庄稼施肥，反而给庄稼造成肥伤，就适得其反了。再说，这粪便从一家一户粪坑运过来，不用在庄稼上，浪费了，也是蛮可惜的。那时种田，化肥农药价格贵得很，用得很少。给农作物施肥，多半是有机肥。这粪便，同样金贵着呢。

朱蕊浇粪，不仅匀，浇到位，而且碰到大点儿的粪块子，舀到地上，还要用舀子轻轻磕打几下，磕碎了自然易于庄稼吸收，也不会出现肥伤。这在一般村民来说，也不一定做得这么细致。要想到，她不是土生土长的农民，是个秀气、弱小的女知青嗳。这样的表现，公社苟主任很快就知道了，给黑高荡知青点负责人明确指出，朱蕊这个同志值得全体知青学习。她已经不是城里的娇小姐，她在下乡插队并不长的时间内就克服了一般女孩子身上都有的"娇"、"骄"二气，这很好。公社苟主任还明确表示，过一阵子他要专程到黑高荡知青点，来看望朱蕊同志。

　　领导的鼓励，给了朱蕊巨大的鼓舞。她小小的身体里，好像有使不完的劲儿。庄稼地里，苦活，累活，脏活，她都抢着干，不甘落后。不过，她有了一个自己的小秘密。下了工，回到那三间茅草屋，简单地梳洗打扮一下，便着急火忙地往村里小学那边跑。那边有个与她心灵擦出火花的人。

第九章

　　黑高荡开发工程指挥部经楚县县委常委扩大会议一致通过，正式成立了。县委常委扩大会上，县委书记柳成荫宣读了对黑高荡开发工程指挥部总指挥、常务副总指挥、副总指挥等人事任命决定。柳成荫亲自出任黑高荡开发工程总指挥，这在楚县工程开发上还是第一次。

　　柳成荫的这一举动，得到了绝大多数县四套班子成员，以及部委办局负责人的认可。认为柳书记是个干事情的人，勇于挑重担，勇于冲在第一线。跟在这样的领导后面干，没有顾忌，不怕到时候出了问题，责任全是在一线冲锋的人身上。

　　在大家过去的工作经验里，一把手往往是高高在上，一项重要工作也好，重点工程也罢，有副手顶着，从来不亲自上阵的。出了问题，上级怪罪下来，做事情的自然倒霉。一把手大不了担个领导责任，根本不会承担任何具体的后果。

　　这一次，柳书记没有这样做。没有像以往楚县的前任书记们那样，习惯于作重要讲话，动员动员，然后再视察视察，提提要求，作作批示。柳书记冲在了第一线，担任黑高荡开发工程总指挥。事实上，他完全可以不担任这个总指挥的。因为，县政府一把手担任这样一个总指挥，也是完全够分量，够资格的。

但是，柳成荫在县委常委扩大会上说得很清楚，黑高荡开发，对于改变楚县"大西北"落后面貌有着决定性意义，县委、县政府高度重视这项工程。需要提醒同志们注意的是，黑高荡开发除了工程施工组织难度大，资金需求量大以外，还有个对原有生态环境的改变。说实在的，这是存在一定风险的。可是，我们不能眼睁睁地看着自己的老百姓，守着个聚宝盆过着穷日子。那白花花的水面不能当饭吃，那再多的芦苇卖不出好效益。改造它，才能让沙沟地区的老百姓过上好日子。承担这点儿风险，我看是值得的。这个总指挥我来当，有什么风险我第一个承担。

柳书记的一席话，赢得了常委会议室内全体同志的长时间热烈掌声。原先有些人认为柳成荫是手伸得长，不肯放权的人，现在一下子对这位年轻的县委书记有如此的担当，发自内心地心生敬佩。

这样一来，县长梁尚君担任了常务副总指挥，分管农业的县委副书记苟道生和分管农业的副县长朱蕊一起担任副总指挥，只不过，苟道生排名在朱副县长前面。

常委扩大会还决定，黑高荡开发工程，要抓住现在冬季有利时机，迅速上马。由副总指挥朱蕊带领一队人马先期驻扎俞垛镇，与沙沟区及所属乡镇，以及县水利、水产、农业等部门紧急会商，拿出工程方案和工作计划。

朱蕊没有想到，自己在"全县农村经济工作过堂汇报会"上的提议，这么快就被柳书记采纳，而且这么迅速就把黑高荡开发工程指挥部组建起来，并且对自己委以重任，让自己立即奔赴工程开发的最前线，从最基础的工作开始，这无疑是柳书记对自己的一份信任。冲着这份信任，她也要把工作干好。

柳书记不是说了么，黑高荡开发存在一定风险。而她朱蕊显然成了承担风险的第一人。这还不有点儿悲壮么？

面对如此的重任，朱蕊不能有半点儿马虎。一到俞垛镇，她就召开了先期到达人员会议，明确了各人的分工，提出了近期要完成的工作任务。之后，就在镇党委副书记陆小英陪同下，带着相关水利技术人员，坐船前往黑高荡进行实地勘察。

黑高荡还像当年那样一望无际，寒风中瑟瑟作响的芦苇叶子，已经看不出一点生机。不远处的滩地上，有几个村民正在一把一把收割着干枯的芦苇。这可是让她饱尝甜蜜与屈辱的地方啊，现在面对它，让她联想到在"全县农村经济工作过堂汇报会"上，自己曾经那么激动地发言，难道说在自己的内心深处，是一直想摧毁它么？开发，是不是意味着黑高荡的另一种毁灭呢？

虽然已经十几年过去了，在黑高荡曾经经受的一切，依然留在朱蕊脑海里，偶遇某种敏感因素触碰，便会浮现出来……

苟道生和朱蕊悄悄相爱的日子是甜蜜的。两颗年轻的心，沟通，交流，碰撞，产生了火花，有了异样的感觉。

然而，这一切只能悄悄地进行着。每一次朱蕊到苟道生的学校去都得找个光明正大的理由，要么借书还书，要么了解黑高荡风土人情，都能让还捧着晚饭碗的苟富贵、谭毛子两口子觉得没得话说。

让谭毛子觉得有点奇怪的是，朱蕊这丫头，别看她白天跟他们一样下地，活儿并不见得比旁人少做，可一坐到饭桌上，一二碗饭下肚，再也不会添第二回。只见她把粘着糁子的筷头子吮干净，然后齐整整地跟碗放在一块儿，对苟富贵、谭毛子，还有趴在桌上埋头苦吃的苟胜、苟担、苟花，笑嘻嘻地打声招呼："叔，婶，你们慢慢吃，我吃好了。"也没有人提醒，朱蕊主动管苟富贵两口子叫起叔婶来了。这让谭毛子蛮开心的，觉得朱蕊这丫头到底是县城来的，有尊卑长上，懂礼数。多了朱蕊这样一个既标致能干，又被公社苟主任重视的女知青叫自己婶子，这让谭毛子在黑高荡村脸上特别有面子。

人家都开口叫叔婶了，大门钥匙再不给也说不过去了。还有，日常生活也得照应着点儿。一个姑娘家落户苟家，就差不多也是苟家人了。于是，谭毛子关心起朱蕊来了。几天关心下来，她发现，朱蕊这丫头晚上这一顿，吃得尤其少。这怎儿行呢，俗话说得好，人是铁饭是钢，一顿不吃饿得慌。饭不吃饱了，哪来的力气干农活哟。

终于，一天晚上，谭毛子见朱蕊只喝了一二碗粞子粥，就要放碗，她一把抢过朱蕊的碗，"朱蕊啊，你这个丫头块块好，就是吃得太少。你年纪轻轻的，长身体呢。好的没得吃，你也望到的，我家就这么个条件。但粞子饭、粞子粥，要吃咯饱呃。人的肚子越饿越细，长久下去要出毛病的。今儿晚上听婶子的，再吃一碗。"

谭毛子亲自盛满了一二碗粞子粥，端到朱蕊面前。朱蕊从内心还是蛮感动的。人常说，人与人相处得以心换心。朱蕊感到，住到苟家来，谭毛子从不欢迎自己，到主动给自己盛饭，她在苟家所做的努力没有白费，包括尽心尽意给苟花辅导功课之类的事情，没有做在白处。面对谭毛子婶子的关心，朱蕊只好端起碗来，继续喝。

朱蕊自然不能告诉谭婶子，只要晚上到苟道生的学校里，苟道生总要在宿舍里点上煤油炉子，做点好吃的给她解解馋。有时候打两个鸡蛋，放点糖油煎一下，那出得油锅的鸡蛋，有股焦香，咬在嘴里外脆内嫩，甜津津，油滋滋，别提有多解馋了。

坐在单人宿舍里，望着心爱的姑娘吃得那么满足，苟道生心里头也是甜的。当然，这样的时候，朱蕊也会给自己心爱的小伙子来点小甜蜜，把咬得留下缺口的一小块塞到苟道生嘴里，弄得原本没有防备的苟道生嘴角边沾上了蛋黄，自然被朱蕊笑话了：

"当老师的，吃没有吃相，嘴巴上都有了。"

苟道生自然不会放过这样的机会，一把抱住心爱的姑娘，故作严肃地命令她："你犯的错，还归到我头上。现在你只有一件事好做，就是自己把蛋黄舔干净。否则，有好戏给你看。"

朱蕊自然掂量得出搂住她的一双手的力道，断无挣脱之可能。况且，她也不想挣脱。这一刻，她美美地伸出自己柔柔的舌尖，在心爱的小伙子嘴角边舔食起来。

苟道生身体中原本沉睡着一切，这下子被朱蕊的舌尖调动起来了，他的舌尖进攻性地伸进了心爱的姑娘嘴中。

这里要顺便说一句，苟道生虽然是土生土长的黑高荡人，但因为父亲在俞垛公社当副主任，母亲跟随父亲在公社供销社上班，还有一个弟弟在镇上中学读初中。苟道生高中毕业通过父亲的关系返回老家当上了民办教师。其实老家既没有家，也没有家人。学校给了他一小间教室，收拾收拾就成了宿舍。他原本打算再教个年把，让父亲找找关系，调到城郊学校去。城郊学校条件好自不必说，更重要的一点，有年轻漂亮的女教师。二十三四岁的苟道生，想找对象，成家立业了。

说来也巧，父亲像是了解儿子的心思似的，给他派来了天仙般的女知青朱蕊。这下，想赶苟道生走都赶不走了。除非，朱蕊跟他一起走。

苟道生每晚都能变戏法似的，弄出一些吃的。煎鸡蛋只是其中之一，还有煮馓子、炒黄烧饼，花样可多了。朱蕊会托人从县城买些"大白兔"、华芙饼干之类，互为补充。两个年轻人的业余生活过得甜蜜而充实。因为，除了有好吃的之外，朱蕊每次来都要和苟老师畅谈革命理想，展望两个人美好的未来。

偶尔，苟道生也会借给苟花同学做家访的机会，到朱蕊这边来望下子，只是关心一下心爱姑娘的日常生活。说不成什么悄悄话，更不能有什么亲密举动。一大家子人都在呢，他们两个人的小秘密，可不能轻易泄露。

这样甜蜜的时光，因为公社苟主任的一次来访而一去不复返了。

由于插队女知青朱蕊在黑高荡知青点的突出表现，公社苟主任这次专程来看望她，带来了公社革委会的一份厚礼：一个工农兵大学生的指标，明确规定是给知青积极分子朱蕊的。这可是朱蕊做梦都想不到的事。

当初，她一颗红心听从毛主席他老人家召唤，到黑高荡来接受贫下中农再教育，从来没有想到过上级会如此重视自己，专门给指标让她到大学深造。下乡插队，结果让自己成为了一名大学生。这消息，要是让爸爸妈妈知道，该说自己吹牛，根本不会相信这样的好事会落在朱蕊头上。说实在的，在县城朱蕊家里条件还算可以，爸爸妈妈双职工，一个弟弟在上初中，跟苟道生的弟弟岁数差不多大。但要说，有什么本事把自家姑娘弄儿上大学，这是他们想都不敢想的事。

现在，在朱蕊居住的茅草屋的西房间里，公社苟主任代表公社革委会把上学的通知书送到了朱蕊手上。手拿通知书的那一刻，朱蕊激动得扑进苟主任怀里，热泪盈眶了。"苟叔叔，太谢谢你了。没有你让我到黑高荡来，就没有我的今天。谢谢，真的非常非常谢谢你。"朱蕊破例第一次没叫苟主任，叫了一声苟叔叔。她在心里认为，自己既然跟苟道生处对象了，这一声"苟叔叔"迟早得叫。

今天她真是太激动了，一声"苟叔叔"，一个拥抱，极自然地就叫出来，做出来了。还好，"苟叔叔"没有摆老革命的架子，不仅亲口答应了朱蕊的叫声，而且把朱蕊搂在怀里有一阵子，没松手。

苟主任没有接朱蕊那感谢不感谢的话，而是充分肯定了她在黑高荡知青点上的表现。之后,对朱蕊道:"你这丫头好福气呀,要知道这福是毛主席给的。进了大学,也要在政治上不断要求进步。要争取早日加入党组织,这样你才能有更大的前途,才能更好地干革命工作嘛。"

朱蕊一边听"苟叔叔"教诲,一边从自己的床头柜子里拿个铁罐子。这是罐麦乳精,前几天家里刚刚托人从班船上带到黑高荡来的。朱蕊本来打算把这罐麦乳精拿到学校,与心爱的道生哥分享的。自己还不曾先打开尝一口呢。今天"苟叔叔"给她带来了天大的好消息,无论如何要拿出点好东西招待招待。于是,朱蕊想到了床头柜子里的这罐麦乳精。

"小朱啊,麦乳精就不用泡啦。你看今天天气这么好,你陪我到黑高荡转一转,那儿有我许许多多儿时的记忆呢。你以后也不可能常来这儿呗,看一次少一次啦。不过,今天我还要考察一下你划船的水平是不是合格。怎么样?"苟主任没让朱蕊打开麦乳精罐子,提出了新要求,并且有附加条件。

"行,听苟主任的。我到村上划条船来,让苟主任现场考察。"激动的心情稍稍平复之后,朱蕊又叫起"苟主任"来了。

春天的黑高荡,满眼都是碧绿的芦苇,生长得十分繁茂。有几只飞翔着的燕子,在苇丛中穿梭而行,不一会儿,停在荡子里的滩地上啄些新泥,之后又飞走了,不知道飞进哪家梁上做自己的窝呢。一群不知名的小鸟,从朱蕊划着的小船旁飞过,留下一串叽叽喳喳的叫声,听上去蛮欢快的。

"小朱啊,不错不错,你这划桨的水平还真是不错。划桨节奏匀速,双桨出水入水掌控得很好,用力均衡,行船平稳。"小船在芦荡里慢慢划行,苟主任给朱蕊讲些自己小时候在荡子里取鱼摸虾之类的趣事,还不时对朱蕊的划船技术给予肯定。

"小朱,你看这荡子上的天空,蔚蓝蔚蓝的,海一样的颜色啊!

对了，你还没有看过大海吧，上了大学就有机会啦！"朱蕊望得出来，苟主任今天兴致很高。

她想不到苟主任还这么有情趣，居然对黑高荡上的蓝天抒起情来了。于是，便笑着对苟主任说："苟主任，你可从来没有给我像今天这样的亲近感觉呢。"

"是吗？小朱啊，你也别划得太累了。我们找个荡滩子把船靠上去，歇一歇，好好欣赏欣赏这大好春光。我还有重要的话，要跟你讲呢。"苟载德笑眯眯地望着眼前这个充满青春朝气的女知青，眼中充满了无限的欲望。

"好啊好啊，今天我听苟主任的。苟主任说得对，以后难得再有这样的机会了，是要好好欣赏欣赏。"天真的朱蕊姑娘哪里知道苟载德的心思哟。

"小朱啊，这话可是你说的，今天你都听我的哟。"苟载德意味深长地接了一句。

"当然啦，你是我的大恩人呢。"单纯的朱蕊根本没有想到苟载德的话有什么弦外之音，答应得十分爽快。

小船刚刚在芦荡深处的一处滩地上停稳，原本一直安坐在船头的苟载德，有如一头饿狼，扑向了年轻美丽的朱蕊。

当苟载德如愿以偿，那久压体内的欲望得到满足之后，他居然还十分平静地开导起在船舱里不停抽泣的朱蕊："跟你即将跨进大学的大门比起来，这点付出是值得的。进了大学，一切都将是美好的开始。你完全可以忘掉今天这一幕，就当没发生过。再说，是女人迟早总会有这一天。迟早会有一个男人对你做这一切。只不过，这个男人有可能是你丈夫，有可能不是。这又有什么关系呢，大学开放得很，你上了大学之后，没有人去和你计较这些的。"

面对苟载德的蹂躏，朱蕊只能打掉牙往自己肚子里咽。难道说，她能把这一切都告诉心爱的道生哥吗？告诉了又能怎么样呢？还不是让自己的屈辱多了一个知道的人。事情已经发生，再也不可能回到从前。不用说是她的道生哥，就是其他任何一个男生，谁能容忍自己心爱的姑娘被父亲玷污过了，还一点儿不在乎，愿意和她在一起吵？不可能，世上根本不会有这样的男生。

在心爱的道生哥面前，朱蕊背负了一个女陈世美的骂名，隐忍着自己所饱受的屈辱，与他分手了。

在别人看来，朱蕊离开黑高荡知青点，跳进了高等学府的大门，是那么地风光，是那么地让人羡慕，让人羡慕得心生嫉妒，可有谁知道这风光背后她内心的苦楚与悲愤？哪怕是她心爱的道生哥，有了这样的事情，就注定了他们的分手。既然注定要分手，还不如让彼此保留着最初的那一份美好吧。事到如今，朱蕊甚至有点恨自己，有无数次机会，自己为什么不把最最珍贵的贞操给心爱的道生哥，而是留着等待他畜生一样的父亲苟载德来糟蹋，给自己一生留下一道永不抹灭的伤痕。

世事难料，变化无常。大学毕业原本在地区农科所工作的朱蕊，在尊重知识、尊重人才的浪潮中，因为有大学本科文凭，因为没有入党，因为是女性，因为还算年轻，因为有这样几个因为，上级把她下派到楚县当副县长，分管农业科技。等到她回到楚县才知道，自己曾经的道生哥，因为被她抛弃，狠下心发奋攻读，不仅在恢复高考的头一年就考上了大学，而且一直积极要求进步，在大学就入了党，毕业时作为组织部门重点培养对象，先在基层锻炼，过渡了几个部门之后，走上了楚县县委副书记的领导岗位。

虽说一个在县政府，一个在县委，但两个人分管工作范围相同，就地方组织原则而言，苟道生实实在在是她的直接领导。当然，在县里面，副书记也并不是一味把副县长当部下看待，工作上一般相互尊重，相互配合，共同做好工作。如若两个人有矛盾，相互拆台，给工作造成损失，那么组织上必然会作调离处理，有调一个的，也有两个全调离的。分寸如何把握，在上级组织部门掌握之中，局外人不得而知。

朱蕊担任楚县副县长后，因为与苟道生多年前的那层关系，有一阵子着实不怎么好开展工作，心里头总是有个疙瘩解不开。

还是苟道生大度，主动把朱副县长请到他办公室，劝诫了几句，过去的陈芝麻烂谷子没必要再提了，现在各自都有自己的家庭，更不能因为过去的事影响现在的工作。千万不能公私不分。现在，在他苟道生眼里，只有朱副县长，自己想到的是如何跟朱副县长配合好，把楚县这个全国闻名的农业大县的农业搞上去，再也不会有其他了。总之一句话，过去的就让它过去吧。苟道生礼节性地握了握朱蕊的手，把她送出办公室。

朱蕊从苟副书记的办公室出来，思想负担确实轻了许多。但她真的很想对她曾经的道生哥说一句："道生哥，这些年我内心好苦好苦啊。这种苦，只能一个人咀嚼的滋味真的不好受啊！"

黑高荡开发工程顺利上马，几千亩的芦荡里，人声鼎沸，马达轰鸣，一台台抽水机吐出长长的水龙。这时的黑高荡失去了往日的宁静与悠然，几乎是一夜之间变得繁忙、热闹起来。

作为全县的重点工程，县委、县政府调集了全县的民工力量，以区设立分指挥部，以乡镇建团，各村建营，完全实施了一套准军事化管理模式。在作业区划分上，一个区独立构成一个作业片，一个团一个大作业区。由于围荡造鱼池的工程量非常之大，芦荡里的地理情况并不完全一样，需要各个片区之间相互协调作业，共同推进。这就增加了总指挥部、分指挥部，以及各团营负责人的工作量和工作难度。

或许有人会说，车路河那么大的工程都早就干成功了，开发个黑高荡有这么费劲吗？车路河工程是楚县七十年代县委、县政府的"一号工程"，它的成功成为举全县之力办大事的一个典范。那个工程，跟柳书记可以说是一点关系都没有。

柳成荫要上马黑高荡开发工程后，也还是认真细致地了解过车路河工程组织施工等多方面的情况，翻阅了当年工程上留下来的大量资料。柳成荫发现，黑高荡开发工程阵线没有车路河工程长，整个工程的土方量也没有车路河工程的土方量大，因而在民工投放的总量上也要比车路河工程小。就工程性质上来讲，车路河工程看上去是为了修筑一条县境交通干道，其实它的关键不在路，而在河。只要严格按规划把河挑好了，河边的那条交通干道也就有了。

黑高荡开发工程的复杂性要远远大于车路河工程。把原先是个几千亩蓄水池的芦苇荡开发成具有较高标准的养殖场，首先要把整个"骨架"从芦荡里、从荡面上建起来。有的作业地段在滩地上。大部分的作业地段在荡子里，水汪汪一片，无从下手，必须先解决水的问题。要想把这么一个天然的大水库干得见底，那抽水要抽到猴年马月，费力、费财、费时，得不偿失。

这里头就有个如何科学处理黑高荡水的问题。在工程开工的初始阶段，并不是工程进度越快越好，而是要强调片区之间的协调并进，否则倒坝的事情每天都要发生，整个工程将乱成一锅粥，无法向前推进。

很快，朱蕊这个副总指挥就从当初隐秘的内心情绪中挣脱出来了。毕竟黑高荡开发工程事关重大，她的工作地点很快就从俞垛镇转移到黑高荡上来了。她和所有民工一样住进了黑高荡的简易工棚。人们发现，朱副总指挥工棚里的汽油灯，经常是整夜整夜地亮着。

县委书记柳成荫、县长梁尚君和县委副书记苟道生一同来到黑高荡开发工地检查工程开工情况，了解施工进度时，见到朱蕊副县长差点儿都认不出来了。

"柳书记呀，这哪是我们那位漂亮高雅的朱县长哟？早听说这黑高荡的风厉害，不曾想到如此厉害。几天不见，把我们的朱县长那张白嫩的脸吹得无影无踪了。"一贯老沉持重的梁县长，对自己的女副手半开玩笑半怜惜。

"朱县长辛苦了。这大冬天的，黑高荡的风跟刀子没有两样，吹在脸上刀削似的，生疼生疼的。"有过在黑高荡生活经历的苟副书记言语之间既表达了对朱蕊的慰问之意，又为梁县长的话作了佐证。

"朱蕊同志确实辛苦了。这也是改变红颜为黎民啊！这黑高荡规模养殖真正搞起来，这一带的老百姓都会记住我们朱县长作出的牺牲的。我们几个今天一起来，主要目的不是检查工作，是来看望看望朱蕊同志，看看工作上还有哪些问题，需要县委、县政府给予支持的。"平时不苟言笑的柳成荫，望着面色干暗的朱副县长，确实有些感慨，受梁县长影响，说了句"改变红颜为黎民"的酸词儿。

三位领导在拿自己脸说事儿的时候，朱蕊亲自给他们倒茶，"三位县太爷请坐下说话，本指挥部不收板凳钱。既然你们来了，我还是把工作上的情况简要汇报一下，有些事情还要请领导们定夺。"

"好好好，我们言归正传，先谈工作。"梁县长口风一转，从随身的公文包里掏出了工作笔记本和钢笔。

这时，俞垛镇的党委副书记陆小英进了工棚，问朱县长领导们中午饭如何安排，是在工地上吃，还是到俞垛镇上吃。原来，朱蕊进驻黑高荡之后，就把陆小英从镇里抽调到工程指挥部来了。充当的差不多是指挥部办公室主任的角色。大事小事，朱蕊吩咐一声，陆小英都能办得干净利索。这让朱蕊这个副总指挥省了不少心，腾出更多的精力考虑开发上的一些关键问题。这一段时间下来，朱蕊有点儿离不开这位年轻能干的副书记了。

"我看就在工地上吃吧，简单一点。不过酒是要喝几杯的。

我们总得给朱县长敬盅酒，慰问慰问吧。老梁，你看呢？"柳书记态度明朗地作出了安排。

"听书记的。"梁县长表态十分简洁干脆。

"苟书记意思如何？你要不要回镇上看看两个老人？"年轻的县委书记，考虑事情细着呢。他知道苟道生是个孝子，对自己的父母亲上心得很。

"多谢书记。今天是来工作的，不去看望了。接下来，我也要把主要精力转移到黑高荡这边来了。住下来之后，再找时间看望他们不迟。"有过农村实际工作经验的苟道生觉得，黑高荡工程摊子铺得已经不小了，单靠朱蕊一个人指挥协调压力太大了。这刻儿，是他站出来的时候了。

"那好，我们就按梁县长说的，言归正传，听朱蕊同志介绍情况。"柳成荫朝陆小英微微点了下头，算是招呼，也算是示意她离开，他们几个领导干部接下来要谈工作了。

第十章

从俞垛镇开过沙沟区经济工作过堂会回来之后,苏华发现丈夫每天晚上待在办公室的时间更长了。

只要在楚县,每天不论多忙,是下乡调查,还是跑机关部门了解情况,柳成荫都要回自己办公室看一看有没有什么重要文件,有没有什么重要的信访件。这是他在县级领导岗位上养成的习惯。

原本苏华也不在意丈夫晚上在办公室时间的长短。在苏华的印象里,丈夫是个事业心很强,一心想成就一番自己事业的男人。也许正是因为这一点,当年才被身为清江市委副书记的苏友良看中,把自己文静秀气的女儿苏华嫁给了他。

要说苏友良,那可是在清江市呼风唤雨的人物,在市委副书记任上干了十几年了。虽然自己政治上没有什么发展,但经他手提拔、培养的年轻干部,那可是不计其数。十几年下来,苏友良对清江的政治生态,可谓是了如指掌。因而,他几乎是不费吹灰之力,就把爱婿柳成荫从一个普通大学毕业生,培养成了一个颇具领导才干的市委副书记,一个在地区范围内蛮有点儿知名度的年轻才俊。

生活在这样一个条件优越的家庭，苏华却显得非同寻常地纯朴大方。或许是因为做教师的缘故，她的身上并没有通常干部子女常有的那些毛病，诸如张扬、骄横，诸如目空一切、胆大妄为，凡此等等。当年柳成荫经人介绍与苏华第一次见面时，根本不相信她是市委苏书记的千金。她身上的那份安静，深深吸引着年轻的小伙子。原本对干部子女那种娇骄之气的排斥，让柳成荫并没有对跟一个市委副书记的女儿处对象有多少期望，见了苏华的面之后，柳成荫就再也不想放弃了。说实在的，小伙子那一颗破碎的心也盼望有个人来抚慰。

与苏华相处的日子里，柳成荫并没有感到来自干部家庭的压力。相反，两个人约会，看电影，逛街，购物，一切都十分的平常。有时候，柳成荫有点不太能相信，苏华真的是苏友良的女儿么？有时候，也为两个人之间少了一点火花感到有些许遗憾。

但曾经有过激情和浪漫体验的他，很快就说服自己放弃了这种想法。他十分清楚走出大学校园的自己，最迫切需要的是什么，而这一切苏华的父亲能够给自己。这才是最最重要的。这将是铺就他未来人生之路的基石。何况，苏华的确是个不错的女孩儿，无论长相、性格，还有职业，当然最关键的是门第。

柳成荫绝对不能放弃她。于是，和许许多多经人介绍而相处的男男女女一样，柳成荫和苏华朝着一个共同的目标努力着，那就是走进婚姻的殿堂。

关于柳成荫的前女友，苏华也不是一点儿不清楚。在她与柳成荫交往过程中，以及结婚之后，多多少少都有一些陆小英的闲话传到她耳朵里来。说实在的，苏华根本没把这些闲话当回事。都八十年代了，年轻人多处个把对象，多谈次把恋爱，再正常不过的事情，有什么好计较的哟。

就拿柳成荫来说，苏华不管他和陆小英以前是多么多么地好，多么多么地相爱，但你们没有能够修成正果，只能说明情深缘浅。现在，你柳成荫是我的男朋友，以后是我的丈夫，那就要把之前的一页翻过去。这是必须的。你一边跟我处对象，一边还放不下陆小英，那是绝对不行的，也是绝对不允许的。这些想法，这样的态度，苏华是跟柳成荫表明过的。

其实，在苏华看来，好女孩也不过就像她这样子了。还能好到哪里去呢？长相、性格、职业、家庭背景，哪一样她苏华都不会比旁人差。如果说苏华出生在苏友良这样的干部家庭没有优越感，那是不现实的。一个从小受父母亲宠爱长大的女孩子身上没有点儿娇气，那也是不可能的。只不过，每个人表现的方式，显现的程度，不一样罢了。

从某种意义上讲，苏华的优越感和娇气是深藏着的。她有着极强的自信，不论柳成荫有怎样的过去，她都能让他的心完完全全属于自己。因此，她和柳成荫的婚姻之路可以说是一帆风顺的。在清江工作的那几年，当上了市委副书记的柳成荫无疑成了众多女性眼中的偶像。然而，无论是公开场合，还是朋友间的私密交往，柳成荫身边总是带着端庄大方、气定神闲的妻子。跟做姑娘时的秀气相比，婚后的苏华更多了几分女性的成熟。在众人眼中，他们是再合适不过的一对。郎才女貌，天造地设。

应该说，那是一段甜蜜而美好的时光。柳成荫对自己的妻子，体贴，关爱，可以说是无微不至。于是，他们很快就收获了婚姻的成果，小柳永降临人世了。

一个小生命的降临，给苏家带来了无限的欢乐。做了母亲之后的苏华别提有多幸福了。离休在家的苏友良和老伴儿更是整天围着细孙子转，乐得合不拢嘴。苏华不止一次地笑话她老父亲，得了个孙子，怎么脸上就笑成了一朵花。这样的时候，苏友良的老伴便不服气，跟女儿争辩："他那脸皱巴巴的，还是一朵花？就算是花也是炸开了的大麻花。"

苏家一家人对细小伙的疼爱,那是没得话说的。柳成荫就是想从鸡蛋里头挑,也挑不出骨头来。只是有一点,他们总是一口一个"孙子"地叫着,让柳成荫心里稍稍有点儿不舒服。要知道,柳成荫是个十足的孝子。在柳成荫心里头,真正该叫小柳永"孙子"的,是远在香河乡下的,柳永的爷爷奶奶。他们总这么叫,让柳成荫有一种倒插门的感觉。

小柳永刚满月,柳成荫就想让妻子搬回自己的住处。那还是柳成荫在市经贸委当科长时分配的两居室。跟岳父家三层小楼比起来,他们两口子的家就是个鸽子窝。其实,柳成荫有过多次调房子的机会,他都主动放弃了。当上经贸委副主任可以调,当上经贸委主任可以调,当上副市长可以调,当上市委副书记可以调,但他一次都没有调。那时,他头脑里没有房子,只有组织上和老泰山的教诲:年轻干部在生活上一定要低标准,在工作上一定要高标准。这一低一高能做好了,将是前途无量。

当然,柳成荫不是没有自己的小算盘。老丈人就这么一个宝贝女儿,住着一幢三层小楼,要多宽敞有多宽敞。况且,住在老丈人家,苏华高兴。毕竟这是她生活了几十年的地方,一切都习惯了。搬到他的两居室,肯定不适应的。如此一来,他也落得个坐享其成。每天提着公文包上班,先是骑车,后来是坐车。回到老丈人家,一切都是现成的。真像人们说的,饭来张口,衣来伸手。自己主要精力全部扑在了工作上。一家人其乐融融,他柳成荫何乐而不为呢?

可因为一个"孙子",柳成荫不干了。他跟老丈人言明,要和苏华搬出这三层小楼,独立生活。理由再充分不过,他一个市委副书记,长时间住在老丈人家,别人会说闲话的,对开展工作不利。当然,考虑到与在老丈人家居住条件相差也不能太大,让妻子和二老能够接受,他也不会把家再安顿回那两居室。身为市委副书记,他柳成荫坚决不搞特殊化,但上级党委和市委、市政府明文规定的生活待遇，他也没有必要拒之门外。因此，他们一家三口从老丈人家搬出来，并没有回先前的两居室，而是由市政府办行政科先安排住进清江宾馆临时过渡一下，新房调配、装修好之后再搬进新居。

对于柳成荫这样的决定，心理上不能接受的是苏友良的老伴。老太婆知道，细孙子一离开，想惯[1]，没得那么便当了。宾馆条件再好哪有她这家里顺便呦？虽说苏华暂时不用到学校上班，但一个人带孩子也够宝贝女儿忙的。老太婆当然希望苏友良这时拿出老丈人的架势，发句话，不要兴师动众地搬家，或者等到新房装修好了，直接搬进新房里。这样，少说也要往后推几个月呢。

妻子苏华尽管不太愿意搬出眼前的"安乐窝"，但对丈夫的决定，她一向以服从为主，鲜有反对。这一次自然也是如此。她心里考虑，大不了自己辛苦一点，有时间多往家里头跑跑，把细小伙送过来给两个老的惯惯。

在这件事情上，老岳母并没有寻求到老丈人的支持。老丈人没有一句不同意的话，还一个劲地认为贤婿考虑得对，看问题有深度，周全。他直截了当地表示同意小两口子搬家。

因为他已经从省委组织部自己"门生"那里得到可靠消息，柳成荫很快就要调离清江了。至于最终安排到什么地方，还没有最后定下来。不过，调离是肯定的，并且是提拔。苏友良考虑的是，既然柳成荫迟早要从他这儿搬出去，现在他有了搬出去的意思，并且理由堂而皇之的，不如顺从年轻人的意思，满足他的心愿。

常言说，计划赶不上变化。柳成荫并没有能很快离开清江，得到提升。

就在省委组织部考察组前来清江考察之后时间不长，清江发

---

[1] 当地人的说法，疼爱之意。

生了一件因农民负担而引起的非正常死亡事件。结果考察组走后，来了调查组。省委农工部、政法委等部门会同地市相关部门组成联合调查组，来清江实地调查了解事件的来龙去脉。身为分管农业农村工作的副书记，柳成荫在这件事情上，主动承担起了领导责任。其时尚未有问责之说，因而调查组对柳副书记的态度表示了充分肯定和赞赏。对此事发生负有直接责任的清江市相关部门负责人，以及事件发生地乡镇负责人，省委省政府分别给予了不同程度的行政和党纪处分，要求清江市委市政府向省委、省政府作出书面检查，对柳成荫未作出任何处分。

虽然调查组对柳成荫未作出任何处分，但省委组织部考察组离开清江后，迟迟没有下文。柳成荫知道，非正常死亡事件对自己产生了负面影响。尽管事情发生时，他人不在清江。组织上安排他在省委党校进行为期半年的脱产学习。参加过省委党校脱产学习的领导干部都知道，所谓脱产是做不到的。尤其是像柳成荫这样在县级市担任实职的领导干部，只能是脱产不离职。也就是说，学习照学，工作照做。这就意味着，工作上出了什么差错，责任照负。

在非正常死亡事件上，既然柳成荫承担着领导责任，这个时候就是组织上再怎么想提拔重用你，也是不可能的了。党的组织原则，柳成荫还是十分清楚的。他实在是没有想到，一件突发性事件，对他的提拔任用影响了几年。

黑高荡开发让柳成荫与陆小英见面的机会一下子多了起来。

自从上次在沙沟区经济工作过堂会后，柳成荫在俞垛多留了一宿，他似乎对俞垛多了几分依恋。

那天晚上，地方上的头头脑脑们不停地敬酒，柳成荫是来者不拒，树立了年轻县委书记不拿架子、平易近人的形象。或许是多了几分酒意的缘故，当晚餐桌上，柳成荫向大家公布了他和陆小英的同学关系。弄得后来再敬酒时，陆小英躲都躲不掉，被众人绑着和柳书记一起，要么接受人们的敬酒，要么两个同学一块儿给别人敬酒。

既然是同学，你柳成荫也不能拿县委书记的架子，到陆小英宿舍看一看，也是需要的。既然是你们同学之间谈谈心，而且又是男女同学，其他同志当然识相地回避了。就连平日里跟前跟后的金爱国，也和驾驶员小黄借故先到镇政府小招待所去休息了。

陆小英的宿舍，是农村乡镇干部常见的办公带住宿的那一种格局。她住的是一排平房最顶头的一间。整个建筑为"人"字顶，门前带外走廊，蛮宽的。室内，进门是陆小英的办公桌，有一张藤椅供她办公之用。办公桌后是一排文件柜子，木制的，玻璃门。分门别类地放着"上级来文"、"县委县政府文件"、"部门文件"、"区乡发文"，一个一个文件夹。还有些材料汇编、政治读本之类的书籍。有了文件柜子的隔断，后面是一张床、一张小书桌。空间所限，一只红皮箱放在了床铺里边，上面还放着折叠得整整齐齐的衣服，看来是陆小英平时随手可拿来穿的。

小书桌上放的是日常洗漱用品，当然也有镜子、梳子，以及护肤霜之类东西。小书桌旁边是个高脚脸盆架子，脸盆、毛巾、香皂各居其位。卧室与办公区之间除了有文件柜隔断外，还有一个布帘子，穿在铁丝上。一拉上布帘子，便可把卧室与办公区完完全全分开，颇为严密。布帘子收拢之后，只留摆放文件柜留下的空当，权当无框房门，显示着功能的分界。

陆小英尽管心里有一百个不愿意，但县委柳书记要到她住处看看，她也不好当着镇里的头头脑脑的面愓[1]人。况且餐桌上，自己和柳成荫以同学的身份都一起闹过几次酒了。

刚进来，陆小英就把办公桌后的藤椅拖了拖，示意柳成荫落

---

[1] 当地人说法，不给面子的意思。

座，自己则坐在了床边上，一言不发。餐桌上的热闹，一下子变成了宿舍里的冷淡。尽管事情早已经成为过去时，柳成荫结婚当爸爸都四五年了，然而陆小英心里的这个结，始终没能解开。面对着辜负了自己情感的男人，她的心里有说不尽的悔，说不尽伤和说不尽的痛。

"柳书记开了一天的会，还是早点回招待所休息吧。"陆小英尽管喝了好几杯酒，头有些发烫，有些发胀，但还算清醒，没醉。她礼貌而冷淡地说了一句，也没给柳成荫倒茶。

"难不曾，做哥哥的到妹妹这里，连杯茶都喝不上？"柳成荫晓得陆小英对自己有意见，而且不是一点点小意见，是天大的意见。可问题是，造化弄人，哪由得了你我呦？

"小英我可承受不起有你这种当大官的哥哥。请柳书记认妹妹不要认到我的头上。真的承受不起。"陆小英虽然依旧坐在自己的床铺边，话音中听得出情绪在发生着变化。

"英子，你不要以为和你分开，就是你一个人痛苦，就是你一个人委屈，就是你一个人伤心。这么多年来，我什么时候忘记过你呦，刚到清江工作时，头脑子里整天整天都是你的影子，根本做不成事。痛苦，烦躁，想打人。我跟哪个去说？小琴阿姨明明白白告诉我，你是她和我父亲相爱的结晶，你我只能做兄妹，不能做夫妻。这突如其来的变化，你受不了，我就受得了么？我有多爱你，你不是不知道。可小琴阿姨求我离开你，不能把事情真相告诉你。说这事情要是你真的知道了，也接受不了。更何况知道了也改变不了什么，事情牵涉到两个家庭，会出乱子的。还会让小琴阿姨颜面扫地。面对这种情况，我不听你妈的，还能怎么办？英子，你倒是说话呀，告诉我呀？"柳成荫借着酒力，腾地从椅子上站起来，一步跨到陆小英面前。

"你这个哥哥，我不接受，就不接受。"泪水从陆小英眼眶里流淌出来，她满腹的委屈一直没机会向自己朝思暮想的男人诉说。

可她这刻儿，再也做不出从前那样亲昵的举动了。因为喜子哥说的一切，前些天，她已经从母亲那里得到了证实。

前些天，她回了一趟香河。母亲让她把柳成荫留下的几百块钱退回去。为此事，陆小英还和母亲斗了几句嘴。那天深夜，她终于从母亲王小琴嘴里了解到，当初母亲拼命不让她和柳成荫走到一起，是因为母亲一直担心她和柳成荫是同父异母的兄妹。

当母亲还被村上人喊着"琴丫头"的时候，她跟柳成荫的父亲柳春雨已经深深相爱，这可以说是全村人都晓得的"公开的秘密"。而且双方家长商定，准备当年过年正月初三给柳春雨和琴丫头办大事。可就在这一年冬天的车路河工地上，一直暗中喜欢琴丫头的陆根水，也就是陆小英的父亲，把琴丫头强奸了。这才让陆根水有机会娶到了自己朝思暮想的琴丫头。琴丫头当年怀上小英子的时候，由于心里排斥自己的丈夫陆根水，一直希望自己怀上的是心爱的春雨哥的孩子。琴丫头一腹尽知，她和春雨早已生米煮成熟米饭了，怀上他俩的孩子再正常不过了。而霸王硬上弓的陆根水跟她，只不过在车路河工地上有过一回，而且属非正常行为，怎儿可能就怀上呢？琴丫头当然不会去想自己怀上的是陆根水的孩子。如此一来，若干年后，当柳成荫和陆小英提出要结合在一起的时候，身为母亲的王小琴只有反对的份儿，别无选择。

陆小英根本没有想过，柳成荫在多年之后的出现，再一次扰乱了自己原有的生活。在她内心深处，根本无法接受母亲所认为的——她和柳成荫是同父异母的兄妹。原来这是母亲心里的一道坎，一道不能让她和柳成荫缔结姻缘的坎。

为了解开埋藏在自己心中多年的心结，陆小英背着母亲，私底下走访了当年熟悉车路河工地上"强奸事件"的村民，掌握了事情发生的确切时间。由这一个时间点往下推，与自己来到这个世界的时间，大致是吻合的。而这个时间节点前后，柳春雨并不在车路河工地上，也就是说在这个时间段，母亲不可能亲近柳春雨。显然，陆小英是因为一次意外而降临到这个人世间的。自己的亲生父亲是陆根水，而不是母亲心里想的和父亲在世时一直猜测的那个人：柳春雨。

好糊涂的妈妈哟，你不仅让女儿从小在家里遭受了父亲太多的白眼，误以为女儿是柳家的种，而且亲手断送了女儿原本甜蜜幸福的婚姻。

当陆小英再次急匆匆回到香河家中，把自己掌握的情况一五一十地说给母亲听时，王小琴一下子瘫软在地上。

"英子，是妈对不起你呀——是妈对不起你呀——"王小琴双膝着地，泪流满面，双手不停地拍打着客厅里的地砖，发出"啪嗒啪嗒"的声响。

原以为纠缠在自己心里多年的心结真相大白之后，自己内心会轻松一些的陆小英，面对母亲发了疯一样的自责，此刻一点儿也没有觉得有一丝一毫的轻松。相反，她觉得自己太自私了，在一个原本已经伤痕累累的女人的心上，又重重地伤害了一次。

"妈妈，妈妈，是女儿不好，是女儿不懂事，不该再在你伤口上撒盐啊——"陆小英一下子扑到母亲跟前，跪下去，和母亲紧紧地搂抱在一起，失声痛哭。

"英子，你千万别这样说。是妈糊涂，拆散了你和喜子的姻缘。妈一辈子都对不起你呀——"王小琴泪如雨下，多年的辛酸一下子涌上心头。

"妈妈，你再这样说，英子就不想活了。唯有以死请求妈妈原谅女儿的自私与不孝。"陆小英双手从母亲身上松开，想起身离开。

"我苦命的英子嗳，你说什呢傻话呦，要死也是妈去死。这孽是我作下来的，老天爷呀，你开开眼，一个雷劈杀我算了。"

王小琴拽住女儿，双手对着她作起揖来。

正当陆家母女在家中哭成一团，各自要寻死觅活的时候，天空中突然丢下一个干雷，只听"格炸"一声，一道闪电火龙似的从天空中直窜而下，香河村西头的那棵老榆树，被雷炸断了一枝碗口粗的枝丫。

陆小英吓得直往母亲怀里拱，"妈妈——救命噢——"可这时候，王小琴根本没有理会女儿的举动，忽然傻笑起来，"老天爷劈我了，哈哈，老天爷劈我了。"

"妈——你怎么啦？妈——你不吓我，女儿知道错了。妈——"陆小英双手扳着失神之后的王小琴，使劲摇晃着。

很快陆小英就发现，妈妈的眼中已经没有她这个女儿了。王小琴精神失常，疯掉了。

第十一章

　　黑高荡开发工程全线铺开，规模养殖场总体骨架都已拉开。几万民工在各自的片区里挖土、运土，为建造精养鱼池做着基础性的工作。好在是冬季，芦苇荡里水位较其他季节要低得多，给抽水减轻了一些压力。当然，如此大范围地抽水，抽水机要合理调配，水的转移要科学合理。这样，鱼池的开挖才能顺利推进。

　　黑高荡工程讲究的是分步实施，整体推进。每个阶段都有大量的工作要协调，要决策，两个副总指挥朱蕊、苟道生完全驻扎在了黑高荡。进进出出，来来去去，几乎是形影相随了。工地上，一些不了解情况的民工叽叽喳喳地议论，误以为他们是两口子呢。

　　"啧啧，真是不简单，两口子都当这么大的干部，全县找不到第二家。"

　　"不简单，真正不简单。"

　　"老话说得好，祖坟上冒青烟啦。"

　　"嗳，不要不信哪，祖坟葬得好，祖坟葬得好啊。"

　　民工们的议论，有没有传到两个当事人的耳朵里，不得而知。就朱蕊来说，这么多年了，那个不愿告人的秘密，至今仍深藏在自己的心底。在与她曾经相爱过的道生哥一起共事的这些年，她不止一次地有过冲动，想把苟载德的丑恶行径告诉他这个做儿子的。朱蕊心里冤啊，在苟道生心目中，她背了这么多年"女陈世美"的黑锅，直到现在还一直背着呢。

黑高荡开发工程紧张施工期间，梁县长也经常来听汇报，作指示，提要求，但比较起来，似乎不及柳书记来的频率高。

俗话说，世上没有不透风的墙。陆小英跟柳书记曾经在大学里谈过恋爱的事，很快就被朱蕊、苟道生他们几个晓得了。因而，每回柳书记来工地时，他俩都有意无意地制造些让柳书记和陆小英单独相处的机会。

柳成荫自从上次把积压在心底多年的话，当面跟英子说了之后，心里倒是轻松了许多。自己已是娶妻生子的人了，又是县委书记，还能跟英子怎么样呦？妹妹就妹妹吧，今后尽可能多给她一些关心帮助，也不枉她爱自己爱了这么多年。柳成荫心里清楚得很，直到现在陆小英依然深爱他这个喜子哥。可现实的这一切，谁也无法改变。小英啊，你我只好认命！柳成荫不止一次在心里这样说。

在柳成荫看来，自己多往陆小英宿舍跑几趟，没得什么太多的不妥。他们除了一个是县委书记，一个是镇党委副书记，彼此还有兄妹之谊呢。再说，他每回也就是去坐下子，喝杯茶，别无其他。

其实，柳成荫大错特错了。你这样想，陆小英根本没有这样去想。尤其是她真正弄清了自己和柳成荫不是同父异母关系之后，并没有马上告诉他一切。甚至连母亲精神失常的事，也没有告诉他。陆小英在观察，在等待。她要的是一切水到渠成。

终于，在一个风雨交加的晚上，陆小英把她的喜子哥请到了自己的办公室兼宿舍。

让柳成荫意外的是，办公桌上，摆放着两只高脚玻璃酒杯，一瓶已经打开的红酒。一看这酒杯，柳成荫知道，这是陆小英精心准备的。因为这样大口径的高脚玻璃酒杯，整个俞垛镇恐怕都没有。这一带属"西北乡"，民风彪悍，喝酒只喝白酒，从不喝红酒之类，根本用不上这么精致的红酒杯。

"小英同志，你不会叫我来喝酒吧？"柳成荫在黑高荡工程施工这些时日里，与陆小英的关系有了明显改善。他有时也能跟这个原来一直极力排斥自己的镇党委副书记开开玩笑了。

"喜子哥，今晚我有事情要告诉你。"陆小英的表情根本不像柳成荫那样轻松，有些过于严肃。

"看来是件很重要的事情，要不然我们的英子不会这样板着脸哟。"柳成荫面带笑意，逗了一下陆小英。他想把室内的气氛弄得轻松一点。

"是很重要很重要的事。不过，你先陪我喝杯酒。不然，我没有勇气说。"陆小英边说边给两只在电灯下显得晶莹剔透的杯子里斟上了酒。那红色，在杯中呈现出一种妖娆，一种妩媚。

"噢，不知是工作上的事，还是生活上的事？"柳成荫配合着，主动端起了高脚杯，表情依然轻松。

"喜子哥，先干了这杯。一会儿，你自然就知道了。"陆小英也端起酒杯，与柳成荫轻碰一下之后，把杯中酒一饮而尽。

"嗳嗳，傻妹妹，红酒没有你这么喝法的。既然你精心准备了这么雅的酒杯，这么好的酒，我们应该好好品。可不敢辜负它们。"柳成荫拿出点做大哥的样子，给小英普及喝红酒的基础知识呢。

"我不管。这杯酒，你也得干了。"陆小英满肚子话想对喜子哥说呢，哪有时间慢慢品酒哟。见柳成荫动作慢，陆小英伸手要把他手中的酒杯往嘴边送。

"好好好，犟不过你。谁让你是我妹妹哟，我喝，我喝。"柳成荫不用陆小英动手,一仰脖子,来了个杯底朝天。

"好事成双。喜子哥,再干一杯。"没等柳成荫把杯子放下来,陆小英的酒瓶已经举到杯口边了。

"好,今天晚上我哪儿也不去了,陪你喝。"这一回柳成荫没让陆小英催,主动来了个杯见底,并且接过陆小英手中的酒瓶,对小英道,"来,让我也给你斟一次。"

这在柳成荫来说,几乎是没有过的。他愿意把一整晚的时间都用在陆小英这里,不谈工作,真是不容易了。之前,他虽说也来陆小英这里坐坐,但多半是公私兼顾,有时是需要到镇政府开会,找人谈话,事情办完了跟陆小英说一句,到她住处望一下。有时是县城有人来,安排在镇上接待。施工工地上毕竟条件简陋,有关键部门负责人来,有县四套班子领导来,都是给工程送关心、送支持来的,朱蕊她们怎么可能怠慢哟。在镇上接待,方才说得过去。这说明给来人面子。

要知道,国人是很讲究面子的。面子有了,什么事情都好说。你不给我面子,对不起,我凭什么要给你面子?

这样一来,接待完毕,同样跟陆小英说一声,拢她住处坐一坐。这么说起来,陆小英几乎跟柳书记也是形影不离呀。这有什么奇怪的,自从黑高荡开发工程上马之后,陆小英就变成了工程总指挥部办公室主任的角色了。这些事务性的事情,还不都是陆小英张罗的哟。

"喜子哥,这可是你说的,今晚哪儿也不许去。不许谈工作。我高兴,来,敬你酒。"陆小英两杯酒下肚,已经满脸桃花,比平时更多了几分娇艳、几分妩媚。

当陆小英把自己调查了解的情况泣诉着告诉柳成荫之后,柳成荫只觉得浑身被电击了一般,一屁股坐在了藤椅上,半天才缓过神来,问陆小英:"你说的一切都是真的?我们不是兄妹?小琴阿姨说的不是事实?"

陆小英泪如雨下,说不出一个字。她点点头,使劲地朝喜子哥点点头。

"英子,你可知道,小琴阿姨害得我好苦啊——"柳成荫再也按捺不住心底的情感,这么多年来,他对陆小英爱又不是,不爱又忘不掉,真难啊!幸运的是,后来有人介绍了苏华,多多少少给他凄苦的心带来一丝慰藉。这一刻,柳成荫心底情感的闸门一下子完全打开了,情感的潮流喷涌而出,势不可挡。

"喜子哥,我爱你。"

"英子,我亲爱的小英子。我也爱你。"

时隔多年,这一对曾经那样相爱的情侣,曾经那样让人羡慕的一对,今晚终于紧紧地相拥在一起了。什么道德呀,良知呀,都被汹涌澎湃的情爱之潮冲刷得无影无踪。让世人的俗见去说吧,爱是至高无上的,爱是无罪的。

柳成荫与陆小英这一对曾经的恋人,现在变成了真正的情人。他们在一张并不大的单人床上,演绎了一场波澜壮阔的生命交响。他们谁都没有想到,彼此之间一经结合,会爆发出如此巨大的激情,会产生如此旺盛的生命力。说实在的,这样的酣畅淋漓,这样的周身通泰,是柳成荫从来没有经历过的。有此体验,不枉此生。

这一刻,浑身光洁如玉的英子,躺在心爱的人身边,似醉非醉,似睡非睡,俨然是一位飘然欲仙的仙子。

窗外,风雨依旧。风啊,你尽情地刮吧!雨啊,你尽情地下吧!不要有人再来打扰这一对甜蜜的情人吧!

苏华发现黑高荡开发这么大的工程,并没有让丈夫愁眉紧锁,紧张疲惫,相反显得精神饱满,容光焕发。身为妻子,她不得不佩服丈夫是个干事业的人。遇有大事有静气,是当领导难得的素质。自己的丈夫有这样的素质,苏华很高兴。

每次从工地上回来,她都尽心为丈夫准备着合口而且有营养的菜肴。诸如炖只老母鸡呀,烧个黑鱼汤啊。这些都是她亲自做,不让公公婆婆下厨。

顺便说一句,中秋节过后时间不长,苏华就跟柳成荫商量,把柳春雨、杨雪花接到了县城,说是冬季地里没得多少活计要做,进城歇息,帮着带带孙子,省得小柳永上幼儿园总是麻烦老陈爷爷。自己爷爷奶奶来了,接送细孙子的任务自然落到他们头上。再有就是,黑高荡开发工程上马后,柳成荫在家里时间少了好多。家里平常只有苏华和细小伙,蛮冷清的,两个上人来了,家里头人气也旺些个,尤其是小柳永,开心得蹦啊跳啊,欢喜煞呃。

当然,柳成荫也不是一点变化没得,除了心情好、状态好之外,喜欢跟苏华谈自己小时候的事,谈小时候在香河村一起长大的玩伴。这可是以前他闭口不提的。偶尔有次把,苏华问起来,柳成荫都不正面接妻子的话题。其实,苏华耳朵里也听说过,丈夫在大学里处的对象就是从小一起长大的,可谓青梅竹马呢。苏华当然也想借机试探试探丈夫,对那个从小一起长大的小伙伴有个什么样的印象,是不是还时常想起。

无疑,苏华的意图是落空了。不是有这么一句话么,只要你不开口,神仙难下手。柳成荫不接招,苏华自然是没有办法。

好了,现在反过来了。苏华不提此类话题,柳成荫倒是兴致高得很。不仅跟她讲,碰到小柳永拽住爸爸讲故事的时候,柳成荫索性讲自己小时候和众多小伙伴们怎么样在香河里打水仗,踩河蚌的。把细小伙胃口调得高高的,嚷叫着拖着爷爷奶奶的衣服,说是也要回老家香河里游泳,打水仗。

"好,好,我们家柳永要回老家香河呢,爷爷奶奶肯定带你去。不过,现在不能去。去了也洗不成澡,打不成水仗。小永可晓得是为什呢哟?"柳春雨把个细孙子搂在怀里,宝贝煞咯呃。

"我知道,爷爷。现在是冬天,香河水冷不能游泳。要到夏天才行呢。"小柳永歪着小脑袋瓜子，为不费难就回答了爷爷的问题，有些得意。

"小永说得没错，真聪明。"柳春雨、杨雪花在细孙子嘴巴子两旁，一人亲一口，以示奖励。

柳成荫在妻子面前提过几次谭赛虎之后，终于谭赛虎拎着两条活蹦乱跳鲫花鱼，来登门拜访柳成荫了。

谭赛虎选择了一个傍晚时分跨进了柳成荫在县委、县政府机关大院内的院门。在县城搞城建工程这么多年，县级机关部门分布情况他早就了如指掌。县级机关的众多头头脑脑中，跟谭赛虎称兄道弟的大有人在。就是县四套班子里面，也有个把私交比较好的。在楚县县城，谭赛虎人脉关系蛮不错的。没有这一条，要想在县城站住脚，要想拿到自己想要的城建工程，那是万难。说得不客气一点儿，简直是做梦。

从小精于取鱼摸虾的谭赛虎，有一种与生俱来的精明。他来拜访老同学，是做过一番功课的。首先，人要在家。他来是要和老同学谈大事的，人不在，事情没法谈。他想干的事，心里就没得底。当然，要掌握柳成荫的行踪这不难，把跟班秘书搞定就成了。金秘书提着柳书记的"大哥大"呢，况且柳书记"大哥大"号码几乎是公开的，不保密。谭赛虎也用上了"大哥大"，联系一下方便得很。像谭赛虎这样八十年代初在机关经商办实体大潮中下海的，在楚县不在少数。但像谭赛虎这样有声有色、有模有样地当上老板，还跟县委书记、县长一样用上了"大哥大"的，不多。

其次，带点什么。到领导干部门上登门拜访在谭赛虎自然不是头一次。对于那些志趣爱好他掌握得一清二楚的领导们，带什么不费难，常言说的投其所好呗。但柳成荫不是一般领导，是县里的一把手，又是谭赛虎穿开裆裤一起长大的发小。不过这两个发小多年没有联系，且现在地位悬殊。一个是管理上百万人口的一把手，一个是只管几百号人的小老板。

谭赛虎带来了两条鲫花鱼，这就有讲究了。老同学登门带两条鱼，县委书记收下，顺理成章，不会有人说是收了人家的礼。要是带什么其他贵重之物，那肯定是拒之门外。千万不要以为礼重表示心诚，表示敬重，就能打动领导，非也。

谭赛虎带了两条鲫花鱼，既普通又尊贵。这鲫花鱼在当地人嘴里又叫桂鱼，民间有贵人吃桂鱼一说。送此鱼定能讨个好彩头。更深一层，谭赛虎从小是跟在爷爷后面取鱼摸虾长大的，那时候柳成荫可不曾少吃谭家的鱼，有拿钱买的，有谭家往柳家门上送的，也有柳成荫在谭赛虎家蹭饭的。谭赛虎这两条鱼，是要唤起柳成荫儿时的记忆。这叫做礼轻情意重。

第三，选好时间。谭赛虎选择了傍晚时分进门，也就是选择了柳家的晚饭点。这个时候家中来了不速之客，按照常理讲，当属大忌。对于一般来访者，主人肯定不会有什么好的印象留下来。

别忘了，谭赛虎可不是一般的来访者。这个时间点，也是他精心选择的。他就是要看看柳成荫还念不念当年发小的情分，会不会跟自己摆县委书记的架子。要想弄清这一点，原本很复杂，很难。有些东西叫不言而喻，心里想的不能够通过语言来交流。你跑到人家门上来，直捣其墙地问：柳成荫你还念不念多年发小情分？就算柳成荫能回答你，你也不好意思直接问哟。现在，问题简单啦，主人是否给你在餐桌添双筷子，添只碗。说白了，就是一家人在吃晚饭，是否邀请你和他们一家人共进晚餐。如若念从小一起长大的情分，自然会热情相邀。如若只是礼节性地询问，可曾吃过呢，可要一起用晚餐？那显然就生分了，不必久留。有事情，也只能明天到书记办公室谈，公事公办，没有私情可言。

柳成荫自然不是官一大架子就大的那种人。他跟谭赛虎一起穿开裆裤玩屙尿和烂泥，浑身屎郎当在香河里摸河蚌、打水仗，一起上到高中，十几年的伙伴，哪能不记一点情分呢。

"赛虎啊,这两天我跟苏华还谈到你呢,一提你大名,她可是赞不绝口。看来,在楚城你名气不小啊。"柳成荫说话间把酒杯举到了谭赛虎跟前。既是留老同学吃饭,柳成荫让妻子到机关食堂添了两个菜,说是老同学多年不遇,他要陪谭赛虎好好喝两杯。

"照礼,该让我先敬下子二伯。"谭赛虎见身为县委书记的柳成荫主动给自己敬酒,感到被动了,有些个不好意思。谭赛虎家父亲曾经担任过村小的校长,在香河村以黑出名,诨名"黑菜瓜"。年龄上比柳春雨要小几岁。因而谭赛虎叫柳春雨"二伯"。大伯当然是柳春雨的哥哥,柳春耕。杨雪花不喝酒,所以谭赛虎就没有跟"二伯母"客气。

"你两个老同学喝,不要管我来。有合口的,赛虎多吃点儿,不用讲礼[1]。"柳春雨微笑着,用筷子指指餐桌上的菜。

"爸爸不许多喝。"小柳永见柳成荫又跟身边的叔叔举杯,细人豆子似的,从奶奶和妈妈座位中间起身,伸手想夺柳成荫的酒杯。

"小朋友要懂礼貌!"柳成荫故意把声音放低对儿子说。

"乖,小永乖。今儿晚上就让爸爸陪谭叔叔喝几杯。谭叔叔是难得来我们家的客人。"苏华随即把细小伙拽回座位上。

"嗳呀,你看,你看,我这个做叔叔的,差点把大事忘了。"谭赛虎连忙起身,从上衣口袋掏出个红包,走到小柳永跟前,要往小家伙身上口袋里塞。

"我可不要你的红包。"小柳永没等桌子上任何人开口,自己就小大人似的,把谭赛虎给拒绝了。

"小永做得对,看来爸爸妈妈没少教育你。不收人家的礼,不收人家的红包。"小家伙的举动,把谭赛虎逗乐了,"可叔叔是

---

[1] 当地人的说法,客气的意思。

你叔叔,像你这么大的时候,就跟你爸爸一起玩了。这是叔叔给小永的见面礼,不是像人家送的红包。小永要收下,不然叔叔就生气啦。"谭赛虎耐心地做小家伙的思想工作。

"谭总,你来了,成荫很高兴,我也很高兴。这红包还请收回,我们可不敢让孩子养成坏毛病。"苏华连忙煞呃站起来,跟谭赛虎打招呼。

"赛虎啊,你来就来了,还给小孩子什么红包呦?收起来,收起来,我们老同学继续喝酒。"柳成荫坐着挥挥手,表情很轻松,并没有因为谭赛虎意外掏出红包而不高兴。

"看来,我谭某人只能在你这儿蹭这一顿晚饭哪,下一回恐怕连院门都进不了啦。"谭赛虎口风一转,有点儿生气地对柳成荫道。

"你这是说的什么话?我们还有重要的事情商量,还要请你为我出力呢。谁说你今后连院门都进不了的?你这个小伙,也这么大的老板了,为个红包这点小事,说什么气话呦。"柳成荫转而劝谭赛虎道。毕竟,上门都是客,更何况谭赛虎呢,柳成荫劝他几句也是应该的,并不失县委书记的份儿。

"二伯、二伯妈,帮我打开红包,给他们两口子望下子,我谭赛虎究竟想给县委书记行什么贿。"谭赛虎把送不出去的红包转身递给了柳春雨、杨雪花。

杨雪花打开红包,从里面倒出两条小银脚链子。银光闪闪的,细巧的花瓣链,做工精细得不得了,样子泛蕻[1]煞呃。

"我是自称自贵,把自己当作细小伙的叔子,准备这份见面礼。你就这么个惯宝儿,戴上这小脚链,多一份平安。怎么就不能收下呢?"谭赛虎见一家人见着东西,都面露喜色,于是又刺了柳成荫一下子。

---

[1] 蕻,音tong,,去声。泛蕻,当地人的说法,意思是很好看,很讨人喜欢。

"我做主,赛虎这红包收下了。东西苏华先收着,今年不谈了,明年小永过生日的时候再戴上,图个吉利,保个平安。到时候,请赛虎一块来喝顿酒。"做奶奶的当然希望细孙子平平安安,长命百岁,于是,杨雪花先表态了。

"你这个家伙,真会卖关子。不早说。我以为里面装了多少百元大钞,你又是大老板,出手肯定小不下来。我这里又有工程上的事情找你,这红包一送哪还能说得清爽呦?"柳成荫一见是个银脚链,虽然精致,但花钱倒有限。指着谭赛虎的鼻子道:"真有你的。行啦!来,咱们老同学干一杯。"

"你柳书记清正廉洁,那是在我们楚县出了名的。老百姓都晓得,楚县来了个'柳青天',哪怕送只鹅子都要退回去的。我哪还敢碰这个钉子?送钱给你,那不是自讨没趣么?那我们两个老同学今后真的面都不用见,你家院门真的进不来了。"谭赛虎借机把柳书记的美德大大褒扬了一番之后,端起酒杯与柳成荫碰了一下,一口干了。

酒过三巡,谭赛虎又看到了在香河里扎猛子潜水帮自己掰开咬小脚趾河蚌的小喜子啦,柳成荫也看到了一下学就扛着趟网子转河浜、下漕沟取鱼摸虾的摸鱼儿了。多年不遇的陌生感早荡然无存,身份之悬殊也抛至九霄云外。酒杯的你来我往之间,楚县城市建设的一个大动作,在他们的酝酿中逐渐清晰起来。

第十二章

　　就在沙沟地区黑高荡开发工程竣工在即的时候，楚县县城第一条道路扩建工程的开工仪式选择在新年的第一天，也就是1989年1月1日在英雄路现场举行。

　　因为是县城头一条道路扩建工程，县委、县政府高度重视。县长梁尚君主持仪式，县委书记柳成荫作简短的动员讲话，明确要求有关部门和施工企业，奋战九个月，建成一条崭新的英雄路，向建国四十周年献礼。柳书记还专门请来了分管城市建设的副市长亲临开工现场，为英雄路扩建工程动第一锹土。

　　开工仪式现场，彩旗迎风招展，锣鼓声、鞭炮声，响成一片。几辆载重挖掘机披红挂绿驶入作业区开始了挖掘。那冲击钻击打着水泥路面，发出尖锐刺耳的声音，迸发出一连串火花。巨大的铲斗车转动着长长的臂膀，把它那坚硬的铁齿伸向了路边的空民居。只听得一阵接一阵"哗啦啦""哗啦啦"的砖墙倒塌声，转眼间，原本还完好的民居，土崩瓦解成一堆建筑垃圾，坍塌在地上，等待着施工人员来装运了。

　　这一切都是谭赛虎精心安排的。他要让柳成荫和县里的头头脑脑们看看，自己领导的楚水城建开发总公司，并不比改制前的楚县城建开发公司差。改制之后，企业的实力明显增强了。在众多领导人眼前作业的几台重型设备，就让人感到震撼。站在开工现场，这些头头脑脑们明显感到施工机械作业给脚下带来的震颤。

"谭总，这开工仪式，我可为你搞过了。接下来，就看你的好戏啦！"胸前西装口袋上方还别着红花和"贵宾"字样红飘带的柳成荫，满面春风，握着谭赛虎的手叮嘱道。看得出来，柳成荫对老同学今天开工头一炮还是蛮满意的。

"柳书记，大手笔。黑高荡开发还不曾竣工，就接着上马英雄路扩建，又是一个大手笔。"前来参加开工仪式的头头脑脑们，一看开工现场的架势，没有不啧啧赞叹的。

"不简单，别看柳书记年轻，是个干大事的领导。"

"不得不佩服，柳书记有气魄。这英雄路一扩建，等于为楚城切除了食道癌肿瘤。"

"是啊，是啊，英雄路打通，今后上下班行车不用受罪了。巴掌大的县城也玩堵车，跟在北京、上海这样的大城市后头学，还不让人家笑掉大牙？"

英雄路记载着楚城一段难忘的岁月呢。

那是1945年秋天，我新四军苏中军区调集了八个团的兵力，攻打据守楚城的日伪军和国民党反动军队。那时的楚城，曾经被国民党江苏省政府主席韩德勤看中，将省政府迁建于此，在城内修筑了不少永久性的防御工事。

刘湘图盘踞楚城后，又大修工事，仅碉堡就筑了一百七十多座。熟知那段历史的楚城人都晓得，那时候，雄居楚城四周的碉堡，有圆形，有伪装成坟堆形。有在明处的，也有隐蔽在暗处的。那时的楚城东南西北设有四门，楚城的城墙足足有十米高、三米多厚。四城门各有炮楼一座，左右有高出城墙的蔽式碉堡，分上、中、下三层枪眼，左、中、右三面均可发射，各碉堡之间还有地道相通。

这些，给我新四军攻城部队至少设下了十道以上的死亡线。再加上楚城四周还有近二十米宽的护城河。如此说来，楚城真可以说是一座"固若金汤"的"水上要塞"。

然而，不论固守城内的刘湘图等日伪军和国民党反动部队多么顽固，也不论他们的守城工事如何固若金汤，阻挡不了我英雄的新四军解放楚城人民的坚定决心。

战斗很快打响了。新四军从东西南北四个方向向据守城内的敌人发起了猛烈进攻。据经历过当年战斗的新四军老战士讲，攻打楚城的战斗并不顺利，要突破高大而坚厚的城墙，谈何容易？新四军战士们肩扛竹云梯，手持长步枪，要躲过敌人碉堡里的火力，才能来到城墙下。架起竹云梯，奋不顾身向上爬。有的战士刚在城墙上露头，敌人的刺刀已经刺进了他的喉咙。有的战士手刚抓到城墙的边角，敌人的大刀就无情地砍了下来。不到一天的时间，楚城四周血流成河，许许多多新四军战士献出了宝贵的生命。

面对如此惨重的伤亡，新四军及时调整战略部署，集中优势炮火向城西发起了新一轮攻击。十几发炮弹，一齐飞向城西敌人的碉堡。碉堡终于飞上了天，西城墙炸开了缺口。新四军战士潮水般涌进了城内，与敌人展开了殊死搏斗。

这时，标志着胜利攻城的两只鲜红灯笼，在城头高高挂起，发出耀眼的红光，激励着我新四军战士奋勇杀敌。

经过三天四夜的激烈战斗，楚城回到了人民手中。这一仗，虽然打死、俘虏了数千敌人，缴获山炮、平射炮、轻重机枪等若干武器装备，是个大胜仗，但是，这一仗让无数的新四军战士献出了宝贵的生命，成了革命烈士。为了纪念他们的丰功伟绩，为了让楚城人民不要忘记这些革命先烈，当时的楚县县委、县政府决定将全城最主要的交通干道，命名为英雄路，并在路南端立碑纪念。

现在的英雄路，南北走向，南接县城南大街，北通海池河，是楚城人南来北往的主要城市通道。在英雄路与南大街交会处，一座高十几米的四方体柱形纪念碑很是醒目。纪念碑上书"楚城血战革命烈士永垂不朽"几个遒劲有力的大字。从字迹上看，是集的毛主席他老人家的字。

说起英雄路北端的海池河，那是楚城人钟爱之所。海池河边，垂柳依依。尤其是初春时节，风平浪静之时，其倒影中的柳芽清晰可数。夜晚来临，沿河被霓虹灯装点得五彩缤纷，色彩斑斓，很有点都市气象。

最是那海池河畔的拱极台，为历代文人墨客欢聚之地。始建于南宋的拱极台，亦称"玄武台"。明嘉靖初年，为抵御海寇入侵，知县傅佩开辟玉带河，引水入海池，为巩固城防重修此台，并改名拱极台。"拱极台"之名取材于《论语·为政》中"为政以德。譬如北辰，居其所而众星拱之"。"北辰"即"北极"，"拱极"之名由此出也。据说孔尚任不仅在此修撰大作《桃花扇》，同时还写下了不少有关拱极台的诗词。录其一首为证：

拱极台高俯碧流，
隔溪风物眼中收。
宰官亦且乘渔艇，
水鸟公然宿县楼。
海上乡书常隔月，
雨余荷气忽成秋。
昭阳北去无穷浪，
早闭门窗忆旧游。

如今的拱极台，葱葱一片绿林，高处有几幢建筑，地高气爽，颇有灵气。与英雄路南端高高耸立的纪念碑，一古一今，遥相对应，倒是引人遐思。

由拱极台往南进入英雄路主通道，其实是个小商品一条街。街头子上悬挂着"英雄路小商品一条街"几个红漆大字，没有署名，不知是哪位先生的墨宝。沿路南行，但见路两边众多的店铺门面，很是吸引人。有卖裤头汗衫的，有卖太阳镜、电子表的，有卖大美女挂历、油画的，有卖收录机、电视机的……除卖的之外，还有"修"的：修表、修打火机、修自行车、修面。当然，本地人从来不叫"修面"，叫"剃头"。

顺着英雄路继续往前走，过了"修"的，便到了"吃"的：有馄饨，有盖浇面，有肉包子，有油饼……地道的民间风味。放眼望去，这一间间狭小的店面，起的店名多半叫"张二馄饨"、"老五水饺"之类，乡土味十足。

这当中名气最大的，莫过"品香饺面店"。一听这店名，就不一样，有品位。想必这家店主人喝过几年墨水，是个讲究之人。

说起来，这"品香饺面店"声名鹊起，并不是因为"品香"二字。小店附近的邻居们都晓得，店里下面的小李师傅，下面的手艺着实精到。灶台上一二十只碗排着，他看碗抓面，放入锅中。面条入锅后，他便开始给面碗里先配放荤油、味精、细盐、小胡椒、蒜花儿之类适量佐料。装面前片刻，再给面碗里对入乳白的骨头汤，至小半碗，面条养汤而入。

小李师傅给面碗装面时，用到两样特制的工具：面笊和面筷。两根米把长的面筷，在小李师傅手里自如地划动两三下之后，面条进了面笊，甩一甩面笊，将面倒入碗中。如此反复，每个面碗都装好之后，一一往顾客桌上端送。顾客间相互比较面碗的分量，几乎是完全一样，每碗二两。这时的面碗，青青的蒜花儿浮于乳白的骨头汤之上，很是诱人。尝一口面，挺而不硬，软而不烂，恰到火候。"品香饺面店"由此出名。

这英雄路一南一北两端，还有两座重要建筑：南端是胜利剧场，北端是人民影剧院。全城的文化娱乐设施一半在此。再加上，两边琳琅满目的小商品，有各式各样的本地小吃，那还不热嘈煞咯。人来人往，车水马龙，交通堵塞在所难免。楚城人送给英雄路一个别号："食道癌"。让人感到有点儿英雄气短的意思。

值得一提的是，在英雄路上骑车的年轻人车技极高。人挤时，移步都很困难。小伙子却能安然坐于车上，一只脚着地，一只脚蹬车，人群中一旦有了缝隙，便侧身而过，如泥鳅一般。后座上的姑娘很是为他提心吊胆了一会子，小伙子则挺悠然的。

现在好了，县里要扩建英雄路，对"食道癌"动刀子了。楚城人欢呼雀跃。可小李师傅们不高兴了，说是英雄路扩建影响他们的生意，说不定还会毁掉他们先前已经有一定知名度的字号。这怎么能行呢？

小李师傅们反对英雄路扩建的行动，声势越来越大。

刚开始，他们只是在施工现场小闹闹。因为施工刚开始，英雄路两边的小店主们生意或多或少受到一些影响，但还不至于做不成生意。因而，他们多数人只是发发牢骚。厉害一点的，在施工作业区，跟施工人员争执几句。无非是为什么要先从他家店铺面前挖掘，而不从其他人家店铺面前挖掘，不要以为他家好欺负。扛一阵，吵一阵，生意还得做。

从南方不是传来一句口号么，"时间就是金钱"，蛮时髦的。每每有人赶时髦，"嗳嗳，不要再闲聊啦，我也要学学人家南方人，时间就是金钱呢。"这时候，有喜欢钻牛角尖的，便会神气十足地反驳："什呢南方人，时间就是金钱这句话又不是他们发明的。""不是南方人发明的？那是哪个有这么大本事发明的吵？""说出来把你来吓一跳，美国的一位大科学家富兰克林发明的。厉害吧！""乖乖，不得了的大人物。美国科学家说的，难怪说得这么好，有水平。"

"时间就是金钱"，不论是南方人发明的，还是美国大科学家发明的，在这帮个体户看来，说得太对了。做生意的，时间真是太宝贵，耗不起。于是，那些跟施工人员扛扛吵吵的店主们，发泄了一点心里的不满之后，回到自己店中，继续打理自己的生意。

对于他们这些个体户来说，赚一个子儿都是自己的。一天不做生意，就没得收入。一家老小吃饭过日子要钱，给店铺缴租金要钱，这店门开下来什么水电费、门前三包费等等，要钱的地方多着呢。

随着英雄路挖掘面越来越大，受影响的店铺越来越多。店主们不干了。他们觉得，你公家搞英雄路扩建工程，影响了我们的生意，给我们这些店主造成了经济上的损失，应该有所补偿。这当中，自然有帮着出谋划策之人。店主们争取补偿的行动，必须有步骤地，一步步来，不能一下子把事情弄僵，更不能一下子把事情弄得不可收拾。因为搞英雄路扩建，对全城人而言肯定是件大好事，如果不是在英雄路开店设摊，哪个要来反对这样的大好事吵？更何况县里是要把这个工程建好，向我们伟大祖国四十周年献上一份厚礼。你几个个体户要补偿，真正把工程施工影响了的话，弄得不好，会被全城人骂。更为严重的话，会给你戴上破坏建国献礼工程的罪名，那就不得了啦。不要说要补偿了，公家板子打下来轻不了。

因此，小李师傅这个号头鸭子，带着一帮小店主，男男女女，先坐进了楚水城建开发总公司。他们吵着、嚷着，要见公司总经理。要求只有一个：补偿。他们的理由很简单，谁在我店铺前挖掘，影响我做生意，谁就得补偿。现在，店铺前是你们楚水城建公司的施工机械在挖掘，那你们就得补偿。

谭赛虎在楚城搞城建也有好几年了，其实说是城建，这中间很重要的一块是房地产。一个城建工程，扩建也好，改造也好，道路这一块施工企业是要贴钱的，利润从哪儿来？道路两旁新建的商品房上来。当然，如果道路工程量大，公家就会有资金投入。所以说，干这一行，可以说是零风险，关键是要拿到工程项目。

这些年，谭赛虎在楚县还是蛮吃得开，玩得转的。原来县四套班子里头，就有给他撑腰之人。现如今，县委一把手是他同学，而且不是一般的同学，是"发小"式同学，这关系哪个能跟他谭赛虎比吵？

就英雄路扩建工程来说，谭赛虎是铆足了一股劲，想要在老同学面前，在楚县的头头脑脑们面前，更要在楚城的老百姓面前，交出一份过硬的答卷。不想，这英雄路两边的个体户节外生枝，吵闹着要什么补偿。当然，搞城建项目，这年头没有一个不上访闹事的。那些刁蛮之人，谭赛虎见多了，眼下十几个个体户，他根本没放在眼里。要补偿？也不看看大爷我是谁，也不看看大爷我做的是什么工程！跟向国庆献礼工程要补偿，胆子也太大了点儿吧？脑子也太糊涂了点儿吧？谭赛虎得到的指令是，抓紧施工至关重要。这些小个体户果真敢闹，到时候一个电话，县公安局自然会收拾他们。

"我们要吃饭！"

"我们要生活！"

"还我店铺！还我饭碗！"

"我们要与英雄路扩建负责人对话！"

楚县县委、县政府大门口，上百号人打着白纸黑字的旗子，簇拥在大门口的铁栅栏前，呼喊着口号。闹得动静蛮大的。

此事，看起来有高人指点了。要补偿，光盯住开发公司是不行的。开发公司做的是县委、县政府的工程，肯定不会给你们这些个体户补偿。要想获得补偿,还得找县委、县政府。而且要把动静搞大。动静闹得大了,县里头自然而然会有头头出来接待,跟你们对话,谈条件。到那个时候,补偿就稳了。没多有少,总不至于落空。

这些个体户一听,话同样有道理。先前不让闹得过分有道理,现在要求往大里闹,也有道理。正应了常言说的那句话,人嘴上两块皮,正过来说,反过来说,全凭人说。对上访的个体户而言,只要能拿到补偿,让他们往大里闹就往大里闹。平头老百姓一个,怕什呢哟!

于是,各家各户店主反复组织动员,关了店门,打了标语,来到县委、县政府大门口上访了。

这县委、县政府大门口有些时日没有上访的了。几年前隔三岔五的,总会有些群众来到县委、县政府大门口来诉冤情,寻求县里头公正解决。当然,最后事情能不能解决是另一回事,到县委、县政府大门口,出出心里头的怨气也是好的。不到这儿来,连个听你诉苦的人都没得。

自从县里来了个年轻的县委书记,对各层各级信访工作重视了,不少群众直接把人民来信写给县委柳书记,柳书记都在上面批示。你还别说,这柳书记岁数不大,作个批示还真是灵,管用。一些老大难问题解决了。因而民间老百姓送给他一个别号:"柳青天"。

这一帮个体户在县委、县政府大门口上访,还打着标语,喊着口号,让那些站闲的市民感到蛮好奇的。围观的群众也一下子多起来,看西洋景儿似的,有说应该给这些上访的个体户补偿的,也有了解情况的反问这些个体户,将来拆到你们的店铺不是有补偿吗,还要什么补偿哟?嗳呀喂,政府的补偿哪里到得了我来个体户的口袋哟,那是给房屋主的,我来都是租的人家的房子噢。

这些个体户在大门口喊啊吵的,一个上午了也不见有个县领

导出来接待,更不要谈把他们请到大门里头进行"对话"了。这与他原来的期望落差太大。于是,有人又提出了新要求:

"我来要见柳青天!"

"我来要见柳青天!"

有人这么一喊,上百人吼浪成了一条声:"我来要见柳青天!"

本来已经到了中午下班的时间,上访的个体户们把大门堵截起来,一个人也别想进,一个人也别想出。下班的机关人员一见上访的群情激奋,纷纷掉转车头,罢了罢了,跟门口上访的没得争执头,不如回机关食堂吃个饭,逸事逸当地。之后再看,是回家还是留在办公室忙自己的事情,再作决定不迟。大多数机关干部选择了到机关食堂就餐。

有人不愿意在机关食堂就餐,县委、县政府大门又被上访的堵塞得水泄不通。那怎么办呦?此人叫来办公室工作人员,说是要工作人员扛个梯子来,架到院墙上,让他翻墙回家吃中午饭。

当机关管理员老陈吭哧吭哧地扛着长长的竹云梯,架在机关大院北边的院墙上,抬头一看,要翻墙的不是别人,是县长梁尚君。老陈不好意思地跟梁县长关照了一句:"梁县长你慢些个,注意脚底下不要踩滑了失空。"

"唔。"梁县长在鼻子里头"哼"了一声,哪个也不晓得说的是什呢意思。只见他板着脸,爬上了竹云梯,很快登上了院墙。

老陈一看,赶紧想爬上去,帮梁县长把竹云梯再架到外面的院墙上,好让梁县长翻到院墙外头去。谁知梁县长对老陈摆摆手,"不用,不用,我自己来。倒是烦你稍微望住些个,这梯子,我下午上班可能还要用。"梁县长边说,边把竹云梯提起来,放到院墙外口。

老陈在院墙底下望着梁县长,有点儿好笑,这刻儿,梁县长怎儿像是在玩杂耍的,怎儿望也不像个一县之长。

老陈思想上正开小差呢,梁县长人已经翻到院墙那边去了。

于是,他准备趁现在大多数人都在家里吃中饭,自己也回去装碗饭再过来,边吃饭边为梁县长看竹云梯。谁知他刚转身想离开,只听得"啪笃"一声,好像是梁县长从竹云梯上摔了下来。老陈连忙关切询问道:"梁县长不碍事吧?"

"没得事,你也先回去吃饭。"老陈听梁县长口音,这下子跌得不轻呢,说话声音都变调了。然而,梁县长关照让他回去吃饭,老陈当然只好回去吃饭。要不然,还以为要看梁县长的笑话呢。

当柳成荫从省城开会回来,就把谭赛虎叫到自己办公室狠狠地训了一通。身为开发公司的老总,怎么连几个个体户都摆不平,弄得上访,还堵塞县委、县政府大门。为什么不早点做工作,把矛盾消灭在萌芽状态?

谭赛虎是有苦说不出。不是他不想摆平这些个体户,也不是他不想把矛盾消灭在萌芽状态,是因为梁县长有交代,让谭总全心全意抓工程施工,几个个体户翻不起大浪来,上访的事,就由县里处理。要知道,处理个体户的问题,县里当然要比开发公司便当得多。

说实话,谭赛虎蛮感激梁县长的。这么为企业着想,真是服务做到家了。再说,自己做的是向建国四十周年献礼的工程,集中精力抓进度也是至关重要的。那几个上访户反正有县里出面处理,梁县长都发话了,还能有什么问题哟?

"梁县长说的,梁县长说的。怎么我一回来办公室就跟我讲,梁县长身体不好,请假休息了?"柳成荫把办公桌敲得"咚咚"响。谭赛虎从来没有看到过老同学发这么大的火,这一回是真的着急了。

一听谭赛虎的汇报,柳成荫心里全明白了,这件事是梁尚君故意酿成现在这种局面的。他是要看柳成荫的笑话。

这让柳成荫想起自己刚来楚县时,就听说县城建开发公司的梁总，是县长梁尚君的侄子。此人在楚城吃喝嫖赌样样来，五毒就差个"毒"。这样的人还占着这么重要的部门这么重要的位置，城建开发公司还能有个好？

柳成荫到任后，头一刀砍在了梁县长的疼处。将县城建开发公司进行股份制改造，在国有资产控股的前提下，大胆吸收自然人社会资本，允许社会上的能人参与公司经营管理，实行总经理聘任制。

在这场城建公司股份制改造较量中，连柳成荫也没想到原本在城建公司下属子公司搞房地产开发的谭赛虎脱颖而出，被聘任为楚水城建开发总公司的总经理。柳成荫来楚县履新之后，知道谭赛虎在楚城搞房地产开发小有名气，但一直没有跟他联系。尽管他俩是"发小"式的老同学，但毕竟多年没有交往，不知道当上老总之后的谭赛虎有没有新的变化，人品如何。自己毕竟是楚县的一把手，不要刚来时间不长，就拉拢自己的故交，给楚县的头头脑脑们留下个不好的印象。

谭赛虎当然知道自己的老同学回楚县当上了最高领导，但自己是个搞房地产开发的，主动找上门有攀附之嫌。再说，事隔多年，他对当上县委书记之后的柳成荫还认不认他这个老同学也没把握。谁料想，柳成荫上任后的一个动作，给谭赛虎带来了好运气，让他走上了总经理的位置，尽管这个总经理是聘任的。

虽然说柳成荫并没有主动想为谭赛虎帮忙，但客观上如果没有他来楚县的这个动作，谭赛虎就没有可能当上这个城建开发总公司的总经理。因而，谭赛虎一直想找个机会拜访一下老同学。事后，柳成荫意识到这件事情变得复杂化，就没让谭赛虎跟自己走得太近。既然是柳成荫的想法，人家是县委书记，谭赛虎当然服从。

就这样，事情过去都一年多了，柳成荫想在楚县城市建设上做点文章，这时他才主动跟谭赛虎联系，让谭赛虎在这方面支持自己的工作。在这样的情况下，谭赛虎才登上了柳成荫在县机关大院的家门。

谁料想，现在英雄路扩建被梁尚君抓住几个个体户大大地做了一回文章。这也就是说，一年前砍在他侄子身上的一刀，他一直给柳成荫记着呢。别看他平时一口一个"柳书记"，没有"柳书记"不开口，工作上也总能摆正自己的位置，布置工作总是把柳书记的要求摆在前面，强调得多的也是按柳书记要求抓落实，没想到，只要给他机会，他还是很会"来事"的。真是知人知面不知心。这倒是给柳成荫提了个醒。

英雄路扩建工程并没有因为几个上访户而受到什么影响。当然，在县委柳书记主持下，上访的个体户代表与他们心目中的"柳青天"有了一次面对面的对话。有关补偿的问题也得到了妥善解决。楚城人经过英雄路绕道而行的时候，口中多半是赞叹，他们憧憬着英雄路拓宽之后，自行车行驶在慢车道上的那种自在与惬意，留下的是一串串开心的笑声。

第十三章

当楚城人还在憧憬着英雄路建成后的种种美好时,沙沟地区的老百姓真真切切地看到了在黑高荡上建成的黑高荡特种水产养殖场。那一排接一排整齐划一的精养鱼池,一眼望去,似棋盘一般。祖祖辈辈以捕鱼、养鱼为生的沙沟人,哪天看到过如此规模的养殖场的哟?一批接着一批的村民从俞垛,从黄皮,从三王,来到黑高荡,他们要看看,要看看黑高荡特种水产养殖的模样。说实在的,他们心底里还是不太相信,那几千亩的芦荡经过一冬,怎么就变成了一方一方的鱼池。这种变化太神奇了。

不管神奇不神奇,开春不久,黑高荡特种水产养殖场春苗投放仪式,就在黑高荡隆重地举行了。县四套班子全体领导,各部委办局主要负责人,市里分管农村工作的市委副书记、副市长,省农林厅水产局的负责人,都应邀前来参加了春苗投放。当领导们把一瓢一瓢的蝌蚪般大小的鱼苗放养至鱼池,看着一个个鲜活的生命在池中畅游,围观的村民们自发地鼓起掌来。

柳成荫在接待省里市里相关领导的时候,县纪委书记丁正清也在接待省市纪委的同志。最近省市领导和省市纪检部门都收到人民来信，信中反映楚县县委书记柳成荫在楚县英雄路扩建工程中徇私情，让自己的同学承揽工程，自己好从中获取见不得人的好处。

人民来信一直写到省委、省政府主要领导，市里收到人民来信的领导和部门就更多了。为了对一个年轻的领导干部负责，省市纪委决定组成联合调查组，进驻楚县，作严密调查。调查期间，县纪委要全力配合，既要做好保密工作，不能给柳成荫同志在楚县的工作带来负面影响，又要选择好调查对象，确保把人民来信反映的问题查实，及早对此事作出结论，以便上级党委对楚县领导班子调整与否作出决策。

虽说省市纪委联合调查组来调查的对象是柳成荫，但省市纪委联合调查组考虑到柳成荫作为楚县一把手，还是要让他礼节性会见一下调查组成员。柳成荫自然要尽地主之谊，被调查组的负责同志婉言谢绝了。理由是这次来楚县工作任务特殊，时间紧，要求高，宴请就免了。调查组的同志还说，来日方长，以后有的是机会。调查组同志再三给柳书记打招呼，不是不给柳书记这个面子，确实是因为任务特殊。

柳成荫自然不好勉强。但他离开调查组下榻的宾馆时，想想有点儿不对头。他们是不是针对我来的？这个念头忽然从脑子里冒出来，自己被吓出一身冷汗。

省市纪委联合调查组进驻楚县，梁尚君很快就得到消息了。原本自己一时大意，翻机关大院院墙时，从梯子上摔下来，跌了一个大仰头趴，头磕到砖头地上，脑勺子后头皮都破了，生怕被人问起来不好回答，加之一想起侄子的总经理生生地被撸掉，自己这做县长的叔子也无能为力，真是郁闷得很。原来，前任老书记退下来，他这个当县长的是很有希望接任县委书记的。有关领导都跟他透露过这个意思了,让他好好干,说是要做好挑更重的担子的准备。你听听,这话还不是明摆着的么,他梁尚君现在是县长,更重的担子不就是当县委书记么?

其实,领导有时候也不是什么事情都清楚。就说当这县委书记,哪里就比县长难当呦?要说起来,县委书记是党委一把手,承担领导责任多一些。那么,难道说县长就不承担领导责任么?当然不是的。在日常工作中,急难险重的工作,不是还得县长冲在前面,县委书记在后面指挥指挥。直接面对矛盾和困难,多数时候还不是县长啊?所以说,担子真正重的,还应该是县长。

想想自己在县长任上干了也好几年了,一个自然接班的机会没抓住,心里头不痛快。其实也不是没抓住,是他根本没办法抓。上级突然从外地调来个毛头小伙子,来领导上百万人口的大县,在梁尚君看来真是太不严肃,有点儿太儿戏了。

说来人是大学生,大学毕业也不能当饭吃嘛,在县这一级要靠实干,光有文凭是行不通的。说来人当过市委副书记,不要吓唬人嘛,那个清江市也不过是个县级市,才几十万人,还抵不上楚县三分之一呢。

再说,梁尚君也打听到了,来人在清江当上市委副书记,还不是靠的岳父那把大红伞?说来人才三十出头,年轻有为,有朝气有锐气,敢创新敢开拓。在梁尚君看来,这简直是对上百万楚县人民不负责任。老话说得好,嘴上没毛办事不牢。一个毛头小伙子,在清江几十万人口的小县城领导领导还马马虎虎,出了问题也没有什么大不了,船小好调头嘛。到楚县来当一把手,嘿嘿,有他好果子吃的,弄得不好,哭鼻子的日子在后头呢。迟早卷铺盖走人。

柳成荫刚到任那会子,身为县长的梁尚君,与柳成荫见面时没有笑脸不开口,没有"柳书记"不开口,但内心里从来没把这个新来的年轻人放在眼里。他倒要看看这个年轻的县委书记,几把火怎儿烧法。

你还别说，还真是嘴上没毛的主儿。上任不久，柳成荫竟然把前任县委书记的跟班秘书提拔到阳山乡当党委书记去了。真是不可思议。再怎么说，前任县委书记的跟班秘书，肯定是老书记的人，重用这样一个人做的是哪一出哟？年轻人不是喜欢创新么，要创新就不能走前人的老路，要有新点子，新招数，说得不客气一点，就是要否定前人的一套，拿出自己的新套道，这样才能服众，才能让班子成员信服。重用前人的跟班秘书，不管怎么说都不能算是创新。

尽管柳成荫这一举动在楚县上下引起一些反响，但与梁尚君并无太大利害冲突，况且前任一把手对梁尚君还是不错的，不是想让自己接班的么。因此，提拔邱志维时，在县委常委会上，梁尚君是投了赞成票的。接下来，对县城建开发公司进行股份制改造，一下子撸掉了自己一员心腹大将，还是自己的亲侄子。这让梁尚君觉得，柳成荫你初来乍到，一点不给我梁尚君留面子，下手太狠了。

不仅如此，在后来的工作中，梁尚君发现，这个毛头小伙子强势得很。在他看来有点儿天不怕地不怕的味道，一连几个大动作，让楚县领导班子成员们都惊讶，新来的柳书记，别看他年轻，做事不含糊，有魄力。

一来就打破原有的行政区划，将全县九个区三十六个乡镇分成好中差三类进行经济工作大"过堂"，让这些区乡镇头头脑脑们感到屁股底下的板凳有钉子似的，坐不住了，想干事了。真是高招。开发黑高荡，这么大的工程，竟然在他指挥下一个冬季就干成了，几千亩水荡子变成了精养场。眼下在紧锣密鼓施工的英雄路，扩建成功之后，又是市民们交口称赞的样板。这样下去，还要我梁尚君这个县长干什么哟？

你柳成荫是想书记、县长一肩挑，行。那就要看你的肩膀有多宽，有多硬，能不能挑得起！千万不要把我逼得无路可走。说句不好听的话，狗急了还要跳墙呢。

从一开始，梁尚君就打定主意，与柳成荫采取不合作的态度。你想啊，人家来你这里抢了你县委书记的位置，你还要舔觍着脸讨好他，跟他合作，这不是犯贱么？当过这么多年的县长，梁尚君当然不能这么没得血气，当然不能这么犯贱。不过，梁尚君深谙为官之道，跟柳成荫不能硬来，不合作也要讲究策略。

现在机会来了，英雄路扩建这么大的工程，你交给自己同学去弄，这当中没有猫腻才怪呢。你柳成荫到楚县一年多来，动作太大，事情干得太顺，把楚县前几任书记的光环都遮盖掉了。如若就让你这么顺走下去，哪里还有我这个当县长的戏唦。

几个个体户被他派人一撮哄，果真闹腾起来了。他们这些人，目光短浅，哪里想得到要写人民来信唦，梁尚君亲自谋划，八分钱一封，这玩意儿还真管用，还真的把省市纪委的人给招来了。你丁正清不要跟我打马虎眼儿，我清楚你是柳大书记的人，不跟我说省市纪委的人来楚城是干什么的，难不成我就不知道了么？笑话，这件事情来龙去脉我一腹尽知，用不着你告诉不告诉。问题是，怎么样趁省市纪委联合调查组在楚城，再弄出点动静来，热闹热闹，给柳成荫的热锅膛再烧一把火，把他这个毛头小伙子身上的毛烘光了算毯。

柳成荫意识到省市纪委来人有可能是因为他，无非是有人民来信到了省里、市里，领导作了批示，派调查组来了解情况。这是领导干部常规的工作方法，他柳成荫一个小小的县委书记也这样做，对一些重要的信访件作批示，交办，限期回复。确实能解决一些基层反映的问题。当然，也有一些子虚乌有的事情，了解清楚，事实澄清，问题也就迎刃而解了。

柳成荫最初想到省市纪委来人查自己，吓了一身冷汗。倒不是怕省市纪委来人查出自己经济上有什么腐败问题，而是有点儿出乎他的意料。他自认来楚县这一年多来，自己还是勤勤恳恳、任劳任怨地做工作，还是从楚县实际出发，真正想为家乡父老做点实事的。平时，他听到的也多是赞扬，开展工作县四套班子成员没有不支持的，几件事情做下来，城里乡下，老百姓交口称赞，这说明老百姓对柳成荫的所作所为还是认可的。怎么会一下子有人写他的人民来信呢？据自己这么多年的工作经验，这次的人民来信，肯定触动了省市哪位领导，否则不会派调查组进驻楚城。

柳成荫实在想不出来，这写人民来信的是什么人，是一个人？看来不止一个人。那么，是几个人，是几个跟自己有矛盾的人？他来楚县时间不算长，还不至于跟谁有私人恩怨。那么就是工作上的矛盾？刚才想过了，柳成荫觉得在工作上，自己从来没有碰到来自县四套班子方面的阻力。如果硬要说得罪人，那就是把梁县长的侄子从城建开发公司经理的位置上拿下来，这也不是他事先设计的，是开展工作必须的。这是没有办法的事，这样的刀子如果不砍下去，城建开发公司的股份制改造没法改，自己今后在楚县也没法开展其他工作。

所好的是，梁县长在这件事情上没有什么不满，更没有找柳成荫提过什么要求。而且，楚水城建开发股份有限总公司成立大会上，梁县长亲自宣布了对谭赛虎总经理的聘任，并且亲自为谭赛虎颁发了聘书。说实话，柳成荫对梁县长如此理解支持自己的工作，不止一次地表示过感谢之意。在工作会议上讲过，在酒桌上给梁县长敬酒时讲过，在他和梁县长私下为某些事情交换意见时也讲过。

如此一来，柳成荫还真想不出，自己在工作上得罪过谁。不过，有一条，身正不怕影子斜，无私不怕夜敲门。他自己在心里反复思考，觉得除了在个人情感问题上有些不拘小节，其他方面是无可挑剔的。再说，陆小英那么地爱自己，绝对不会出卖自己情感，做出对他不利的事情的。这一点,不管发生什么样的事,不管到什么时候,他都坚信不疑。

这样一想,自己闷在心里的有些话,又不能跟苏华讲,更不能跟上了年岁的父母亲讲。他想到了陆小英。在他心里一直叫她"小英子"。他要去一趟俞垛镇。

俞垛镇因黑高荡开发而在全县声名远播之后,镇党委书记方国鉴一下子成为了新闻人物,不住气地接受县报、县电台、电视台的采访。考虑到黑高荡特种水产养殖场的重要性,和将来要在沙沟地区发挥的示范作用,经县委柳书记提议,县委常委会一致通过,由方国鉴兼任黑高荡特种水产养殖场党委书记。场长由县水产局下派一名具有专业技术水平的副局长来担任。

方国鉴的这一兼职,让原本在政治上比他有优势的阳山乡党委书记邱志维有点儿坐立不安了。

自从柳书记到楚县之后,邱志维一直深得柳书记信任,是有继续进步再上台阶的希望。说心里话,邱志维一直对柳书记心存感激。照常规,他邱志维是前任县委书记的跟班秘书,前任书记下台,邱志维的政治生命基本可以打上句号了。他怎么也没有想到,柳书记不仅没有给他的政治生命打上句号,而且把原有的逗号,改成了惊叹号。这一下子把邱志维的工作热情调动起来了,同时也把他的政治期望值调高了。

邱志维从县委办公室下到阳山乡工作,自然有方国鉴所没有的优势。虽然说,在全县区乡镇党委书记、区乡镇长当中,他们两个同属年轻有为,有竞争力,然而经过一冬的会战,全县几万民工齐上阵挖成的养殖场,结果让方国鉴当上了党委书记,尽管是个兼职,但邱志维还是感觉到了分量不一样。

兼职,可以变成专职。现在的科级可以升格为副处级。一切要看方国鉴兼任养殖场党委书记后,春苗投放第一炮是否能打响,接下来,夏花、秋花能否推出新品养殖。有个一年,养殖场搞上去了,在全县水产养殖方面起到了引领作用,规模有了显著扩大,效益有了显著提升,就不要愁书记、场长得不到提升。为一个全县水产特种养殖龙头企业明确个副处级,在柳书记并不是个难事。邱志维当然清楚这一点。

好在天无绝人之路。就在邱志维一筹莫展、绞尽脑汁想通过什么举措重新获得比方国鉴更多的政治筹码时,老天爷送给他一个天大的礼物:柒家村发现了一处古代遗址。

由于柒家村地处楚城近郊,除了一部分粮田之外,还有一部分垛田,专门长些油菜、萝卜、芋头、葱、蒜、生姜之类蔬菜。种粮田的村民没有什么好说的,跟一般种粮农户一样,一年下来稻麦两季,播种施肥,打药治虫,田间管理,一环套一环,哪一个环节都不能失着。一失着,就会影响庄稼的收成。一年辛苦下来,夏季收麦子,秋季割水稻。留足了自己的口粮之后,再卖到县城西门粮库去。

这一点,跟早几年不太一样了。大集体时,强调正确处理国家、集体和个人三者关系。村民们打下的粮食国家、集体一缴之后,自己留下的有限得很,吃不饱是常有的事。现在毕竟不同了,村民们的统购统销任务并不算重,加上科学种田产量高,村民们手里粮食蛮富余的。有头脑子活的,开始做起买粮卖粮的生意。收获时节,用船专门到村里各家各户收粮食,一手缴粮,一手交钱。村民们有富余粮食便能卖些钱,家里零用活络多了。

不过,即便是种粮食的能卖些个余粮,其一年的收入跟种蔬菜的比起来,还是要少得多。有人或许会说,那不会大家伙儿都种蔬菜?种粮食的田,最多能种一茬油菜,卖油菜籽,卖菜油,都是蛮来钱的。但种其他蔬菜,不行。

种蔬菜得是垛田。蔬菜对水的要求高,尤其是新栽种下去的秧子，无论是青菜萝卜芋头，还是葱蒜生姜，都得每天浇水。如若是长在大田里，几亩十几亩连成一片，水进不去，靠人工抬桶浇水，那真是够呛。自然不如种粮食来得爽手。

如若是垛田，就省得这样的麻烦。所谓垛田，四面环水是也。在这样的田里种蔬菜，浇水不费难。通常来说，一个垛子面积都不是太大，以几分地为多，大的也就是亩把两亩地。这样一来，前面说的，想种蔬菜，你得有垛田才行。这垛田也不是你想有就能有的。整个柒家村，也就是陈大朋这个组不到十来户人家是种垛田的。

这陈大朋，何许人也？此人有个叔父在县里头工作，通过叔父的关系，陈大朋曾经在去年中秋节给县委柳书记送过一只大白鹅，在县级机关制造出了一个"大白鹅事件"，很是引起了一阵轰动。只不过，那些机关干部望着老陈和柳书记家细小伙拎着一篮子鸡蛋、一只大白鹅，在机关大院内边走边喊时，哪个也不曾想到，老陈是为自己的侄大少受的罪、挨的搞。陈大朋真正的身份，柒家村村民委员会副主任。

这个陈大朋撞上"狗屎运"了。那天他和往常一样，扛了个水舀子，到自家垛子上给新栽下去的春青菜、春韭菜浇水，哪晓得水舀子舀水浇水的过程中，把脚底下弄得有些滑。这原本不是什呢要紧的，常言说，常在河边走，哪能不湿鞋。陈大朋自然不会把这点儿湿滑放在眼里，继续舀水浇水。

忽然，只听得"啪笃"一声，五大三粗的陈大朋跌倒在垛子上，本想爬起来，不想脚下一滑，"扑通"一声，陈大朋整个人像个大荒垡[1]，掉进了垛子与垛子之间的夹沟里去了。

此时才进入春季，离夏天尚早，邻近垛子上的妇女见了哈哈大笑道："陈主任，浇水浇呃身上发悟呃洗洗冷水澡啊。"说笑话

---

[1] 当地人的说法，体积很大的土块子。

的妇女晓得这夹沟水并不太深,淹不死人。再说,陈大朋一个大男将,水性好着呢,掉下河,大不了挨下子冻。

这真是叫站着说话不腰疼。早春的天气,河水蛮冷的。陈大朋两条腿在水里拼命蹬,想快点儿爬上垛子。哪晓得越忙越不中,一只脚在快速蹬踹的过程中,不仅蹬掉鞋子,而且被一个极尖锐的物体狠狠地戳了一下,蛮疼的,肯定戳破了。陈大朋伸手想摸摸脚被什么东西戳了。也许有人会说,这么冷的天,早点爬上来算了。其实,这时的陈大朋,冷已经是次要的,疼痛变成了主要问题。一疼,反倒不觉得冷了。谁知道,他这一摸,摸出了一件惊天动地的大事。

当陈大朋把戳自己脚的那个三里不角的东西拿到公社文化站时,文化站长大呼:宝贝,宝贝。至于究竟是什么宝贝,文化站长自认才疏学浅,但凭他在考古方面懂得的皮毛学识,知道陈大朋撞上大运,捡到了宝物。

于是在文化站长的陪同下,陈大朋又到了县博物馆,找到了考古专家。县博物馆专家用放大镜仔仔细细地巡看了两三遍之后,告诉陈大朋,这是一块残缺的麋鹿角化石,距今有几千年的历史。至于究竟有几千年,要请鉴定专家鉴定才能有确切答案。

县博物馆的专家认为此事非同小可,马上向馆长作了汇报,馆长立即向文化局局长作了汇报,文化局局长又分别向县委、县政府领导作了汇报。事情一下子搞大了。

县委柳书记亲自指示,一要妥善保护好实物,立即请省有关方面派权威专家前来楚城鉴定;二要及早做好实物发现地保护工作,对当事人要给予表扬,并做好当时发现情况的记载。

陈大朋一下子成了阳山乡的知名人物,成了个大功臣。因为省里派来的权威专家对陈大朋发现的古麋鹿角化石进行了鉴定,说是一块麋鹿角亚化石,距今已经有五千多年的历史。乖乖隆的冬，有五千多年，这是个什么概念哟？专家进一步解释说，大概处于新石器时代。这可让陈大朋开了眼，长了见识。

很快，省里面向阳山派出了专业考古工作队，柒家村陈大朋家垅田方圆里把路范围之内，都变成了考古队挖掘的现场。县委柳书记要求阳山乡必须积极配合，做好各项后勤服务工作。身为乡党委书记的邱志维，像打了鸡血似的，浑身激情四射，组织了专门配合考古挖掘的工作班子，自己亲自任领导小组组长。

陈大朋发现，自从考古队进入柒家村之后，邱书记有了一点小小的变化。平时，邱书记下到村里边检查指导工作，总是衣冠楚楚，脚上蹬双黑色小方头牛皮鞋，擦得锃亮锃亮的。叫村里的支书主任们见着，内心羡慕不已。啧啧啧，什么时候也能有邱书记这派头，也不枉是个当干部的呢。这情形，身为柒家村村民委员会副主任的陈大朋自然不止一次地见过。

但陈大朋不知情的是，人家邱书记只要进城开会也好，向领导汇报工作也好，总是要脱下脚上那双锃亮的牛皮鞋，换上一双半旧的黄军胶鞋。有时候，裤脚子还卷着没放下。有一回，县里开各部门负责人、区乡镇党委书记会议，邱志维不知道怎么搞的，竟然迟到了。虽说迟到的时间不长，这会议室内梁县长主持会议刚开口，邱志维急火躁忙地赶到了会议室门口，规规矩矩地喊了声："报告。"

这是柳书记定下的规矩，县里开会，不论是谁都要准时到会，不得无故迟到。但凡迟到不允许擅自进入会场，必须向主持会议的同志报告，经同意方可进入。说实在的，柳书记这也是没有办法的办法。县里开会，这些部委办局和区乡镇的头头脑脑们，忙得很，难得到得齐。即便是来开会的，也是跑来跑去，三三两两开自己的小会。弄得县里其他领导很有意见，给柳成荫提意见，说这些一把手们难侍候呢，只有你柳书记的会他们不敢迟到，不敢开小会。还问，是不是柳书记纵容的。会风不太好，柳书记先前也有所耳闻，只是没想到蛮严重的。于是下了这么一道让部门和区乡镇头头们哭笑不得的命令。

嗳，你还别说，自从柳书记这道命令一宣布，其他县领导纷纷向柳书记报喜，会风大变。不想，一向精明的邱志维不知道为什么事忙的，成了第一个站在会议室门外喊"报告"的人。

邱志维这声"报告"不喊还不要紧，一喊，会议室内好几十双眼睛齐刷刷地转向了他。有人实在忍不住，笑出了声音。原来，邱志维脚穿一双旧得发白的军用胶鞋，这倒也罢了，可笑的是，他的裤脚子还卷着，没放下。

梁县长一见没好气地说："别在门口丢人现眼，快找位置坐下。好了，现在正式开会。"

从那次以后，邱志维书记的"忙"在全县部委办局、区乡镇是出了名的。

挨了梁县长批评的邱书记，他的近乎狼狈的形象却得到了柳书记的认可。柳书记觉得，一个乡镇党委书记能够忙到自己卷着裤腿卷儿进会堂，至少说明他心思是用在工作上的。在基层，是能和基层干部群众打成一片的。柳书记有所不知，在他眼前穿旧黄军用胶鞋的邱志维，在乡村可是穿黑色牛皮鞋的。这倒应了一句话，再精明的领导，总有失察的时候。柳成荫据此对邱志维形成的印象，无疑是不准确的。很显然，他没能发现邱志维的另一面。话又说回来，要想真正了解一个人，哪就这么简单？有多少人能够真正全面了解一个人呢？这人世间，最复杂最难了解最难捉摸的莫过于人。

现在，邱志维变了。自从考古工作队进驻阳山乡柒家村之后，他就脱下了那双始终擦得锃亮的黑牛皮鞋，换上了那双进城才穿的旧军用胶鞋。除了县里有什么紧急任务，其他时间几乎全用在柒家村考古发掘现场。

眼下正是春暖花开的时节，省考古队员们置身于垛田之中挖掘着。抬头往四周一看，哇噻，真是太美太美了。那一垛垛的油菜花，浮于水上，似漂漂的花船，在春日阳光的照射下，耀眼得很。那一垛垛碧绿的韭菜、葱、蒜等蔬菜，相间在金黄的油菜花中间，似一块块浮于水面上的玉石，散发着迷人的绿光，给这垛田增添了些许童话般的色彩。

有几个年轻的实习生，跟着老师们深入到大山深处进行过考古挖掘，还从来没有在如此美丽的水乡进行考古发掘，显得异常兴奋，嘴里一个劲儿地说："太美了，真是太美了。"

老专家对学生们的兴奋摇摇头，反问道："难道你们几个小鬼，就只是觉得这垛田风光美么？你们没有发现这里的老百姓是那样支持我们的考古发掘，你们眼前的这位陈大朋主任是发现这片宝藏的功臣，大功臣。还有乡党委邱书记，一连多少天，一直为我们展开挖掘跑前忙后，干的差不多是小助理的活儿，人家可是这里的最高领导哟。你们几个小鬼说说看，他们不美吗？依我看，阳山的垛田美，阳山的干部群众更美。"

"哪里话，哪里话，我们全体阳山乡人愿意为这一次阳山考古，全力做好后勤服务工作。该配合的，我们一定配合。该支持的，我们一定无条件支持。"邱志维这时自然拿出他乡党委书记的身份来，向省里的专家们放个响炮仗。

他考虑的是，方国鉴那个特种水产养殖的影响力，怎么也不可能跟眼前发掘的阳山古遗址比。专家说了，这可是新石器时代的古遗址啊。把楚城的历史，向前又推进了两千多年呢。毫不夸张地说，阳山的这一发现，改写了楚县的历史。想到这里，邱志维想到了一个人：陈大朋。

在乡党委书记邱志维的提议下，乡党委决定任命对阳山考古有重大发现的柒家村村民委员会副主任陈大朋为阳山乡文化站站长。

陈大朋一家子别提有多高兴了。陈大朋第一时间就把这一喜讯告诉了在县城工作的陈老叔。老陈一听这消息,自然开心。这下子好了,你侄大少终于甩掉泥腿子,也成了一个吃公家饭的人了。要好好干,特别是这一次省考古队专家在柒家村挖掘,你侄大少要多出力,不要怕吃苦。今后,更要好好尊重邱书记。老话说,滴水之恩当涌泉相报。邱书记一句话帮你甩掉了泥腿子,还能不好好尊重人家?做人要有良心。

老陈在自己的管理员办公室里头,头一回给当上文化站站长的侄子拨打了这么长时间的电话,给陈大朋上上课,叮嘱又叮嘱。最后答应手头事情忙得有点空当,就回柒家村,再和陈大朋一家热嘈下子。老陈特地关照,要跟陈大朋的老子摆开来,多喝几盅。

坐在乡文化站站长办公室里的木头椅子上,手里拿有拨号转盘的电话,而不是村委会用的摇把电话,陈大朋感觉真的不一样呢。他当然满口答应老叔子的要求,只要老叔子有时间回老家,提前打个电话,他也好准备准备,一定把老叔子陪好。如果有可能,请老叔子给邱书记打声招呼,到时候请邱书记到场,那他陈大朋家就蓬荜生辉了。

对于侄大少这点要求,老陈自然拍胸脯答应,不就是请乡党委邱书记吃顿饭么,有什呢难的呦。

第十四章

　　省市纪委联合调查组在楚县经过紧张严密的调查后，发现那些"人民来信"基本属子虚乌有。除了英雄路扩建工程施工单位负责人谭赛虎是柳成荫的同学这一点写得属实外，通篇"人民来信"内容严重失实，不是歪曲，就是无限放大，更多的是无中生有，甚至有恶意中伤之嫌疑。

　　联合调查组结束在楚县的调查，离开的前一天，在楚县县政府礼堂召开了全体县直机关干部大会。会议由县委常委、纪委书记丁正清主持，联合调查组负责人向全体机关干部通报了此次对楚县县委书记柳成荫的调查情况。联合调查组负责人的讲话可谓情真意切，他不但向机关干部澄清了那些"人民来信"对柳成荫同志的不实之词，而且充满感情地讲述了他们在调查过程中了解到的柳成荫同志来楚县工作一年多时间内带头廉洁自律，严格要求自己和家人的感人事例。

　　联合调查组的负责人说道："在座的同志们其实比我们都清楚，柳成荫同志是个什么样的人。一个贪污腐败分子，能始终坚持无论到基层什么地方检查工作，都只吃'四菜一汤'的工作餐么？同志们,那可是真真正正的'四菜一汤'。不仅如此,每餐之后,他都让身边的工作人员交纳伙食费。几块钱事小,头脑中有没有清正廉洁的意识事大。我想问问,在座的同志们,有哪个能坚持像柳书记这样做的？有这样做的,都值得表扬。"

联合调查组的负责人对柳成荫的清廉事迹如数家珍。他继续介绍道:"柳成荫同志不仅自己要求严格,对自己家人也是如此。我们在这次调查中听到了'一只大白鹅'的故事。一个四五岁的小朋友,在家里收了人家送上门的一只大白鹅,还有我们机关从事后勤管理工作的老同志作证,说是小孩子妈妈托人从菜场买的,这才收下。我看觉悟已经够高了。小孩子哪里晓得这是有人事先串通好的,是人家送的礼呢？结果收下了。然而,为了这只大白鹅,小家伙可没少受罪。可能有不少人看到了,小家伙跟在我们机关一位老同志后面,提着鸡蛋,拎着鹅,在机关大院内游走了好几天。

"同志们想一想,柳成荫同志为什么要这么做？对一个四五岁的小朋友如此苛责？当然,或许有人会认为,这是在'做秀'。要我说,那是没有能体会柳成荫同志这样做的深刻用意呀,同志们。柳成荫同志这样做,让家人和身边工作人员接受了教训,下一次再也不敢收礼了。与此同时,也让同志们知晓了柳成荫同志对送礼者的态度,面对这样的书记,谁还敢再上门送礼？除非那些没有自知之明,想自讨没趣之人。柳成荫同志等于借一只大白鹅,对外发出了一则拒礼公告。同志们,这样的'秀'我看是越多越好。"

联合调查组负责人一番讲述,赢得了礼堂里机关干部们雷鸣般的掌声。不少同志从内心向柳书记伸出了大拇指,同时又为自己在这样的县委书记领导下工作而感到庆幸和自豪。当然,坐在主席台一侧的梁县长,听着联合调查组负责人的讲话,心里不是滋味,脸上一阵红,一阵白,望上去有点儿坐立不安了。

联合调查组负责人通报完情况之后,省市纪委的负责同志分别宣读了省市委对柳成荫同志的嘉奖令,对柳成荫同志在廉政勤政方面的突出表现给予记功奖励。主席台上,柳成荫心情激动地从两位领导手里接过省三等功、市二等功的大红证书。他把两个证书用左右手高高举起,然后向台下深深地鞠了一躬。

"哗——"全场再次响起热烈的掌声。

英雄路扩建工程顺利向前推进,原先两旁林立的小店铺已经拆除,拓宽的英雄路已进入路基施工阶段。柳成荫带着省市纪委的领导同志前来察看时,施工工人正在给路最底层铺洒石灰粉。"领导们当心,千万不能被呛着了。"柳成荫陪领导们边走边看,跟在后面的谭赛虎不时地给领导们提个醒。他晓得,如果被石灰粉给呛着,那可吃不消,弄不好会造成哮喘后遗症。

通过这次调查,省市纪委的同志对谭赛虎多少也有了一些认识。观看过程中,有领导跟柳成荫开玩笑说,柳书记用这个老同学,还真用对了。这个谭总精明得很,施工管理很有一套,是个人才。

"哪里哪里,差点儿给我们柳书记添乱。不过,各位领导在场,我绝不拿跟柳书记的老同学关系做交易,踏踏实实干工作,诚心诚意对他人。自己所做的事,经得起时间的检验,经得起后来者检验。总之,有一份光发一份热吧。"

谭赛虎从心底里为老同学在"人民来信"危机中大获全胜喜获殊荣而感到高兴。这高兴,发自肺腑。

"嗳嗳,我说谭总啊,你不拿老同学关系做交易,我可要拿老同学关系跟你做交易的哟。工程决算时,你可要看在老同学面子上,把利润空间再压一压。你知道,今年县里几个大项目,都等米下锅呢。我手里就这几把'米',还请老同学支持支持。"柳成荫抓住谭赛虎向现场领导表白的机会,好好敲了他一下。

"你县委一把手的话,我敢不听么?话又说回来,我们城建开发总公司,你是大老板,我只不过是个打工的。我听说了,化肥厂周厂长在谈一个合资大项目。到最后，还不是你柳书记左右口袋搬家？"谭赛虎脸上露出一丝苦笑，跟他这个老同学打交道，总得让步，再让步。

柳成荫原本想再把调查组的领导们请到阳山考古发掘现场看一看，他估计这帮领导当中一定有对古文物感兴趣的。无奈跟邱志维联系之后，省考古专家说发掘目前正到关键阶段，不方便接受来人参观，抱歉。

省市纪委领导尽管很想看一看这五千多年前的古遗址是个什么样子，都发掘出了哪些珍贵文物，但专家意见不让参观，只好留有遗憾。好在领导们很开明，说是留下点遗憾也好，下次再来楚城时，看完整的古遗址。

柳成荫只好向领导们打招呼，表示一旦阳山遗址挖掘完成之后，一定请领导们从百忙中抽时间，前来指导。

联合调查组的同志在柳成荫为他们举行的欢送晚宴上笑笑说："指导这话就不用说了。到时候，我们哪怕抽个休息日，过来看看，饱饱眼福就行了。好几千年前的东西，真值得看一看。"说这话的领导同志，肯定是有这方面爱好。柳成荫从话音里听得出来。

给省市纪委联合调查组同志的送行晚宴设在楚县第二招待所内的小宾馆，县里领导出场的除了柳书记，只有副书记苟道生、副县长朱蕊，丁正清当然得参加，对口接待一直是县里的规矩。梁县长本来是应该参加的，跟班秘书说，县长昨天在县政府礼堂开会时就感到身体不舒服，因此不能出席欢送晚宴。

用餐地点设在小宾馆的一个颇古朴的餐厅，四壁挂有郑板桥的字画，字是那种乱石铺街风格的，有"衙斋卧听萧萧竹"之类的条幅。画是郑先生擅长的梅兰竹石图四条屏。省市纪委的领导们一进餐厅时，都说好，这样的环境跟他们纪检干部的身份很吻合，很好。可当领导们一看餐桌上的菜肴，不对头。你柳成荫一直不是坚持"四菜一汤"的么，怎么眼前一下子弄出个"八菜一汤"？这怎么行呢？

联合调查组负责人脸上有些个挂不住了，声音低沉地问："柳书记，你这是怎么回事？"

"请领导们入座听我解释。"柳成荫赔着笑脸，请领导们入席，"请诸位领导放心，四菜一汤绝对按标准。另加了四个我们当地的特色土菜，不属高档菜范畴，这加菜的钱属我私人请。"

"各位领导，各位领导，我们柳书记也是觉得这一次你们到楚县辛苦工作这么长时间，没有请你们吃一顿饭，喝一次酒，心里很过意不去。你们要走了，柳书记特地关照加几个土菜，并且由他个人掏腰包。"丁正清连忙帮柳书记打圆场。他边说边介绍餐桌上的几道土菜，什么俞垛大鱼圆呀，什么茄儿饼、藕荚子啦，好吃，不值钱。

"领导们实在不要有顾虑，我们柳书记把加餐的费用都结掉了。哪位领导可以看一下发票，一共三十八块五。"到底是女同志，朱蕊细心地发现了柳书记餐位上多着一张发票，瞄了一下是加菜的发票，并且写上了柳书记的大名。见省市领导为菜多出来有些不悦，朱蕊也站出来，帮自己的书记讲话。

"好你个小柳，事情办得让我们不动筷子不行啊。来来，既然柳书记一片真情，我们就接受。不过今后到省里开会办事，也要告知我们一声，我们也要回请回请嘛。"联合调查组负责人一见朱副县长举着发票，就笑了。

为省市纪委联合调查组同志举办的送行晚宴，终于在愉快的气氛中开始了。

阳山古遗址挖掘，从春季开始启动，直到秋天才完工。据省里考古专家讲，这样的考古发掘进度算是很快的，时间算短的。

这也得益于当地党委、政府的大力支持,以及当地老百姓的积极配合,为古遗址挖掘创造了良好的外部条件,挖掘才能得以顺利向前推进。

经专家考证,阳山古遗址距今约 5500—6300 年,从遗址上挖掘出了大量的石斧、石刀、石纺轮、陶鼎、陶釜、陶盂、骨笄、骨镞、麋鹿骨等,价值连城。所有的遗物可分为石器、陶器、骨角器三大类,其中部分陆生动物骨骼已形成亚化石。专家认定,阳山古遗址是江淮地区面积最大的一处新石器时代遗址,也是江淮地区最重要的新石器时代遗址之一。

这一发现让阳山人为之骄傲和自豪。你想啊,六千多年前这里就有了人类生存的痕迹,这里就有了文明的曙光,还不让阳山人感到骄傲、自豪么?这里就是楚县上百万人的祖先们居住的地方,是楚县的文明发祥之地呀。

前来阳山古遗址考察的外地游客多起来了,他们绝大多数是些考古爱好者。听说苏北里下河出现了一个江淮地区最大的新石器时代遗址,都想一睹风采。他们当中,有从外省专程来到楚县阳山的,有本省三两友人相约而来的,也有小型组团随旅行社安排而来的。省市旅游部门已经把阳山古遗址作为里下河腹地游的一个景点了,与邻近的溱湖湿地纳入同一旅游线路。

这阳山古遗址给阳山人带来了一个意外收获:前来看垛田风光、拍垛田风光的摄影爱好者多起来。那些在上海、北京等都市里生活得太久的人们,因阳山古遗址的吸引而来到阳山。然而来到阳山一看,发现古遗址坐落在风光如此美丽的垛田之中,真是大感意外。古墓葬、古文物发掘点,几乎是无一例外的荒凉。游客们想不到,在楚县的阳山,古阳山遗址所处环境如此诗情画意。那一垛一垛的田,似浮水而设,让人有大风一吹便会吹走的感觉。垛上的各式蔬菜,生长很是茂盛,色泽翠绿,新鲜欲滴。想象着用垛上鲜蔬下锅烹炒,定然美味可口,新鲜难挡。唯有来到此地,方能有此口福矣。

馋嘴游客的一些小建议，被乡党委书记邱志维听到心里，萌发了他发展阳山休闲旅游的构想。"观垛田风光，品垛上鲜蔬"，口号一经打出，在周边城市引起热烈反响。柒家村等相邻的几个村，一大批村民自发开起了"农家乐"小饭店，时蔬、土鸡、土鸡蛋、野生鱼虾，凡此等等，一道道土菜风味淳厚，无不让游客垂涎欲滴。

正当邱志维准备在阳山大展拳脚，在旅游方面有一番新作为的时候，他的阳山乡党委书记当不成了。

由于邱志维在配合阳山古遗址发掘过程中体现出来的出色的组织协调能力，以及超前的服务意识，省里来的专家不止一次地向县委柳书记赞扬他，肯定他。邱志维终于在9月份被调回他曾经工作过的县委办公室，担任主任一职。

当然，如果仅仅是让他回头当个主任，邱志维并不一定有多开心，尽管县委办公室主任是个蛮重要的岗位。人就是这样子的，如果一开始，柳书记不给他过高的期望，直接提拔他回县委办公室当主任，他会从心底里感激柳书记对他的重用和培养。就全县区乡镇党委书记而言，哪一个不想进城弄个机关部门一把手当当，能当上县委办公室主任，那在机关部门中也是十分重要的角色，邱志维当然开心。现在问题是，柳书记在平时工作中对他的重视，让邱志维觉得自己有希望再上一个更高的台阶。因此，仅仅当个县委办公室主任已经不是他的心思。

也叫天遂人愿。在这个节骨眼儿上，冒出个阳山古遗址，让邱志维好好表现了一番，得到了专家的认可，也得到了柳书记的赏识。把他调回县委办公室当主任，同时明确为县委常委。这就跟原先的县委办公室主任大不一样了。邱志维一下子从部门负责人，变成县四套班子领导，而且是县委这一套班子当中的领导，从某种程度上讲，比其他班子领导还要重要。

让邱志维感觉良好的是，方国鉴虽然也与他一同提拔当上了副县长，但方国鉴是只提拔不离开黑高荡，也不参与县政府领导班子的分工。说到底只是解决个职级问题。他邱志维就不一样了，实实在在的常委，参与常委分工，有职有权。方国鉴自然不好跟自己比。想到此，邱志维心中不免有些得意。

一走马上任，就有两件大事等着县委常委、办公室主任邱志维来牵头。头一件事，下月初，也就是国庆节这一天，英雄路扩建竣工典礼；另一件事，《人民日报》来了几个记者，要在楚县上上下下作深入采访，重点报道县委书记柳成荫清正廉洁的感人事迹。前者是县委、县政府纪念国庆四十周年的重头戏。邱志维头脑里有印象，从中央到地方，十年一大庆，五年一小庆。虽然说没有明文规定，但基本上照此原则执行，约定俗成。因此这国庆四十周年属大庆，马虎不得。英雄路扩建竣工典礼作为庆国庆的重头戏，各个环节都必须考虑周全，不能有半点差错。否则，就会出政治笑话。那对他这个新常委办公室主任将大大不利。

后者牵涉到县委柳书记，当然也是马虎不得。自从省市纪委联合调查组离开楚城，各层各级的媒体记者，蜜蜂采蜜般地蜂拥而至，有市报、省报的，有市电台、省电台的，有市电视台、省电视台的，还有纪检口子上的媒体记者，采访对象只有一个：柳成荫。

柳书记毕竟是县委一把手，哪有那么多时间接受媒体记者采访哟。于是这次《人民日报》记者来采访柳书记，柳书记跟采访组的负责人商量，能不能先在楚县上上下下选几个点看看，做一点深入了解，最后记者们觉得有必要时再对当事人进行简要的采访。柳书记还跟采访组的一位女记者吴晓月开玩笑：有些事情你们了解到了，写出来才有说服力，从我嘴里说出来，王婆卖瓜，自卖自夸，说服力就差得多了。最好是吴婆卖瓜，老百姓才会信服。

柳书记他这一谦虚不要紧，邱志维可就要忙得够呛。采访点怎么选，记者的意见要听，但也不能完全听。采访点涵盖哪几种对象，采访前要考虑妥当。要能让记者们几个采访点走下来就能对清正廉洁的柳书记有个立体的多方位了解，就能在记者眼前塑造一个丰满感人的典型形象。

要做到这一点谈何容易哟，常言说金无足赤，人无完人。柳书记的确是个清正廉洁的好书记，可这并不代表他没有一点缺点，并不代表方方面面、上上下下对他的满意度都是百分百。哪个也不敢打这样的包票。用老百姓的话讲，皇帝背后还有人骂昏君呢，何况一个县委书记哟。这样的工作只能做好，不能砸锅。不好好动脑筋，行么？否则，邱志维他这个轴崭新的常委，怕是不想当了。

也许有人会问，这些事情不是有宣传部门具体负责吗？不错，通常这新闻媒体采访之类的事，是由宣传部门负责接待安排。但这一次不一样，牵涉到了县委一把手的宣传报道，而且是《人民日报》这样的全国最重要的媒体，作为直接为县委书记服务的办公室主任哪能不雷厉风行、积极主动把这件事情办好，办得让媒体记者满意，更要让县委书记本人满意。这才是最最重要的。此时，去谈部门职责、归口接待，显然是缺乏政治悟性，也是一种不成熟的表现。

柳成荫眼看着要成为县委书记的典范了，最开心的要数柳春雨和杨雪花两口子。自己的小伙，不仅当上了县委书记，而且将要成为县委书记的榜样了。这是何等的荣耀啊。在柳春雨的印象里，县委书记的榜样是焦裕禄。自己的小伙，现在居然要成为焦裕禄式的人物了。这可是给柳家列祖列宗贴金增光的事情，要是细小伙家爷爷在世，该有多高兴啊。

苏华知道这件事情后，既不曾喜形于色，也不是一点反应都没有。相反，她倒是问丈夫，当初上面有人来查他的"人民来信"时，怎么一点儿也不曾透点儿信给她。现在没有什么话说了，因为坏事变成了好事。如若当初你柳成荫被"人民来信"碍到了，说一声，苏华求老父亲帮忙，就能大事化小，小事化了，没得什么坏处。为何就不肯知会一声的哟？

妻子站在妻子的立场，自然有妻子的道理。为丈夫担心，是做妻子的本分。然而，柳成荫当时没有跟苏华讲，也有自己的考虑。自己心里有底，日常工作中一直严格要求自己，不可能在廉洁问题上出岔子。这一点自信，柳成荫是有的。退一步讲，这种事情说给老婆，再去给老岳父添麻烦，没有必要。到头来，只会让你苏华跟着担惊受怕。何苦呢？现在事情过去了，一家人没有什么好担心的了，又有什么不好呢？

柳成荫话是这么说，但在苏华的感觉当中，自己的丈夫似乎一点一点远离自己。尽管她还不清楚这其中的确切原因。这正如她去年底感觉的那样，黑高荡开发工程上马以后，柳成荫的变化还是比较明显的。其他人可能看不出来，作为妻子是有切身感受的。事情不发展到那一步，苏华自然也不愿意跟丈夫撕破脸皮。况且，她也拿不出什么确凿的证据来证明一些什么事情。只能顺其自然，静观其变。

全城市民关注的英雄路扩建工程竣工典礼，如期在英雄路南端的英雄纪念碑下隆重举行。仪式由代县长苟道生主持。顺便说一句，原任县长梁尚君，被查出在柳成荫"人民来信"事件上做了小动作，上级组织部门认为，再让梁担任县长跟柳成荫搭档，工作上显然不会合拍的。找个理由，把梁尚君调到市里担个闲差，平级移动，保留正处待遇，也算是帮他留了面子。当了多年县委副书记的苟道生向上挪个位置，当县长也是顺理成章的事情。只不过，眼下只能当代县长。要经过县人代会之后，这个"代"字才能去掉。

仪式的第一项就是向英雄纪念碑敬献花篮，由县委书记柳成荫上前将"革命先烈永垂不朽"的飘带理正，然后开始奏国歌。紧接着由县四套班子主要负责人为工程竣工剪彩。

在鞭炮声中，县委书记柳成荫、代县长苟道生，率领着楚县四套班子全体成员，以及各部委办局负责人，豪情满怀地走上了宽阔、平坦、气派的新英雄路。

围观的市民们"噢——""噢——"的叫好声一片，那种发自内心的兴奋，显露无遗。困扰楚城人多年的"食道癌"今天终于切除了，真是大快人心，不欢呼雀跃更待何时？他们跟在县领导后面，喜气洋洋，大踏步向前，脚底下步子迈得有劲得很呢。

也有上了年岁的，在一旁议论，到底是共产党的县委书记，没得过去那一套旧思想。头一个走在最前头，不简单。在老辈人心理上，这新修的路也好，桥也好，是不能第一个走的。你如果压不住，将来会成为祭路、祭桥之人。说白了，弄不好会伤命的。因而在过去，类似的庆典上，是要花钱请些穷人先走第一步，然后达官显贵才动脚步。

虽然现在不是过去，但有些旧礼在人们心目中还是有一席之地的。通常人们会宁可信其有，不可信其无。多一道规矩礼，没得什么大碍，没得什么不好。

就英雄路来说，市民们看到的典礼上的情形，是柳书记走在最前头，迈出的第一步。事实是，英雄路建成后，谭赛虎私下已经请人走过第一次。只不过，第一次不是请的哪一个人，而是耍了点小花招，请一帮施工的工人喝了一餐酒，之后让他们欣赏欣赏自己的劳动成果。这帮工人，一见是谭总慰劳他们，上了桌子放开量来喝。酒喝得糊里糊涂之后，再去看看自己修筑的路，谁还在意这第一个走，还是第二个走吵。这样一来，就是事后酒醒，谁也想不起来，究竟哪一个走的第一步。谭赛虎自然不用承担任何后果。

在邱志维急切的盼望中,《人民日报》终于刊发了介绍楚县县委书记柳成荫廉洁自律的通讯:《构筑起反腐防腐坚实的屏障——记楚县县委书记柳成荫同志廉洁从政二三事》。这下子,邱志维一颗悬着的心落下来,踏实了。

《人民日报》采访组的几位记者走了之后,邱志维心里一直没底。兴师动众的,他这个新任常委为柳书记的新闻报道,安排了一批又一批的采访对象和采访单位,如果到最后《人民日报》没有稿件见报,那不是给柳书记丢脸么?那时候,柳书记说不定会认为采访点安排得不理想,没有能采访到《人民日报》记者想要的东西,因而文章没法写,也就无稿可发。

现在好了,《人民日报》不仅发稿了,而且在一版头条位置上发了。整个稿件篇幅蛮长的,好几千字呢。不要说一个县委书记的通讯发这样重要的位置,发这样长的篇幅,已经非常非常不容易。就是一个省,要在这样的位置、发这种有分量的重头稿,也是不多的。

有了这样一个结果,邱志维好向柳书记交上一份满意的答卷了。采访过程中,他绞尽脑汁所作的一些安排,还算是有效果的,是成功的。将来,柳书记得到升迁,肯定不会忘记他邱志维为此付出的辛勤努力和精心策划。

让邱志维没能想到的是,后来的一场突发性自然灾害,让原本冉冉升起的一颗政治新星——柳成荫,一下子变成了在洪水中漂浮不定的一叶小舟。不,还不能说是一叶小舟,说变成一叶浮萍更为贴切。因为,那时的柳成荫,前途未卜,一片茫然。

邱志维的希望自然跟着破灭了。

第十五章

化肥厂周金民厂长的一个好消息,为柳成荫注入了一支兴奋剂。

楚县的县属骨干企业,终于在 1990 年的春天,迎来了第一个上千万美元的合资项目。这无疑为新的一年全县工业经济快速发展增添了强劲动力。

说实在的,柳成荫从清江调到楚县来担任一把手之后,没少为楚县工业费心思、动脑筋。他心里清楚,这样一个上百万人口的农业大县,如果不把工业经济搞上去,整个经济面貌不会有大的改观,整个经济发展就不会有多大起色。

因此,他除了抓农村各个区乡镇经济工作大"过堂",与此同时还抓县属重点骨干企业、重点项目大"过堂",让县属企业的厂长们报计划、排项目,然后筛选既具有代表性,又达到一定规模的新上项目的企业负责人,在全县工业经济大会上作表态发言。柳成荫是想通过这样的方式,推着县属骨干企业的厂长们往前跑,兑现自己的诺言。不过,这一两年下来,成效不是一点没有,但缺少像农村经济工作大"过堂"中产生的"黑高荡开发"这样有影响的大项目。

柳成荫在心里暗暗着急了两年，现在不一样了，终于有人打破楚县工业经济发展中的僵局，在大项目上有所突破，而且一来就来了个外资项目，上千万美元。这可是在楚县破天荒头一个啊，身为县委书记的柳成荫能不兴奋吗？私底下说句话，自从省市委给他记了功，把他树立了领导干部清正廉洁的典型，他也就成了组织上重点培养对象，市委领导班子的后备干部人选之一了。

眼下的这几年，正关键着呢。自己政治素质、廉洁从政等诸多方面过硬，农村经济、城市建设在自己主政下有了新成效，如果在老大难的工业经济方面也能有新突破，那对于柳成荫来说，无疑是锦上添花，再好不过。

在县属骨干企业化肥厂的接待室里，县委书记柳成荫接见了化肥厂新上尿素合资项目美方代表，美利坚合众国某市华侨商会会长、美籍华人贾华仁先生。在柳成荫眼里，虽然贾华仁先生跟国人长得没有二样，黄皮肤黑头发，不是通常人们印象里金发碧眼的美国人，但贾先生毕竟长期生活在美国，言谈举止，穿着打扮，绝对够品位，上档次，在楚县找不出这样的绅士来。

在与贾先生交谈过程中，柳成荫发现，贾先生具有浓厚的"龙"根情结。贾先生始终没有忘记自己的根在中国，他尽管加入了美国籍，但他血液里流淌的还是中国血。他要在有生之年，为中国做一点有益的事情，报效祖国。

"贾先生，有你这样的爱国华侨，我们感到很高兴，很自豪。我相信，许许多多中国人都会和我们一样，希望你们仍然把中国当成自己的祖国。"柳成荫主动上前握住了贾先生的手，有意地用力紧紧握了又握。

"谢谢，谢谢！柳书记作为政府官员能讲出这样动情的话，真的让我这个游子好感动。"原本坐着，一条腿很有派地跷在另一条腿上的贾先生，从沙发上站了起来，出人意料地给柳成荫行了个鞠躬礼。

"贾先生，不必多礼，不必多礼。"柳成荫真是没想到一个美籍华人这么讲究中国的传统礼仪。他也连忙起身回礼，并且真诚地说："县委、县政府会全力支持你和化肥厂的合资项目，争取早日签约，早日上马，早日投产见到成效。"

"果真如此，贾某将感到不胜荣幸，同时也将不胜感激！"贾华仁的手和县委书记柳成荫的手再一次紧紧握在了一起。

周金民原本在楚城就是个风云人物，掌管着职工几千人、年产值上千万的大企业，想不神气也不成。你不想神气，有人推着你、呵着你。走到哪儿，都是众星捧月。这不，一次楚城有头有脸的角色小聚会的场合，县淮剧团当家花旦汤巧巧盯上了他。几杯酒互敬之后，汤巧巧美目传情，爱慕之意溢于言表。

周金民一米七五的身材，帅气十足，鼻梁上时常架副墨镜，很有点儿日本电视剧《追捕》里杜丘的味道。人常说，自古英雄爱美人。我们的周厂长，自然也不例外。一见汤美女秋波暗送，何不来个君子成人之美，欣然接受呢？

有一句话，在周金民看来，是大错特错了。什么话？就是"女人是祸水"这一句。女人怎么会是祸水呢？从周大厂长目前的情势看，说女人是天使还差不多。

自打跟县淮剧团当家花旦汤巧巧小姐要好之后，周金民的生活变得十分滋润，而且时间不长就交了好运，真的是天大的好运。

汤巧巧一个在上海工作的表哥，介绍给她认识了一个美国老板，想趁着国内吸引外资、合资合作热火朝天的大浪潮，也到楚城这样外资比较匮乏的县城，搞点小投资。

汤巧巧一个淮剧演员，倒是来上海演过几场戏。她哪里懂什么外资啊项目啊之类东西哟！就问了表哥一句，搞点小投资是多少钱哟？答曰：美金一千万。乖乖隆的冬，一千万美金，那也就是好几千万人民币哟。还小投资？看来，这个美国老板真的够谦虚，蛮低调的哟。

虽说汤巧巧不懂外资项目之类，但对人民币与美元的外汇换算比值，头脑里还是有个大概印象的。表哥轻描淡写说出一千万美金，着实吓了她一跳。真是没见过大世面，现在上海进来一个外资项目，动不动就是上亿啊。表哥继续开导自己无知的表妹。

"上亿人民币呢？"汤表妹在表哥面前又犯了一个常识性的错误。既然是外资项目，当然是用美元作为统计口径。因为美元是国际通行货币，而人民币不是国际通行货币，怎么好用人民币作为统计口径呢。

"傻妹妹，当然不是哪，是美金的哪。"望着傻不棱登的表妹，见多识广的表哥开玩笑地打起了广东腔。表哥继续告诉表妹，这个美国老板之所以要选择楚城这样的小县城，目的是要争取地方上的优惠条件和高度重视。这样的投资额度在上海，要想引起方方面面重视、关注，已经是不可能的了。但是，这样的投资规模，放到楚城就不一样了。放卫星啦，县里的头头脑脑自然会重视，自然会关注。

现在，问题是要找一家合作的企业，你要把那个厂长先摆平，接下来合资合作什么都好谈，一旦项目成功，好处大大的。表哥伸出右手，大拇指和食指、中指一摩擦，做了个数钞票的动作。说得汤巧巧眼睛里全都是百元大钞，而且是美钞，纷纷往自己心口上飞。

接受了表哥如此重要的任务之后，汤巧巧就在全县上格眼的企业当中物色合作对象。

这个过程中，汤巧巧也打着自己的小九九，一定找一个帅气有派的，不然把自己搭进去还不亏死啦。到底是个唱戏的，在这样的事情上头，还讲究郎才女貌呢。你还别说，汤巧巧有这样的想法，倒还是蛮可爱的。

应该说，汤巧巧的寻找还是蛮顺利的。实在说来，在楚城这么个小地方，能出她这样有模有样、会唱会跳的角儿，还是不容易的。

虽说楚县多水，养女儿家，就小汤的身材、小汤的姿色、小汤的才艺、小汤的眼头见识，在楚城也算难得的了。她这么一个角色，主动给人投怀送抱，哪个男人能抗拒呦？除非他是柳下惠再世。

周金民不是柳下惠，不用来那么多虚招。既是汤美女的美意，小生周某，成全便是了。没用几天工夫，周大厂长便带着汤巧巧出没于圈内私人活动了。在众好友眼中，周金民身边的汤美女，俨然是娇小可人的小蜜模样，真是艳羡不已。只可惜，楚城再也找不出第二个汤巧巧了。

时机成熟，汤表妹嗲声嗲气地向神通广大的表哥通报了自己回楚城的进展情况，并告知搞定了化肥厂厂长周金民。

表哥自然对表妹如此迅速就能选定目标表示肯定和满意，吩咐她抓住一个恰当时机，抛出"千万美元尿素合资项目"，届时美国大老板闪亮登场，你汤表妹就等着领取丰厚的回报吧，不要忘了，那可是美钞哟。

聪明的汤巧巧自然领会表哥所说"恰当时机"的"恰当"之意。于是，在某酒店与周金民行鱼水之欢时，把这个喜人的消息告诉了他。

这个天大的好消息，让周金民一下子变得亢奋起来，"我的小亲亲，你真是天使，是上帝派到我身边来的天使。"

楚县化肥厂一千万美元尿素合资项目签约仪式，在县政府礼堂举行。会议由县长苟道生主持，常务副县长朱蕊代表县委、县政府向化肥厂一千万美元尿素项目签约致祝贺词。苟道生经县人代会正式选举任命为县长之后，柳成荫跑了几趟市委组织部，争取到让朱蕊进常委班子，担任常务副县长的人事安排。这让朱蕊内心对年轻的柳书记充满感激之情。

常务副县长朱蕊讲话之后，是化肥厂厂长周金民与合资方代表、美籍华人贾华仁先生正式签约。礼堂外鞭炮齐鸣，事先准备好的腰鼓队，"咚咚咚咚"敲打出了欢快的鼓点。舞龙队随着鼓声，上下翻滚，两条金色长龙在礼堂门口欢腾起来。

一阵热热闹闹过后，贾华仁先生代表美国合资方致答谢词，感谢楚县县委、县政府对这个项目的重视和支持，感谢化肥厂厂长周金民先生的精诚合作与信任，美方一定竭诚与周先生合作，争取项目早上马，早产出，为发展楚县工业经济作贡献。

最后，由楚县县委书记柳成荫代表全县百万人民，向美方代表贾华仁先生颁发"楚县荣誉市民"证书，并赠送一把具有象征意义的金钥匙。

当贾先生无比激动地举起手中的证书和金钥匙时，礼堂响起长时间的掌声。这掌声，让柳成荫很是感慨。这个礼堂几乎成了柳成荫在楚县工作取得良好业绩的见证地，一次一次的成功似乎都是从这儿诞生。他自己在心里想，下一次成功会是什么呢？他自信，自己还会在眼前的这个礼堂，展示自己的成功的。

然而，事与愿违。他怎么也不会想到，今天以后，他在楚县以县委书记的身份坐在主席台上的机会不多了。等着他的是，风吹雨打。

全县工业系统都在盼望化肥厂千万美元外资项目早日投产，身为县委书记的柳成荫心情更比任何人迫切。几乎是三天两头往化肥厂跑，查点项目进展。

刚开始，贾华仁先生还情真意切地请柳书记放心，项目没有问题，美方董事会对这个项目作些调整，有可能项目规模还要进一步扩大。董事会经过对中国华东市场的调研，认为在楚县的这个项目，完全可以覆盖整个华东地区的尿素市场。

柳成荫听到贾先生这样的话当然高兴，问题是不能只听楼梯响，不见妞下楼。终于，在柳成荫焦急的等待中，周金民向柳书记报告，美方邀请楚县派考察团赴美考察项目设备了。如此重大的项目，周金民当然希望县里多派几位重量级人物前往美国，这样也让美方看看中国方面的诚意和重视程度。县委柳书记认为周厂长考虑得很有道理，于是决定自己亲自带队，组成一个十几人的考察团，赴美考察。

这时的汤巧巧，充当起了周金民特别助理的角色，忙前忙后，为赴美考察办签证，预订机票。汤巧巧办事能力自不必说，周厂长对她的信任更不用谈。于是，由化肥厂划出二十多万，全权委托汤巧巧办理赴美相关事务。

就在周金民晚上睡觉都在做美国梦的时候，贾华仁失踪了，那个整天在他屁股后面颠来颠去的汤巧巧也玩起了人间蒸发。不仅如此，汤巧巧凭借着她跟周金民的特殊关系，还以周金民的名义从化肥厂划拨走了一百万，说是新上重大项目攻关经费。

周金民见不到贾华仁还不是太着慌，见不到让他浑身亢奋的汤巧巧，知道事情有些不妙。但一开始还不能声张。当他到财务室查点赴美二十多万费用有没有划拨出去时，才晓得汤巧巧从化肥厂划拨走的不是二十多万，而是一百二十多万。

周金民气得在财务室把总账会计桌上的瓷茶杯摔得粉碎，痛斥总账会计是个糊涂蛋，划拨一百万出厂，怎么也不跟我这个当厂长的说一声？总账会计是哑巴吃黄连有苦说不出。那个妖里妖气的汤巧巧有你周厂长这把大红伞，化肥厂哪个见到她不敬重三分？就连几个副厂长都不敢得罪她，何况我们财务室这些财务人员哟。她说一百万是你周厂长亲定的新项目攻关经费，说得有鼻子有眼的,哪个还敢去怀疑吵?再说,全厂新上这么大的外资项目,花点钱也是值得的。以往哪个新上项目不都是划拨攻关费用的吵,这一回是外资项目,攻关经费多些个也属正常。俗话说,舍不得孩子套不到狼。只要这个外资合作项目顺利投产,花这一百万值得。

到这个时候,周金民不要说把总账会计的茶杯摔碎了,就是把他人拉出去枪毙了,也于事无补。周金民一想,这下子完了,弄了个假外资项目就已经够丢人的了,还让厂里一下损失一百二十多万,真是吃不了兜着走,这一次肯定跑不动了。

化肥厂假合资的事情,闹得满城风雨,公安机关很快就介入调查。

这样一来,事情完全敞开来了。柳成荫身为一把手,想捂盖子,也无能为力。这件事情,对他是个沉重的打击。甚至可以说,是他从政以来经受的最沉重的打击。

这段时间,柳成荫心情坏到了透顶。在家里,连平时最疼爱的细小伙柳永,都不敢和他说话。细小伙聪明得很,晓得爸爸这阵子工作上遇到了麻烦,而且不是小麻烦,是大麻烦。这种情况下,千万不能再惹爸爸生气、发火。苏华和公公婆婆急在心里,还不好问他。弄不好都要挨冲。但事情究竟严重到何种程度,他们一家子又不是太清楚,替柳成荫着急,又帮不上忙。

在单位几乎不训人的他,这一段连勤快踏实的管理员老陈都训,吓得平时跟他几乎形影不离的金爱国都不敢跟在他身边。因为金爱国已经被他骂得吃不消了。通常的情况是,金爱国自己还没有觉得有什么不妥呢,他动不动就把金爱国骂得狗血喷头。

当然,作为跟班秘书,金爱国不会计较柳书记的态度的好坏。金爱国知道,柳书记这不是遇到难题了么。人总有个难时,总有心情差的时候,跟自己发点牢骚,自己受点委屈,不算什么。不管怎么说，金爱国知道，其实柳书记一直对自己是不错的，很关心的。

柳成荫到楚县工作以来，还不曾这样被动过呢。哪怕是上级派人来查他的时候，他也不曾如此的心烦气躁。查他"人民来信"上反映的问题，那很简单，你们上级派人来查就是了。假的真不了，真的也假不了。我柳成荫到楚县所作所为，县委、县政府上上下下都清楚得很，有些事情老百姓也都清楚得很。不是几封"人民来信"想栽赃陷害就能办得到的，有些别有用心之人要想整垮我柳成荫也没那么容易。暗箭伤人算什么本事，有能耐对我有意见面对面站出来提嘛，对我来楚县当这个县委书记心有不服，也可以一对一把自己究竟是半斤还是八两，亮出来比试比试。俗话说得好，是骡子是马拉出来遛遛嘛。

在"人民来信"这件事情上，柳成荫底气十足，省市纪委来人查才好呢，还我一个清白。否则，那些小人总是在背后放你的暗箭，弄得不好风言风语满城飞，反而让人心里不舒服。省市纪委来人查好，一下子把事情弄个水落石出，让那些躲在背后的小人再无用武之地，再也翻不起什么大浪来。

事实也是如此，省市纪委联合调查组最后实际上查出了领导干部的廉洁从政的典型，柳成荫被省市两级分别记三等功和二等功，《人民日报》等多家媒体报道了他廉洁从政方面的事迹，让他意外地获得了不少政治资本，这是柳成荫事前没有想到的。

现在，这个假合资项目，他为什么内心发毛，心烦气躁，是因为此事可以说铁板上钉钉子，没有什么可改变的。已经"假"到底了。这样一个假项目，这么一个"贾"华侨，身为县委书记一点没有察觉出来，还在县政府礼堂举行的项目签约仪式上，给"贾华仁"颁发荣誉市民证书，赠送象征永远能打开楚县大门的金钥匙。这不是一场闹剧么？你县委书记柳成荫在台子上，不是扮演了一个不光彩的角色么？

　　这件事情上造成的经济损失，他周金民跑不掉，自有党纪国法制裁。更为重要的是，这件事情在政治上造成的负面影响，身为县委书记有推卸不掉的责任。如果深究一下，说明你柳成荫思想深处，有好大喜功、急功近利的坏毛病。作为县委一把手，这样的毛病可要不得，弄不好自己会犯错误，更为严重的是会给党和人民的事业带来危害，带来损失的。

　　柳成荫认认真真地在反思，在反省。可以说是满腹的心事，找不到人诉说。人哪，在困境中，在困惑时，能有个知心朋友在身边是多么重要啊。其实柳成荫心里的这番话，最想说给谁听？当然是陆小英。自从方国鉴明确为副县长之后，陆小英就当上了俞垛镇党委书记。

　　关于陆小英的提拔，最早的动议还是当时的副县长、黑高荡开发工程副总指挥朱蕊同志向柳书记提出来的。当然，柳书记要求县委组织部按照干部提拔任用的组织程序，认真进行考察之后提交县委常委会讨论，结果一致通过。陆小英同志的能力是得到公认的。她当俞垛镇党委书记，当之无愧。

　　对于陆小英，柳成荫当然不能那么坦然，心里的那点儿小九九让他觉得在自己有麻烦的时候，再不能给她添麻烦。他也知道，她会放心不下他，遇到这么大一件事，她能不替他担心么？可是，她陆小英在这个事情上，是帮不上什么大忙的。为了寻求一点安慰，弄得满城风雨，就更被动了。更何况，妻子苏华对他这个女同学、前女友一直是心怀芥蒂的。

　　经过一番苦苦思索和内心的思想斗争，柳成荫想好了，要挽回假合资事件的负面影响，解铃还需系铃人。

第十六章

　　县纪委、县检察院成立联合专案组进驻化肥厂，专门调查审理化肥厂假合资案和化肥厂厂长周金民生活腐败问题了。
　　这消息一经传出，在楚城引起了轩然大波。只要是在楚城市面上混的人，没有不知道周金民周大厂长这个人的。那可是县委书记、县长跟前的大红人，他领导的化肥厂，是全县骨干企业里的龙头企业。他这个厂长，更是全县企业厂长当中的佼佼者。他的精明能干，管理有方，在全县工业系统是出了名的。当然，也有晓得内幕的知情人，认为周厂长的私生活不够检点，跟着南方广东、珠海一带的老板后面赶时髦，包二奶什么的。没有真凭实据，过耳传言的话，哪个也不能当真。
　　现在专案组进驻化肥厂了，有关周金民的那些传闻渐渐浮出水面，让楚城人真是吓了一大跳，一个县属骨干企业的厂长原来生活如此堕落、糜烂，他正常保持性关系的情人、情妇不少于三十五个。也就是说，不少情人、情妇一个月都不一定能"临幸"一次。这跟封建社会的皇帝老儿也差不多了，乖乖隆的冬，韭菜炒大葱。这个周金民，别看他平时走出来人模人样的，背地里原来有那么多花花肠子呢。看来，这家伙肯定也是个大蛀虫，还不晓得最后查下来，化肥厂有多少钱进了他私人腰包呢！也就奇了怪了，又要领导这么大几千人的化肥厂，又要忙三十几个情人、情妇，周大厂长怎儿忙得过来的唦？嗳呀喂，难不曾他裤裆里头那玩意儿是铁打的？要不然，弄上三十几号情人、情妇的，怎儿吃得消的唦。

　　常言说，墙倒众人推。周金民出事了，说他什么坏话的都有。当然了，你周金民被人家议论也是活该。要想人不知，除非己莫为。要想人不说，除非己莫做。这么多下三烂的事情，你做都做了，人家说你两句，你还有什呢嘴瓢唦？

　　不过，这些都是楚城老百姓的议论。楚县高层人士的关注点，则不在坊间的话题上。有人觉得，这个年轻的柳书记，厉害得很。来楚县工作时间算不得长，干成的几件大事情，黑高荡开发也好，英雄路扩建也好，无人不称道，大手笔有气魄。现在，从对周金民果断处置上，人们看出了柳书记的厉害不仅仅体现在工作上，在掌控局面、"盘人"上，同样厉害。

　　有这种感觉的人自然晓得，在过去的一两年当中，周金民曾经是柳成荫手中一枚重要的棋子。整个县属工业，就靠周金民挥舞着化肥厂这杆大旗，为他这县委书记撑点儿面子呢。

　　现在周金民出问题了，专案组进驻，周金民还能有个好？不要说，在假合资这件事情上，因为他见色发昏，一下子就让厂里损失一百二十多万。把他当厂长这么多年的账底子抖开来，查一查，他屁股就那么干净？社会上不是流传着这样一个小段子：十个厂长九个捞，还有一个调子高。调子高归调子高，逢年过节烟照收来酒照要。送上门的红包不回掉，一份一份统统进腰包。像周金民这种人的屁股肯定干净不了，要不然他怎么服侍那三十几个情人、情妇唦。

柳成荫对化肥厂假合资事件痛下狠招，拿周金民开刀，一下子挽回了不少负面影响，让原有的那些议论没有再发酵的余地了。那些想借此事进一步做他柳成荫文章的人，一下子被切断了做文章的脉络。在县委常委会上，县纪委、县检察院联合专案组向全体常委通报了进驻化肥厂调查审理的情况。化肥厂厂长周金民不仅生活作风糜烂，而且犯有严重的经济问题。专案组建议县委对周金民作出党纪、政纪处理后，移送司法机关，对其进行法律的制裁。

常委会一致同意了专案组的提议，在会上作出了开除周金民党籍、撤销其化肥厂厂长职务的决定，并且将周金民移送司法机关依法处置。柳成荫在常委会最后作总结性讲话，强调要从化肥厂假合资事件中认真总结反思，吸取深刻教训。同时指出，自己在这个问题上要负领导责任，今天在常委会上先作初步检讨，会后将专题向市委报告，再作深刻检讨。

柳成荫的姿态，让班子中个别原先有看法的同志一下子不好再多说什么了，觉得问题主要是周金民造成的，柳书记是受蒙骗的，也是盼大项目心切。身为县委班子成员，哪个不想楚县工业上能有个把大项目哟。身为一把手，柳书记的心情完全可以理解。因此，当听说柳书记要个人专题向市委作深刻检讨，有人提出不同看法，认为这件事情，要向市委检讨理应由县委集体检讨，而不宜让柳成荫同志个人检讨。同志们还找到了集体检讨的依据，说化肥厂假合资项目签约仪式就是县委、县政府主办的，不能有了成绩是大家的，集体的，出了问题责任归一把手。这样做不合适。

身为县委书记，同志们对自己如此爱护、宽容，柳成荫很是感动，但他还是劝同志们不要在检讨问题上争了，他还是决定由他个人向市委递交一份检讨报告。

化肥厂假合资事件牵扯了柳成荫太多的精力，甚至让这位年轻的县委书记有点心力交瘁。

眼看着1990年就要在烦乱中过去，柳成荫感到空荡荡的，有种一事无成的感觉。不行，肯定不能这样下去。这样一来，他柳成荫在楚县的历史上，就留下了一个空白点。说空白点还不准确，什么事情都没有做是空白点，不是还闹出了个化肥厂假合资么，那不就成了个污点？千万不能让人们一提到1990年，就只想到化肥厂假合资事件。

想到这一层，柳成荫把任务布置给了邱志维，让他这个上任时间不长的常委、办公室主任动动脑筋，策划出一个能够扭转目前被动局面、鼓舞全县上上下下士气的动作来。

领命之后的邱志维，连续召开了几个座谈会，请方方面面帮着出谋策划。几个座谈会下来，邱志维心里有点儿底了。不少人建议，现在各地的"节"都很多，办得也很热嘈，楚县何不也学学其他地方，搞一个自己的"节"，以后每几年举办一次，把它打造成宣传楚县、推介楚县的有效载体。

邱志维觉得办"节"的建议很有见地。楚县确实有自己独特的资源：麻鸭双黄蛋。这在里下河一带，倒是个独一无二的品牌。一旦打造成功，不仅为楚县在多种经营、特种养殖上做点文章，而且能借助小小的麻鸭双黄蛋，把楚县宣传推介出去，提升楚县的知名度和美誉度。

于是一份举办楚县"麻鸭双黄蛋节"的策划报告，呈报到了县委书记柳成荫的案头。柳成荫仔细认真地审阅了邱志维牵头起草的报告，并作了批示：请苟县长牵头，立即成立楚县麻鸭双黄蛋节筹备领导小组，争取在今年10月或11月举办首届麻鸭双黄蛋节，为发展楚县多种经营、特种养殖作出贡献，为宣传推介楚县打造一个全新的载体。并且建议，此节以县政府名义举办，每两年举办一届，今后要正常化，不能急功近利，要有长远眼光。

这是县长苟道生上任之后柳书记交办的头一桩大事。他无论如何都要把它办好，办出水平，办出影响。他当然清楚，柳书记要求办这个麻鸭双黄蛋节的用心和背景，他也觉得需要有一个大动作来吸引楚县方方面面的注意力，使之从化肥厂假合资事件上分散开来，把全县各层各级的士气鼓一鼓。柳书记要求办这样一个"节"，苟县长马上向柳书记表态，坚决执行柳书记的批示精神，把楚县首届麻鸭双黄蛋节办成功。

经过一个多月紧锣密鼓的筹备，楚县首届麻鸭双黄蛋节于10月下旬在楚城顺利举行。本着麻鸭双黄蛋搭台，经济唱戏的模式，楚县县政府举办了特种水产养殖、特种畜禽养殖现场观摩会，楚县自然生态资源推介会。来自省内外的二百多位领导、嘉宾，以及楚县在外地的能人，兴致勃勃地参观考察了黑高荡特种水产规模养殖基地、阳山垛田风光及新石器时代古遗址等等。当然，既然是办节，少不了一个隆重的开幕式。有人建议开幕式放在新扩建的英雄路北端的人民影剧院举行。此提议在柳书记这里没有通过，被否决了。

柳书记的意见，这么多外边来的宾客齐聚楚城，楚城的市容市貌肯定要让他们看，不仅要看新扩建的英雄路，而且要看海池河的夜景。在这之前，他已经指示相关部门对海池河夜景进行了全面整修和出新，在灯光的亮化和美化上做出点新鲜东西来。而开幕式，要庄重大气，还是县政府礼堂最适合。

筹备领导小组组长苟县长一听柳书记的指示，觉得还是柳书记考虑得周到。因此开幕式还是在县政府礼堂隆重举行。

其实，把麻鸭双黄蛋节的开幕式放在县政府礼堂举行，除了柳成荫跟苟道生沟通交流的想法，还有一个特别重要，但又说不出嘴的想法：柳成荫不愿意让楚县上上下下只记住他在县政府礼堂给"贾华仁"颁证书、赠钥匙的那一幕。他要改变一下人们对他在县政府礼堂主席台上的印象。

历时四天的首届麻鸭双黄蛋节，果然办得很成功。省市来的领导也好，方方面面的来宾也好，全县上上下下的反映也好，都不错。

让柳成荫感到高兴的是，这次麻鸭双黄蛋节上，领导和专家们提出了如何加快楚县的麻鸭和双黄蛋产业化的新课题。这种特殊的资源，再像现在这样由各家各户自发发展，自然形成，显然不能把这一特殊产业做大做强，当然也就不能产生更大影响，不能形成规模效益。要借鉴黑高荡特种水产养殖的经验，把麻鸭这一楚县特有的半野生畜禽，推上规模化半野生放养的新路上去。

专家提出，要依托楚县沙沟地区自然生态环境，开辟大面积纯野生芦荡地麻鸭放养模式。在这个基础上，可以与阳山垛田风光形成一条生态休闲游的旅游线路。游客不仅可以观看成千上万只麻鸭在芦荡中群起群飞的壮观景象，还可以让他们进入芦荡，从芦苇丛中捡麻鸭蛋，等等，值得开发的项目多得很。这样下去，楚县的麻鸭和麻鸭双黄蛋产业会快速发展起来，这个特殊的资源很快就会享誉省内外的。

专家们的建议当然要听，柳书记与苟县长一碰头，当下决定由县委农工部、县政府经济研究室、农业局、多种经营管理局等多个部门组成课题攻关组，专门从事麻鸭和双黄蛋产业化研究。

到这个时候，柳成荫终于可以松一口气了。

转眼就要到1991年元旦了，经过方方面面的努力，终于让楚县从化肥厂假合资事件的阴影中走了出来。

就在柳成荫铆足了劲，准备团结带领楚县百万人民在新的一年里大干一场的时候，老天爷先是用一阵风，跟柳成荫开了个不大不小的玩笑。之所以说这个玩笑"不大不小"，是因为这阵风确实给楚县造成了一定的灾害，也打乱了柳成荫原先对新的一年工作的总体设想与期望。但这阵风过去没有多久，老天爷又送来了一场雨。与随后的这场雨比起来，这阵风所造成的灾难，以及给柳成荫他们县委、县政府一班人所带来的考验，几乎可以忽略不计了。

进入1991年春季，楚县全境先迎来了一场大台风。这对一个平原地区的县来说，春季刮风属正常，但刮如此强台风，就比较少见了。这场台风还真来势凶猛，刮得田间防护林东倒西歪，小树连根拔起，大树折枝断干。年久失修的房屋，几乎无一例外掀顶倒塌，不少村民只好集中到村委会的大会堂临时居住。有些灾情严重的，只好让村上的小学放假几天，腾出教室充当临时用房，安置失所村民。

全县上下紧急动员，县委书记柳成荫在电台里、电视上、报纸上发布动员令，号召全县百万人民奋起抗击"15号特大风暴"。因为这场强台风起于4月15日，因而被定名为"15号特大风暴"。

说实在的，像楚县这样一个一马平川的平原，抗击台风几乎没有什么好办法，无非是建筑物安全设施加固，把老百姓从危房之类建筑内撤离。至于田里农作物，只好听天由命。

所好的是，春天的楚县田野，麦子刚刚起身，尚未到拔节的时候，台风吹过来影响还不算大。如果是拔节之后的麦子，那就惨了，茎秆非断不可，成熟后的收成自然会受到影响。

如果说这场"15号特大风暴"对楚县县委、县政府战斗力是一种提前演练的话，那么时隔两个多月之后的7月初，一场大雨便是真正开始了对柳成荫和他领导的县委、县政府一班人，以及全县百万人民的严峻考验，甚至可以说是生死考验。

7月1日，楚县纪念中国共产党成立七十周年大会在县政府礼堂召开，柳成荫在大会上系统总结了我党成立以来七十年间所走过的艰苦道路、所创造的辉煌历史、所建立的丰功伟绩。柳书记的报告铿锵有力,掷地有声。

可是,与柳书记比气势的,还有礼堂外的雨声,雨声一阵紧似一阵,让柳书记心里直发毛。因为他知道,楚县这个苏北里下河闻名的"锅底洼",在6月14日水位就已经越过了1.8米的警戒线。现在礼堂外的雨再这样下下去,那就有发生洪涝灾害的危险。

他哪里还有心思再做报告哟。当然,他没有心思做报告,台下的各部门负责人,特别是各区乡镇负责人也都没有心思听报告。他们的心都被这下个不停的雨牵挂着。

果然,柳书记没有按原计划把报告做完,直接丢下报告讲起了雨情。"同志们,现在雨势越来越猛。据我掌握的情况,有的地方已经受淹。全县早就突破警戒水位了。看来,今年这场洪水不比以往,同志们一定要高度重视,要准备打一场抗洪救灾的人民战争。县委、县政府就不再专门开会动员部署了,下面就由苟县长就如何做好抗洪救灾工作作具体部署。"

7月2日,天倾东南,暴雨如注。
地面平均真高仅1.5—2.2米的楚县,顿时成为一片泽国。
阳山公路两旁出现大片沉田;
楚东公路两旁出现大片沉田;
北盐公路两旁出现大片沉田;
……
7月5日,暴雨,大暴雨,特大暴雨。
到23时,楚县水位突破历史最高纪录。楚城全面围水受淹。
南大街被淹没;
北水关被淹没;
英雄路被淹没……
市民们放弃了车行,小船儿已经划上了城里大街;全城所有学校全面停课，学校关闭；不少工厂受淹，被迫停产；大批居住在低矮平房里的市民，纷纷搬往抗洪救灾指挥部统一安置的楼房。

县委、县政府机关大院也已经被淹，柳成荫一家和大院里其他住户一样，被安置搬进了英雄路几幢楼房内。小柳永自然不能上机关幼儿园了。从高楼上往街上看，小船儿在水面上划来划去，蛮新奇的。

"妈妈，妈妈，看，大街上有船，我要上街坐船玩。"柳永跑到正在洗衣服的苏华跟前，拽拽苏华的衣角，要求道。

"小孩子别不懂事，到桌子上看书去。划船有什么好玩的？人家这是没有办法。"苏华手里搓揉着湿衣服，心里正烦着呢。

这天像漏了似的，总下个不停，不用说其他，连衣服洗了都没处晾，临时一大间办公室给他们家住，算是照顾的了，现在也丁丁挂挂的，到处都是衣服，倒像个卖衣服的铺子。只不过，这些衣服没有一件是干的。

小孩子哪管你大人心里烦不烦吵，他长这么大从来没有见过城里大街上划船的，难道还不够新奇么？小柳永见求妈妈不行，又跑到在一边擦桌椅的奶奶跟前，向杨雪花提出同样的要求。

"小永啊，你爷爷下乡也不晓得怎么样了。爷爷奶奶在香河的家淹肯定是淹了，这我有数。就是不晓得淹到什么程度，那些衣裳啊，零零碎碎的东西啊，可曾泡到水里。"杨雪花心思通在老家呢。

柳春雨前两天见雨势来得猛，情形不对，就急匆匆下乡去了。本来杨雪花不放心他一个人回去，可城里这边刚搬家，许多东西需要收拾，苏华一个人哪忙得过来吵？细小伙不上幼儿园了，大水茫茫的，得有个人照看着。听说城里已经有小孩子被洪水淹死了。这可不是小事情，小永可是柳家的命根子。

柳春雨回去，一是想望一望老房子受淹的情况，到时候请邻居们帮个忙，把衣柜之类家具往高处搁一搁，一些要紧的东西就随身带回城里来,家里也就随它去了。再一个是想到老父亲坟上看一看,大水是不是淹得到他老人家。那垛子可说是全香河最高的地方,如果被淹,香河村也就要沉村了。果真这样也只有请老父亲原谅,做儿子的也无法可想了。

"奶奶,奶奶,爷爷什么时候回来呀,这么大的雨,不要让他一个人下乡才好呢。"到底是小孩子,妈妈、奶奶都没能满足他到街上划船的要求,他的关注点也转移了。

"不晓得呢,说不定马上就回来了。"奶奶心里头也有事呢。

"妈妈,妈妈,爸爸有好几天没回家了,能不能叫他回来,派人把爷爷从乡下接回来呀?"小柳永又跑到苏华跟前来了。在他的想象之中,让爸爸去办这点事,不费难的。

"小永啊,大人的事,小孩子别瞎操心。你爸爸现在忙得连睡觉的时间都没有,哪有时间回来,哪有时间安排人接你爷爷哟。"苏华眼睛看也不朝细小伙看,只顾低头"噻咻""噻咻"地洗着衣裳。

"你个小孩子家,哪里知道,你爸爸这个县委书记不好当噢。"苏华望着窗外瓢泼大雨,忧心忡忡地说了一句小柳永似懂非懂的话。

雨情很快变化成灾情,灾情就是命令!

整个县城全部被洪水浸泡着,已经成为一座"浮城"。全县两千三百多平方公里,已经成为一片泽国。人民生命财产经受着洪水的威胁,楚县各级党组织的战斗力经受着严峻的考验。

几个月前在电台里、电视上、报纸上向全县百万人民发出抗击台风号召的县委书记柳成荫,此刻,又向全县百万人民发出了抗击特大洪涝灾害的紧急动员令。

楚县抗洪救灾指挥部迅速成立,县委书记柳成荫任总指挥,县长苟道生任常务副总指挥,每个县委常委一人挂钩联系一个区,分别担任各个区的抗洪救灾指挥部的分总指挥。

总指挥部要求各位常委靠前指挥，洪水不退，决不撤回。与此同时，全县各机关部门、各区乡镇、各企事业单位，纷纷行动起来，动员组织广大干部职工投身到这场抗洪救灾的战斗中去。团县委特别发动组织了"青年抗洪抢险突击队"，县妇联组织发动广大青年妇女成立了"三八抗洪小分队"，县公安、消防、武警等，都纷纷行动起来，成立了多种突击队、抢险队。

全县上上下下都行动起来了，身为县委书记的柳成荫这些天更是忙得不可开交。他才三十岁出头的年纪，什么时候见过这样的大水哟？

小时候倒是听爷爷讲过，楚县历史上最大的一次洪水是在解放前。那洪水从上游冲下来，滚瓜儿似的，势不可挡。当其时，楚县倒不曾落过太多的雨，基本上属客水压境，楚县县城一下子全淹掉了。那可是旧社会呀，谁来管老百姓的死活哟，没得几天工夫，城里头就有死人浮上来了。整个一座县城，哭天喊地，哭爹喊娘，一片悲惨。

好在，这楚县县城是个荷叶地，洪水再大沉不掉，始终像一片荷叶在洪水上漂着。这才让一些楚城人得以渡过难关，保存一条性命。爷爷柳安然告诉自己的细孙子，那场洪水全县死了好几万人呢。全县范围内，差不多都淹光了，仅有楚县县城还漂浮在洪水上，成了一座浮城。

眼下这阵势，比起爷爷说的那场洪水来势要更凶猛。不仅是客水压境，累计降雨量超过1255毫米，是历史上最高降雨量的两倍。楚城也完完全全变成了一座在风雨中飘摇的浮城。

这阵势，说实在的多多少少有点让柳成荫紧张。毕竟自己年轻，没有经历过这些。要驾驭这样一个局面，谈何容易？

这些天，他和金爱国、小黄组成了一个"铁三角"。一条玻璃钢快艇，带着他几乎是日夜不停地在抗洪救灾一线巡查。实在是困了，就在小黄行进的途中打个盹。肚子饿了，就从纸箱里拿几块饼干咬几口。因为没有开水，连续几天都是干嚼，嚼得嗓子都起烟了。

还好，柳成荫没听到他们两个叫过半句苦，就适时地给他们以鼓励："好样的，有股敢打敢拼的军人气概。小金、小黄，现在我们跟洪水作斗争，也是在打仗，我们要打一场抗击特大洪涝灾害的人民战争！"

鼓劲归鼓劲，可一望着那曾经绿油油的稻田，那曾经枝繁叶茂的棉花，那曾经绿树掩映的村庄，那曾经是大片大片的绿色，眼下全不见了，呈现在柳成荫眼前的是一片接一片的水，浩浩荡荡，一望无际，柳成荫就又变得眉头紧锁，揪心般的难受。

他每天从"大哥大"里听得最多的，就是"被淹"、"受灾"。一连串的数字，像钢针一样刺痛着他的神经。他有时在想，是不是老天爷要挑战一下他柳成荫的忍耐底线，是不是想用这不断发生的"被淹"、"受灾"的数据，来摧垮一个年轻县委书记的精神防线？那是做梦！柳成荫咬咬牙，在心里狠狠地说。

"嘀铃铃——""嘀铃铃——"

这不，县委书记柳成荫的"大哥大"又响了。

第十七章

　　全县地势低洼的"大西北"俞垛镇一带,被淹农田已经达到10万多亩。堪称"洼中洼"的俞垛镇横垛村已有80户民房进水,7条巷子被淹没,村民们在村干部带领下,在村庄四周筑起了土坝,坝里坝外水位落差已经超过1米。全村有400亩精养鱼池被淹,有3个组堆放在土场上的5万公斤小麦被淹,有500亩稻田仅露出秧尖子在水中摇晃。整个俞垛镇直接经济损失约150万元。

　　在抗洪救灾指挥部,柳成荫带着一身雨水刚进门,连喝口水的工夫都没有,俞垛镇党委书记陆小英通报灾情的电话就打过来了。工作人员一接电话,听出了陆书记的声音,转身报告柳书记,问他要不要亲自听。柳成荫正担心俞垛镇地势低洼抗洪压力大,陆小英一个女同志关键时候能不能顶得住。

　　柳书记一把接过了电话,神情严肃地指示她,要把镇领导班子全部分工到位。作为镇党委书记要随时掌握全镇水情,圩坝存在隐患的要及时加固,加强巡查。当然,更重要的是要千方百计保护人民群众生命安全和财产安全。要统一全镇上下的思想,坚定信心,要相信毛主席他老人家说的"人定胜天"是正确的。

柳成荫说得情绪有些激动起来。一只手在空中挥了挥,尽管他知道,他再怎么挥,陆小英也不可能看到。

陆小英在电话里说,请柳书记放心,只要她在,俞垛镇就不会倒一个坝,就不会死一个人。不过,从陆小英的口气里,柳成荫感到,俞垛镇的水情、灾情还是蛮严重的。听得出来,陆小英不想让柳成荫过分为自己担心。临挂电话时,陆小英轻声跟柳成荫说了句:"保重。"

柳成荫真恨不得插翅飞到他的小英身边。人啊,心里的那点东西,要想真正放得下,难呢。不管你是县委书记,还是普通百姓,都一样。

容不得柳成荫思想开半点儿小差,工作人员把今天的抗洪救灾情况通报送到了他跟前:全县有230万亩农田围水受淹,4700多亩鱼池沉没,3000多间房屋倒塌,9万多只家禽家畜死亡,16条卖粮船沉没,2根万伏电线杆被刮倒,5座农桥被冲毁。

无情的暴雨,无情的洪涝,在楚县大地上横行着,肆虐着……

柳成荫已经一连好多天没有回家了。其实,他心里也一直惦记着香河的老家和爷爷的坟是不是被水淹了。父亲回去不知道有没有回城,乡下的情况究竟怎样?他是刚搬家就离开的,之后还没有回去过,不知道妻子和母亲在家里收拾得怎么样,也不知道小柳永到一个生地方是不是习惯。

趁这天返回指挥部比往常稍早一点,柳成荫回英雄路临时住处看了一下。柳成荫跨脚进门时,小柳永欢喜得雀儿似的,直扑上来,"爸爸,爸爸,你可回来了。"

杨雪花一见满脸胡楂子的儿子,心疼得什呢似的,连忙关照道:"还不先去洗把脸,把脸刮下子,把细小伙吓煞咯。让苏华爸爸妈妈望见了,又要担心。"

没等母亲把话说完,柳成荫无比惊讶地问了一句:"小永的外公外婆来啦?"这可是他怎么想也想不到的。他到楚县工作之后,也曾多次发出过邀请,想请老泰山和岳母到这边来住上几天,即使他没有太多时间陪,也可以让苏华陪着他们老两口在城里转转,楚城比清江城可看的地方多着呢。明清时代的楚城,文脉旺得很呢,出过不少赫赫有名的大家,有写《水浒传》的,有写《封神演义》的,有既能写又能画的,总之,名人多了去了。喜欢文史的苏友良自然知道这些。这样子,也好让苏华和他这个女婿尽尽孝心哟。

这个老泰山,退下来之后脾气倒有些古怪呢。平常无事,在电话里头再三请他过来玩,他就是不肯过来。现在水大荒荒的,他倒带着岳母上门来了。柳成荫当然要先见一下岳父岳母,胡子刮不刮没得什呢要紧的,老女婿了。

柳成荫抱着细小伙,掀开布帘子,走到里边床铺间来。果然见岳父、岳母和妻子在说话呢。毕竟老两口和女儿有年把二年不常见面了,过年时回清江也就几天工夫,苏华的那些老同事们还要拽着出去聚聚,真正跟父母亲在一起细谈得并不多。尽管平时电话里面也说,总不及面对面说起来亲切,有感情。

"我们的书记大人终于回来啦!我和你老丈人可是在你家等了两天呓。"平时蛮宽厚的岳母,对柳成荫没有及时回家看望远道而来的岳父岳母有意见呢。别看岳母说这话时,脸上笑嘻嘻的。

"你这老太婆,还跟孩子计较这个。他这个当一把手的,事情怎么可能少得了?非常时期啊!"苏友良在县一级的政坛干过多年,虽然没有遇过特大洪涝灾害这样的大事情,但总归碰到过一些急事难事的。那时主要负责人肩上的担子可不轻啊,不能有半点儿松懈和马虎。对于女婿没有及时回来迎接,他自然不会计较。

楚县遭遇百年未遇特大洪涝灾害,中央电视台都播出了新闻。苏友良在家里坐不住了,带着老伴跑到女婿家来了。苏友良晓得,柳成荫这一关不太好过呢。"锅底洼"遇上如此大的水灾，这担子摆在哪个肩膀上都不好挑。他要来给女婿稳稳阵脚，天大的事情在眼前，阵脚不能乱。自乱阵脚，就容易出问题。

"苏华，想办法弄两个菜，今晚让我和爸爸妈妈好好喝两盅。"柳成荫一边说一边把满脸的胡楂儿在细小伙脸上蹭了蹭，疼得小柳永"哇哇"直叫。

他这才放下柳永，对双方父母亲说道："爸爸妈妈你们放心，再大的洪水也压不垮我。我一定要带领全县百万人民，战胜这百年未遇的洪涝灾害。"

"成荫啊，我跟你说，凡事要沉得住气。既不要优柔寡断，也不要操之过急。这样的时候，考虑问题一定要周全，切不可草率决策，朝令夕改。要有一种对事业负责、对老百姓负责的态度。"苏友良等了两天，好不容易才见柳成荫，他一定要把自己的一些想法，说给女婿听。

岳父的话，柳成荫自然认真接受。这时，苏华拿出一把新拆开包装的剃须刀递到他跟前，"也不照照镜子，都快认不出来了。你也好几天不归家了，难得家里人聚得这么齐全，今晚你就安安稳稳在家待上一个晚上。事情再忙，日子总要过。你是一把手不错，一把手难不曾就不是人，就不要过日子？"妻子说的意思，柳成荫全懂，是啊，这些天实在是忙得焦头烂额，有些把自己的妻子给忽略了，没尽到做丈夫的义务呢。

"好好，今晚听你的。"柳成荫接过妻子的剃须刀，朝她使了个眼神。当着双方父母的面，他又不好表现出什么来。

在临时隔开的盥洗间，柳成荫边刮胡子，边向父亲询问一些老家的情况和爷爷坟墓的情况。

柳春雨告诉儿子，老家淹掉了，一些家具已经浸泡在水中。让人欣慰的是，爷爷的坟墓还没有被淹。

柳春雨还告诉了儿子一件事：小英的妈妈，你小琴阿姨掉在河里淹死了。因为这一向住在城里，都不晓得，你小琴阿姨疯了好长时间了。平常无事，也不要紧。小英拜托邻居们照应照应。小英自己也会回来望望。小琴阿姨的病也是时好时坏的，医院拿她的病都没得办法。谁曾想，这一发大水，把她给疏忽了，一大意关照不到，就在村后头的小河里发现了她的尸体。唉——，也不晓得是哪天淹死的。可怜煞咯。

柳春雨说得眼泪汩汩的，刚回来把这事说给杨雪花听时，就淌过一回眼泪，让杨雪花也跟着淌了一回眼泪。柳春雨对琴丫头的感情，杨雪花是晓得的。不过，这么多年下来了，柳春雨对自己这个婆娘蛮好的，在村子上从来不曾有过跟琴丫头勾三搭四的闲话出来，这一点让杨雪花蛮放心的。

早几年，村上有人拿自己男将和琴丫头开玩笑，杨雪花也从来不曾争较过。人都变成自己铺上的人了，小伙都养呃多大了，哪能连个玩笑都开不起咬？她杨雪花从来就不是肚量这样小的人。

"爸爸，你说什么？"柳成荫本来不紧不慢在刮着胡子，听父亲说着，一听说小琴阿姨淹死了，剃须刀在手上抖动了一下，下巴划出了一道小口子，有点腌人疼，他也顾不上，跑到父亲身边问道。

"你小琴阿姨被大水淹死了。"柳春雨唉声叹气地对儿子说道。

柳成荫一百个不愿意接受这样的现实，他知道父亲对小琴阿姨的感情，尽管这是上辈人的事。可，这牵扯到自己跟小英的感情，两代人的感情。

现在，小琴阿姨竟然死了，是被这场洪水淹死的。而且，在她死之前就已经疯掉了。怎么没听小英说起过呢？肯定是她有意不让自己知道的。

柳成荫敏感地感觉到，小琴阿姨的疯掉，很可能跟小琴阿姨晓得了小英和他不是亲兄妹这件事有关。小琴阿姨，你怎么这样傻呀，事情早就变得不可更改了，为什么还要为一件已经不可能的事而把自己逼疯掉吵？要是你不疯，再大的洪水也不会要了你的命啊。现在，你让小英一个人怎么办呢？

"爸爸，那，小琴阿姨的后事怎么处理的？"柳成荫急切地想知道有关小琴阿姨死后的一切。

"大水荒荒的，还谈什呢后事不后事的。小英得到妈妈的死讯后赶回香河，给她母亲入了殓。现在棺材还停在她老屋里头呢。她不是党委书记嘛，这阵子也有一大摊事情，要靠她呢。说到这块，我就替你小琴阿姨求个情，你找个理由把小英调进城里吧，省得她一个姑娘家在那个西北乡，苦得要死，有个头疼脑热的，也没得人照应。"

柳成荫父子谈王小琴淹死的事情，话题一扯起来，谈得就不觉时间。老丈人陪细外孙子在里边讲故事去了，母亲和岳母陪妻子忙晚饭去了。

不一会儿，只听妻子苏华从外头厨房喊了一声："小永啊，叫爸爸请爷爷、外公出来吃晚饭呶。"

柳成荫把自己的下巴简单处理了一下，就请父亲、老丈人一块到厨房用晚饭。小柳永一见脸庞刮得干干净净的爸爸，稀奇得什么似的，赶紧伸出小手要摸爸爸的嘴巴子。

柳成荫这回再把脸往细小伙脸上蹭的时候，小家伙再也不躲闪，也不叫疼了，嘴里开心地喊着："噢，噢，今晚爸爸跟我们一起吃饭呶。"

"乖乖隆的冬，小永啊，你妈妈真的不简单，眼睛一眨变了这么一大桌子菜出来呢。"一家人围圆桌坐定，柳成荫望着摆得满满的一桌菜，蛮开心的。唉，人死不能复生。把不愉快暂时丢到一边，先和老丈人干一盅再说。

柳成荫这酒刚喝了几口，还没顾得上吃菜呢，身边棕色包里的"大哥大"又响了。

这"大哥大"平时都是跟班秘书金爱国拿着，发洪水之后，柳成荫就"大哥大"不离身了，夜里都要放在身边。掌握水情，了解突发事件，听取上级领导指示，全靠这砖头一样的笨家伙呢。这会儿，笨家伙一响，柳成荫晚饭又吃不安稳了。他一接，果然，省委沈达川副书记、市委杨永康书记赶到楚县来了，正在指挥部小宾馆等他，要听情况汇报。

没办法，人家说军令如山。这样的非常时期，领导的指示，也跟军令差不多，身为地方主要负责人，他柳成荫必须坚决执行。哪怕是让他剜肉的决定，再心疼也要执行无误。这样的事情，还真让柳成荫给碰上了。

临走时，柳成荫再三打招呼，并且关照岳父岳母在这里多住几天，正好陪陪苏华母子，两亲家也借此机会好好聚聚。一有时间，他会回来看望岳父岳母的。又关照妻子要把爸爸妈妈们照应好。特别交代，小永的安全要作为头等大事，一点儿不能走子儿。一定要把小永掌握在视线能及的范围之内。现在城里乡下，溺水而死的小孩子，已经有好几个了。决不能让小柳永单独行动，街上再怎么走船，再怎么新奇，都不能让小柳永去体验。出了事情就是大事情，就不得了啦。

设在楚县第二招待所内的抗洪救灾指挥部，电话铃声响个不断，工作人员进进出出，脚步匆匆，神情严肃。一间大会议室内，总指挥柳成荫正在向刚刚赶到楚县的市委书记杨永康、省委副书记沈达川汇报水情、灾情。总指挥部里，气氛十分紧张。

"向沈书记、杨书记报告，截至今天，也就是7月7日，全县暴雨又降，水位继续猛涨。楚县境内最高水位已经达到2.8米，形势十分严峻。全县关闭圩口闸800多座，打坝3700个，29个乡镇有160多条联圩排涝，开启排涝站980座，排涝机器船5900条，总共有8.2万马力，2.2万瓩，投入排涝劳力16.5

万人。目前干部群众都已经发动起来了，主要是抗洪物资跟不上。有的地方已经出现门板圩、铺板圩，老百姓为把圩坝筑牢，不惜把自家的门板、床板扛到了圩堤上。"柳成荫汇报时嗓音有点嘶哑，不时地把跟前茶杯端到嘴边润一润，放下，再继续汇报。

"柳成荫同志，你们辛苦了。你们的干部群众组织发动工作做得很好，抗洪救灾到目前的效果是好的，我代表省委感谢你和同志们，感谢楚县的百万人民！老百姓真是了不起啊。毛主席他老人家说得好啊，群众是真正的英雄。在这场抗洪斗争中，人民群众表现了无私的英雄主义精神，让我们感动啊。你放心，抗洪物资一定要保证。这个问题我和你们杨书记一起来解决。省里、市里统筹协调一下，你这儿是重灾区，应当优先考虑。另外，为了防止突发险情，我已请示省委，同意派省军区舟桥旅进驻楚县，随时待命，听从指挥。"省委副书记沈达川听了县委书记柳成荫作的简短汇报，对楚县现阶段抗洪工作给予了肯定，同时给柳成荫带来好消息。

"沈书记，省军区舟桥旅能来真是太好了。我代表全县百万人民感谢领导的关怀。我们将坚决与洪水作英勇的斗争，决不辜负省委、市委对我们的期望。"柳成荫知道，省军区舟桥旅那可是个善于完成急难险重任务、一贯敢打硬仗的部队，进驻楚县能解决大问题呢。

"喂，市抗洪救灾指挥部吗？我是杨永康，请转告一下吕正超同志，将市里预留的一部分抗洪物资调拨到楚县来，动作要快。"柳成荫在和省委沈书记说感谢的当口，市委杨书记已经给市抗洪救灾指挥部发出了指令，立即帮助楚县解决物资问题。杨书记电话里提到的吕正超同志，就是市抗洪救灾总指挥部的总指挥。附带说一句，这次特大洪涝灾害波及的地区比较多，范围不算小，除了楚县受灾最严重，其他还有江都、高邮、宝应等几个县市。因此，市里同样成立了以市长为总指挥的总指挥部。

一方有难，八方支援。

一辆辆装载着蛇皮袋、草包、毛竹、木桩等物资的卡车开到了楚县，一批批身穿迷彩服的军人来到了楚县。7月10日，省军区舟桥旅出动了17辆大卡车和冲锋舟，满载着180名人民子弟兵以及一批抢险器材，抵达楚县。11日凌晨，省武警总队两个连的官兵，风雨兼程，从南京开赴楚县，支援抗灾。

阳山告急！

县石油公司告急！

县化肥厂告急！

…………

省军区舟桥旅和省武警总队的官兵们很快就出现在了一些抗洪抢险的现场。堤坝倒塌，子弟兵们奋不顾身跳进洪水中，用身体筑起一道道人墙。几千吨石油要转移，官兵们似猛虎下山，车运人扛，两个小时激战，顺利完成任务。

柳成荫代表县委、县政府，代表楚县百万人民，前往子弟兵们英勇作战的第一线，送去了热腾腾的大米粥，表示慰问和感谢。结果一碗粥在官兵们手中传递了十几个人，大家都不肯喝一口。柳成荫弄不清是什么原因，一问才知道，战士开进楚县境内看到的是白茫茫一片，以为这样的灾情下粮食肯定紧张，所以，部队出发时有纪律，参加抗洪抢险，绝不给楚县地方增添一丁点儿负担、绝不给楚县老百姓增加一丝一毫麻烦。这才出现了尽管官兵们在抢险现场已经战斗了七八个小时，腹中早就空空如也，也不肯喝一口热腾腾的大米粥这样感人的一幕。

楚县的灾情不仅牵动了新时代最可爱的人的心，而且牵动了国家领导人的心。

国务院总理要来楚县视察灾情了。这消息长翅膀似的，一夜之间传遍了城乡，传到了每个楚县老百姓的耳朵里。人们的心情激动无比，这是多么大的关怀，多么大的鼓舞啊，为了一个县的灾情，国务院总理要亲自来看看，要来慰问楚县的干部群众。这一消息，无疑给奋战在抗洪救灾第一线的人们注入了一支强心剂。

柳成荫是既激动，又紧张。激动的是，想不到总理如此亲民爱民，竟然要到受灾最严重的楚县来视察。这让他这个七品芝麻官，能够与国家领导人来一个"零距离"，来一个"面对面"，多么难得的机会呀，真是想也不敢想，想也想不到。

紧张的是，现在的楚县到处都在抗灾，可以说是一片狼藉。怎样才能把总理这样的国家领导人接待好呢？他实在是理不出个头绪来。还有就是，总理对楚县抗洪救灾工作是不是满意呢？万一哪个地方让总理不满意，那问题就大了。与其这样，还不如不来。

真是年轻书记天真的想法。国务院总理决定要来视察，哪能说来就来，说不来就不来呢？显然是不可能不来的。没有隔几天，一架直升飞机降落在楚县县城南郊的过境公路上，他们是中央和省相关部门为总理来视察做准备工作的。

柳成荫跟下了直升飞机的领导同志一见面，心里的一块石头终于落地了。原来，总理来视察很简单，基本不需要做任何准备。

理智与感情并不总是同向的。当理智与感情相悖时，背离感情而作出理智的抉择，无疑是痛苦的。但有时，就需要我们作出这样的抉择，以求消除更大的痛苦。

县抗洪救灾指挥部内，县四套班子负责人和各区区委书记紧急碰头会正紧张进行着。驻点省委副书记沈达川和市委书记杨永康一同参加会议。这两位领导同志，自打7月7日来到楚县，就一天都没有离开过。他们全身心扑在楚县抗洪救灾上，帮助协调解决了大量与周边县市的问题，以及抗洪救灾工作上的许多实际问题。

这时候，常务副总指挥苟道生一口气报出了一连串沉甸甸的数字：截至7月12日，全县有近1000个村、20万户、80万人口被洪水围困。农村进水严重的有875个村，7.8万户，进水最深达2.15米。城区进水严重的居民住户达8129户，占城区总户数的24%，城区进水最深达到1.8米。全县需要撤离人数达到65万人。

近日来，老天似乎发了疯一般，日降雨量达236毫米，水位已经高达3.30米。看来，老天并没有因为国务院总理前来视察，而给点面子，少下点雨。整个楚县万分危急，危在旦夕。

怎么办？会议室里弥漫着呛人的烟味，参加会议的决策者们，一个个抽烟的抽烟，沉默的沉默，气氛异常严肃。

静。沉静。寂静。

"这个时候，对你们来说，手心手背都是肉。要你们哪个做出放弃，都舍不得。这里边不仅仅是几亩地、几斤粮，几亩鱼池、几条鱼的问题，还有自抗洪以来，广大干群为了保坝护堤付出的汗水。不是有群众为了堤坝安全把自家的门板、床板都用上了么。这时候要大家放弃，心理上一时肯定接受不了。"市委书记杨永康率先讲话，打破了指挥部会议室的沉寂。

他进一步说道："但同志们要想一想，面对如此严峻的形势，刚才道生同志通报的情况大家也都清楚。要全线都守都保，显然是不可能的，弄不好要全县覆没。这种风险是巨大的。说实话，这样的责任我承担不起，我相信沈书记也承担不起，你们楚县的同志们哪个能承担的，站出来我看看。六十几万人的性命啦，同志们！我们必须认真慎重，绝不允许有任何一丁点草率的决策，绝不允许存任何一丁点侥幸心理。一定要对人民的生命财产安全高度负责，一定要对党和人民事业高度负责！"杨书记讲话慷慨激昂，容不得人有半点怀疑和迟疑。

"好了,成荫同志,道生同志,永康同志把利害关系跟大家讲得很清楚了,问题的重要性、严重性也讲得很清楚了。今天就让我来做个挨骂的人吧,缩短阵线,破圩滞洪,突击转移,确保人命。请同志们把这十六个字作为打赢这场抗洪救灾战争决定性胜利的最高原则,不折不扣地坚决执行。我看,今天无论到什么时候,都要把破圩滞洪分洪的方案拿出来。"省委副书记沈达川在关键时候没有再让楚县的决策者们有半点迟疑,来了个快刀斩乱麻。

这无疑是理智的抉择,这当然也是必要的牺牲。
楚县境内2300多平方公里的土地上,积水已经达2亿立方米,水位居高不下,老天暴雨不断,主动破圩,滞洪分洪,才能缓解险情,确保人民生命财产安全。
柳成荫率领着九个区的指挥官们,火速奔赴各区乡镇,执行省市委领导的决策部署。
几个小时后,破圩滞洪分洪在全县施行——
阳山新旗圩600亩蔬菜,被放弃;
林湖积粮圩2000亩水稻,被放弃;
东潭王家圩2300亩农田,被放弃;
俞垛黑高荡4000亩精养鱼池,被放弃;
周老中心圩6400亩、孙社圩5000亩、团结圩1700亩,均被放弃;
…………
拼死拼活保到今天,无情的洪水都没有能够摧垮它,现在却又要亲手为洪魔打开缺口,任凭汹涌的洪水吞没那一块块生长繁茂的庄稼地,任凭那滔滔白浪把片片绿洲淹没。柳成荫知道基层的干部群众的心在流血,但这也是没有办法的事。这些被放弃的堤坝上,浸透着基层干部群众多少血汗啊,倒坝保坝,抗险抢险,真的不容易啊，一些老百姓，一些村支书，拽住柳书记的手，流着泪说："柳书记，上级作出的号召我们听，可是，我们真的不愿意就这样放弃呀，哪怕是洪水把我们打垮，我们也就认了。可现在是我们自己在自己心上挖口子放水啊——"

基层干部群众的心情，柳成荫何尝不能体会呢，他们遇到的难处，柳成荫一样遇到了。

在这一批破堤滞洪分洪的方案中，俞垛镇黑高荡4000亩精养鱼池也在被放弃之列。这让一手把它打造成功的柳成荫内心无论如何也接受不了。在柳成荫的构想中，黑高荡是要培育成为全县特种水产养殖的龙头企业，是要能够在楚县西北部发挥辐射和带动作用的。要是没有今年这场特大洪涝灾害，黑高荡朝他的目标又将迈出一大步了。这个项目上凝聚了他多少心血有谁知哟？那整整一个冬季，几万人的苦干啊，难不成就这样付之东流么？

然而，省委沈书记、市委杨书记命令如山，不得违抗。他现在只好去对方国鉴、陆小英传达命令：放弃黑高荡！

第十八章

　　县委书记柳成荫人还没有到黑高荡，指示就已经到了黑高荡。
　　黑高荡特种水产养殖场党委书记方国鉴正带领着一群人在养殖场外围冒雨巡逻，场部有人气喘吁吁地跑过来向他报告，县委柳书记有指示，要求方县长、陆书记一个小时之后在场部等候，柳书记在赶往黑高荡的途中。请你们要做好放弃黑高荡养殖场的思想准备。
　　"你说的什么昏话，柳书记要我和陆书记放弃黑高荡养殖场？怎么可能？"方国鉴望着上游大纵湖方向，客水不停往黑高荡这边涌，老天又泼泼洒洒地下个不住气。形势危急得很，心里头本来就不安神，着急呢。
　　最外围的一道防洪堤，已经出现过几次险情，好在发现及时，加上柳书记从县里特运过来的麻袋、木桩得劲，几处管涌很快就堵实了，没有造成溃堤。方国鉴一想起这事来就后怕，他知道如果黑高荡养殖场的大坝倒掉了，养殖场泡汤了，他这个副县长也不要想当了，肯定泡汤。
　　因为柳书记不止一次地叮嘱又叮嘱方国鉴，你的命可以丢，养殖场坝不能倒。否则,一切后果由你方国鉴负责。

坚守黑高荡养殖场,仅仅靠场部头二百号人,力量实在是太单薄了。方国鉴这才请求俞垛镇党委陆书记派员支援。方国鉴毕竟是俞垛镇老党委书记,现在又是副县长,开口向陆小英调几百人,又不为别的,为的是要保证黑高荡养殖场大坝不能出差错,陆小英怎么可能不答应呢?镇里抗洪任务再紧,也要保证黑高荡这个重点工程。这可是成荫他担任县委书记办成的头一件大事情啊。所以,当方国鉴问陆小英要不要请示县领导之后再调人到场部来,陆小英一口就回掉了:"不用。保养殖场事大,这点主我还做得了。俞垛镇工作出了问题,我负责。"

方国鉴一听陆小英这话,感到经过党委一把手岗位摔打过的她,办事果敢,有决断,有担当,跟以前在自己手下当副手,不一样了。因而,他对陆小英如此爽快地答应派人增援,表示感谢和佩服。

陆小英也听得出方国鉴话里的小意味,方国鉴没有直接说要请示柳书记,是因为他对陆小英与柳书记的关系心知肚明。陆小英最后也带玩带笑地说了句:"你方县长就是县领导,还要请示什么县领导哟?"

方国鉴心想,我才跟陆书记把抗洪力量充实到位,怎么可能说柳书记一个小时后要跑到场部来宣布放弃黑高荡养殖场哟。放眼望去,这一块接一块的精养鱼池,哪一块不是用心血建成的哟?怎么能说放弃就放弃呢?

这一刻儿,方国鉴再无心思巡查了。拔脚就往场部奔,他要赶紧把陆小英找来商量出个对策来。这养殖场是坚决不能放弃的,不能变成上面头头决策滞洪分洪的牺牲品。4000亩精养鱼池,给俞垛当地养殖户带来多少收益啊。这绝不仅仅是我方国鉴一个养殖场的事情,也事关俞垛镇长远发展的大计。他相信,陆小英肯定会支持他的。

县里的柳书记要来挖黑高荡养殖场的坝头啦！

这消息一传出，一阵风似的，传遍了整个俞垛。成百上千的村民，扛着大锹、钉耙之类农具，纷纷往养殖场场部赶。

他们要保卫自己辛辛苦苦挖了整整一冬才建成的鱼池。况且，现在这鱼池已经往外出效益了。在养殖场技术指导下承包的村民，比其他村民每亩多收入上百块钱呢，再加上河蟹、青虾、鲫花、白丝等特种水产品种，算下账来，一年可能为在养殖场的承包户多增加收入几千元。现在，有人要来砸了他们这个聚宝盆，村民们怎儿可能答应呢？用老百姓自己的话说，拿命拼，也不能答应！

得到方国鉴派人送来的紧急口信时，陆小英正在俞垛镇所辖的横垛村指挥村民转移。雨实在是太大了，村庄靠坝已经不能支撑多久了。眼看整个村庄就要沉没，老百姓还有不死心的，要守住自己几间房屋，舍不得离开。即便愿意走的，又舍不得家中的坛坛罐罐，因此转移进度慢得很。这样怎么行呢？洪水不等人，这可是人命关天的大事。她可是跟县委柳书记保证过的，不让俞垛淹死一个人。

她这边指挥群众转移正上了紧阵子，浑身都是湿淋淋的，好在是夏天，经点儿雨没得什呢要紧的。这当口，方国鉴带来了柳书记要他们放弃黑高荡养殖场的指示。陆小英一听，头顶上被电击了一样，浑身一麻，有些支撑不住了。身边的几个工作人员见状，连忙上前扶住她，关切地问："陆书记，你太劳累了。身体哪里吃得消哟，现在村民转移已经没有大问题了，你找个地方稍微歇息下子。"

有更重要的事情在等着她呢，陆小英怎么可能歇得下来哟。她对身边的其他镇干部交代了几句，就从横垛村撤出，往黑高荡养殖场场部赶。

小轮船在望不清河堤岸的乡河里"突突突"地向前行驶着。这刻儿，陆小英才脱下湿淋淋的上衣，随手从船舱床里边拿了件蓝碎花小方领褂子换上。手无意碰到了自己的腹部，有了一种异样的感觉。她不经意地笑了笑，心里对自己说，急什呢吵，还早着呢。

她心里清楚得很，开发黑高荡，身为县委书记的柳成荫花费的是怎样的心血，他对这个工程寄予了怎样的期望。现在要放弃，肯定有连他柳成荫都不能掌控的原因，应该不是他心甘情愿作出的决定。如果是这样，那他内心就一定不希望看到黑高荡养殖场成为滞洪分洪的牺牲品。然而，指挥部作出的决策，身为总指挥的他又不能不执行。要知道，省委、市委领导一直蹲点在楚县，在一线指挥着抗洪救灾斗争呢。

这样的决策肯定有阻力，不仅放弃黑高荡是这样，放弃其他任何一块地方都是这样。那么，这样一来，执行这样的决策要的是迅速有力，影响的面越小越好。说白了，就是尽可能在老百姓还不知情的情况下，把坝挖了，洪水进来了，庄稼淹掉了，生米煮成熟饭，再想不通也无济于事。思想工作，解释说服工作，之后可以慢慢做，群众的过激情绪，可以让他们释放释放。毕竟人家是做出了牺牲的。说两句难听的话，甚至骂几句娘，没有什么，这时当干部的就得受得了委屈，要有忍功。

现在柳书记人没有到，就把这样一个重大决定通过电话传达下来，还让做好思想准备。他为何不等自己人到了之后，来个快刀斩乱麻，当场指挥她和方国鉴开坝泄洪，实施滞洪分洪呢？

知成荫者，小英也。她领会了柳成荫给他们一个小时的意义。于是，她没有直接赶往养殖场，而是回到镇政府办公室，和方国鉴在电话里沟通，把邻近的村民们一下子发动起来了。那些人大多数都变成了养殖场的承包户，一听这样的消息，那还了得，拼命打老子，也不能让县里头的命令在黑高荡变成现实。

难得有这一刻宁静的陆小英，坐在自己办公室里，有了一种陌生感。这一阵子,她基本上以轮船为家,既在小轮船上办公,开到哪里工作到哪里,也在小轮船上生活,随身衣物备在船上,一日三餐饼干打滚。有时到村子上有热饭热菜就吃一口,随机得很。

刚才吩咐人做了几个村村民的工作,这会子心里头一下子轻松了许多。其实,做刚才的事,在基层一点不费难。老百姓一听说上头要把养殖场开坝滞洪,自己的承包塘就要被洪水淹了,还不救火似的,有多快奔多快哟。

陆小英晓得,这件事风险来自上面。将来上级领导追究下来,责任轻不了。当然,她愿意为喜子哥承担这份责任。她心里想的,这辈子人都是他的人,还在乎承担点儿责任吗。当然,方国鉴和自己分担一点风险,也是合情合理的。哪个要他是养殖场的一把手哟。没得养殖场,他还当什么副县长哟。

"我们要见柳书记!"
"我们和柳书记有话说!"
柳成荫乘坐着玻璃钢快艇赶到黑高荡时,养殖场场部已经聚集了成百上千的村民,他们当中绝大部分都是养殖场的承包户。他们高举着手中的大锹、钉耙,嘴里高喊着口号,显得群情激动。

柳成荫一跨上岸,就被这群老百姓围了个水泄不通。要不是金爱国、小黄在前面挡住群情激愤的群众,柳成荫连岸都上不了。

"你们是怎么做群众的思想工作的,场部集合了这么多人,是什么意思?是不是想违抗上级领导的指示?"柳成荫一跨进黑高荡养殖场场部的大门,面部表情很不好看,对等在办公室的方国鉴、陆小英责问道。

"柳书记有所不知,我们根本没有叫他们到场部来,不晓得他们从哪块听来的消息,说指挥部要放弃养殖场,这才发了疯似的,全赶过来了。"方国鉴首先向柳书记解释,不是他和陆小英不做群众的思想工作，他们聚集到场部来，纯属自发行为。

"请柳书记慎重决策，现在大几百人在场，如果破坝滞洪，那可能要出大事情。到时候，群众吼浪起来，谁也没得办法控制。"陆小英极认真地向柳成荫建议。

"我尊重你们的意见，现在带我看一看外围的水势如何，情况究竟怎么样。"柳成荫这时只好顺水推舟，暂时不考虑破堤的事情。

在方国鉴、陆小英的陪同下，柳成荫沿养殖场外围堤坝边走边问，了解着目前养殖场特种水产养殖的情况。方国鉴一一作了汇报，并且指着池塘边有塑钢瓦的池子给柳书记看，"这一片是养殖的螃蟹。"

"噢，好，好，养蟹附加值高，养殖户收入也会高一点。这紧靠着的池子里养的是什么品种？"柳书记指着里面什么也看不到的池子问。

"这一片池子都是养殖的甲鱼，这甲鱼可是花了代价了。每顿都要喂腥料，成本蛮大的。果真把洪水放进来，损失就大了。"方国鉴跟柳书记解释着。

"现在特种水产都有些什么品种？"柳书记似乎忘了自己是带着省市领导的指示来的，反而细枝末节地查询起特种水产养殖的事情来了。

"除了刚指给书记望的，还有河虾、鲫花、银鱼等好几个品种呢，现在发展得都很好。"方国鉴说起特种水产养殖，熟咯透呃了。

方国鉴陪在柳书记身边，一路走一路汇报。一直跟在后面没有插话的陆小英也没有闲着，她不时地暗示那些群众跟在柳书记后头，不要散。这样，养殖场就能保住了。

得到陆书记示意的群众自然不会散了，跟在柳书记后头，跟得更紧了。

县抗洪救灾指挥部里，省委沈书记和市委杨书记在一一听取各区执行7月12号，也就是一天前作出的"缩短阵线，破圩滞洪，突击转移，确保人命"决定的情况汇报。

沈书记、杨书记两位领导对"12号决定"执行情况总体上还是满意的。因为截止到7月13日，全县已破堤滞洪分洪达2万多亩，转移受灾群众46万多人。这是一个了不起的成绩。但是，省市两位领导对身为总指挥的柳成荫同志没有如期完成黑高荡养殖场滞洪分洪的目标非常不满。

一直不轻易给人脸色看的杨书记，神情严肃地对柳成荫强调道："成荫同志对黑高荡养殖场的感情，我们不是不知道。但这涉及到你们楚县西北部两个区十几个乡镇，数十万人口的安危呀！这可是件大事情，绝不允许我们有半点迟疑。"

"请杨书记、沈书记放心，我去的那天，场部聚集的人实在太多，如果强行破堤，我怕酿成群体性事件，影响不好，也不利于问题的解决。现在我已经给方国鉴、陆小英下了死命令，一定要把两位领导的指示落到实处。"身为总指挥，身为楚县的一把手，在说这番话时，柳成荫显得很勉强，表情都有点儿不大自然。

"成荫同志能有这个态度，很不错。我们不仅要看你和其他相关同志的态度，更重要的是要看你们的行动。"省委沈书记语调平缓地说道。也算是当着九个区挂钩联系的常委们，给柳成荫一个面子。

抗洪以来一直经受着严峻考验的黑高荡养殖场外围的大坝终于破堤了。

这可不是执行上级指示的结果。7月14日凌晨的一场特大暴雨有选择地降在了沙沟地区，让养殖场外围大坝变得摇摇欲坠，险情迭出。

由于上游大纵湖洪峰不断形成,一波又一波冲击着黑高荡养殖场外围的大坝。几个洪峰过后,黑高荡养殖场外围大坝终于被撕开了一道两米多长的缺口,超过一米的水位落差,洪水气势汹汹地冲进坝内一大片精养鱼池。形势万分危急。

自从柳书记来过黑高荡养殖场场部之后,陆小英就把工作重心转移到了养殖场这边来。有镇里的支援,方国鉴肩膀上的担子轻多了。这时,刚刚在堤坝上巡查结束,和衣躺下的陆小英突然听到船舱外有人惊呼:"养殖场大坝倒掉了!"

陆小英急忙跨出船舱,对正在船头打盹的几个巡逻人员大喊一声:"快,前头倒坝了。跟我走!"

陆小英赶到现场一看,洪水滚滚而来,掀起阵阵巨浪,大坝还在不停地塌陷,缺口越撕越大。险情突发,情况紧急。

陆小英一边指挥现场的突击队员们装袋堵缺,一边问场部的人,方县长人怎么不在?场部的人叹了口气说,傍晚时候,方县长家老婆托人带信,老婆在家里铺上肚子疼得直打滚,要出人命了。方县长这才急躁火忙地赶回了。临走时还关照,他不在这几个小时,有什么事情直接向陆书记请示,场部的人员全都听从陆书记调遣。

"既然这样,我们镇突击队和场部突击队,就合二为一,听我指挥。现在的情势,麻袋蛇皮袋装土已经堵不住缺口了。水流太急,土袋子沉不到底就被冲走了。先下二十个人,手挽手筑起一道人墙,然后再往水里投放土袋子。"陆小英一说完抢险方案,自己"嘭嗵"一声跳进了湍急的洪水中。

堤坝上的队员们见到陆书记头一个跳下去了,也奋不顾身往下跳。很快一道人墙在缺口处筑起来。尽管水流太急,水中的人有点儿站不稳。陆书记不时地提醒队员们,腿子尽可能支撑得开一些,手臂挽得用点力,这样增强稳定性。不然,人被洪水冲走就麻烦了。

这时堤岸上装袋扛包的，脚底奔得飞起来了。他们晓得，站在水中的人承受的冲击力大着呢，早一点把缺口堵上，早一点减轻一些水中人的压力。

时间一分一分地过去，一只只装满泥土的草袋、麻袋、蛇皮袋，纷纷紧靠人墙投向洪水中。土袋入水溅起的泥水，把水中的人们击溅得眼睛都睁不开。陆小英提醒岸上运包运袋子的，尽量注意一下，不要溅得太厉害，也不能让洪水把袋子冲走，要有效投放。

陆小英正给大家说注意事项呢，突然从上游冲下一根木头桩子，在洪水中快速穿行而下。等到岸上人和旁边人发现，想喊一声让陆书记当心，这一声都没能喊出来，只见那根木桩子箭一样冲向陆小英，在场的人们只听到陆书记"嗳呀"一声，人早被木头桩子撞出了人墙，转眼之间被滚滚洪水卷得不知所终。

"陆书记，陆书记——"

"陆书记，陆书记——"

岸上、水里的人们齐声高喊起来。这一突如其来的事件，让现场的人们一下子慌了神，人墙顷刻瓦解了，土袋子很快又被洪水卷走了。

"救陆书记要紧！"

"救陆书记要紧！"

人群中喊声一片。洪水把堤坝撕开再大的口子似乎都已经不重要了。人们分成几路，迅速向下游寻找，指望能把陆小英书记从洪水中救起。他们边寻找边呼喊，黑高荡上空回响着他们的喊声："陆书记——""陆书记——"

陆书记再也听不到人们的喊声了。

得知陆小英出事的消息，柳成荫、荀道生和朱蕊三位县领导立即赶到俞垛来了。黑高荡养殖场此刻已经是汪洋一片，柳成荫也不再查问。他们几位县领导直奔俞垛镇镇政府，镇里、区里的领导干部几乎都在，他们在组织村民继续搜救陆小英同志。

有几个当时和陆书记一起跳入洪水筑人墙的突击队员，泪流满面，在向其他还不太清楚情况的领导诉说当时的情况。

等到柳书记出现在方国鉴面前时，方国鉴双手紧紧拽住柳书记的手，失声痛哭："柳书记，小英书记出事啦——"

"人找到了没有？国鉴同志，你要冷静。现在的关键是增派力量全力搜救，越早越快找到小英同志，就多一份生还的希望。"看得出来，柳成荫在强迫自己控制住情绪，不能在众多干群面前失控。

"在座哪个熟悉情况的，简要汇报一下搜救情况，以便有针对性采取措施。"苟县长在一旁询问了一句。

"还是我来说吧。"方国鉴带着哭腔说道。虽说当时他并不在现场，但听说陆小英出事之后，他火速赶回场部，在原有的基础上增加了搜救的人手。他把当时事故怎样发生的，了解得一清二楚。他心里充满了对陆小英的愧疚，毕竟养殖场不是陆小英的职责范围。

照理说，黑高荡大坝塌陷，最应该跳下水的是他方国鉴。可那时，他偏偏不在，让陆小英一个女同志跳进了洪水之中，而且被上游直穿而下的木头桩子撞出了人墙。当他晓得这一情况后就想，即使没有生命危险，这么大冲力冲下来的木头桩子，肯定也把陆小英撞伤了。那木头桩子跟着洪水冲下来的力量怎呃小得下来哟？而站在洪水中筑人墙的陆小英，肯定也是浑身用劲，不然就形不成人墙。如此一来，两下硬碰硬，陆小英吃苦就吃得大了，伤得肯定不轻。

半个小时过去了，没有陆小英的消息。

一个小时过去了，仍然没有陆小英的消息。

"国鉴同志，俞垛的地情水情你都熟悉，你来统一调度人员，要扩大搜救范围。总之，不惜一切代价找到陆小英同志。"柳成荫心急如焚，有些按捺不住了，适时提醒方国鉴。

然而，一个半小时过去了，还是没有陆小英的消息。一直被陆小英出事的消息吓得有点儿蒙掉的朱蕊，这时跟柳书记建议说，时间不等人，不能再这么拖延下去了。请柳书记和省军区舟桥旅取得联系，让他们派几艘冲锋舟来参与搜救，或许还有挽救小英生命的希望。否则，一切都来不及了。

常务副县长朱蕊的建议，得到了苟县长等在场领导的一致同意。柳成荫充满感激地望了望这位女同志，心里想真是越急越糊涂，我怎么就不曾早点儿想到这一点呦。

很快，柳成荫的"大哥大"与省军区舟桥旅的首长通上了电话，首长答应就近有两艘冲锋舟马上就赶到俞垛。

在省军区舟桥旅的冲锋舟配合下，搜救工作从陆小英出事的地点往下游，再次进行拉网式寻找。几个小时过后，舟桥旅的战士才在下游临近宝应县与俞垛交界的湖荡一处芦苇滩边发现了陆小英。只见她面色煞白，斜躺着。小战士用手在她鼻子底下再一试探，已经没有了呼吸。

得到陆小英牺牲消息的柳成荫，再也压制不住内心的情感，仰望着灰蒙蒙的天空，撕心裂肺地长啸一声："小英啊——"

第十九章

百足之虫，死而不僵。原本已经退出楚县政坛的梁尚君，在掌握了柳成荫在执行上级关于放弃黑高荡养殖场决定过程中的一些不正常情况之后，发动自己在楚县的几个亲信，给省委、市委等多个领导多个部门写了"人民来信"。

跟一年前梁尚君策划的"人民来信"事件不一样的是，这一次，梁尚君等人用的是实名举报。梁尚君在"人民来信"中检举了柳成荫在楚县担任县委书记以来种种好大喜功的表现。指出，黑高荡开发工程，就是柳成荫为了给自己捞政绩、争面子而不惜破坏沙沟地区原有良好的生态环境，一意孤行搞起来的"政绩工程"、"面子工程"。

更不能容忍的是，柳成荫身为楚县抗洪救灾总指挥，在执行上级关于滞洪分洪重大决策时，公然违背上级命令，发动一些不明真相的群众保护他的"政绩工程"、"面子工程"，结果导致错失实施滞洪分洪最佳时机，沙沟地区水位猛涨，不仅到头来黑高荡养殖场大坝塌陷，柳成荫"政绩工程"、"面子工程"泡汤，而且整个沙沟地区几乎是全线覆没，大片粮田被淹，大片村庄房屋被洪水冲毁,直接的、间接的经济损失巨大。柳成荫完完全全成了沙沟人民的罪人。

梁尚君对柳成荫的举报并没有到此为止。他进一步举报到:柳成荫仗着自己年轻气盛,一直和俞垛某位女同志关系暧昧,还以权谋私,把这位女同志提拔成了镇党委书记,最终成了他"政绩工程"、"面子工程"的牺牲品。

柳成荫他不仅自己男盗女娼,在楚县所重用的也都是一些生活作风不正、思想道德败坏之人。化肥厂原厂长周金民,"假合资案"发生前,一直是柳成荫跟前的大红人,是个为他扛着楚县工业大旗的人物。可就是这样一个红得发紫的人物,竟然有几十个情人、情妇。当然呀,此人现在是死老虎一个不需再提。

但现在还被委以重任的苟道生与朱蕊,两位楚县举足轻重的人物,他们本身的关系就不清不楚。尤其是朱蕊这个女人,下乡插队时为捞取政治资本就曾委身于苟道生当时任公社副主任的父亲,后来又与苟道生有过恋情,真是丑陋至极。

老谋深算的梁尚君,"人民来信"中举报的事件,像一颗颗险恶的子弹,直射柳成荫的要害之处,年轻的县委书记在这次和梁尚君这个老对手的较量中,能像一年前那样,转危为安吗?

几天之后,陆小英同志的追悼会在俞垛镇镇政府大会议室内举行。

大会议室正前方墙上悬挂着"陆小英同志追悼大会"的会标,白纸黑字,黑得让柳成荫喘不过气来。大会议室的后面墙上是一幅"陆小英同志永垂不朽"的标语,同样是白纸黑字,凝重得很。

陆小英同志的遗体安放在大会议室的前半部一张简易的会议桌上,身上覆盖着鲜红的中国共产党党旗。遗体四周被一个个花圈围护着。县四套班子集体所送花圈和柳成荫个人送的花圈摆在陆小英遗体前面遗像两侧。遗像上的陆小英还不住气地对着向她鞠躬的人笑呢，似乎在说：你们这是干什么呀，难不成我死了么？

追悼大会由楚县县委副书记、县长苟道生主持，朱蕊、方国鉴等县里区里镇里的负责人同志都在追悼会上缅怀了陆小英同志生前的良好品质、工作业绩。最后，由县委书记柳成荫宣读了授予陆小英同志革命烈士光荣称号的决定。

当陆小英遗体从俞垛镇镇政府大会议室缓缓抬出，准备抬上她生前常坐的小轮船，去县城火化时，闻讯而来的群众，有好几百人簇拥着，哭着，喊着："陆书记啊，你不能走啊——""陆书记啊，我们俞垛的老百姓舍不得你走啊——""陆书记啊，你这么年轻怎么就走掉了啊——"

在群众的哭喊声中，天空突然"轰隆——轰隆——"响起几声巨响，老天炸雷了。这时人群中又有人哭喊起来："老天爷呀，你怎儿这样不公平吵，把我来这么好的陆书记带呃去了。"

顷刻间，电闪雷鸣，狂风大作，原本阴沉着的天，显得更为阴沉了。有黄豆粒子般大小的冰雹从乌云层中稀稀落落地砸下来。人群一时有点儿慌张。人们哭天喊地的，相互之间挤挤簇簇的，都争着想望陆书记最后一面，言语上还有些个争执，说是陆书记又不是你家的陆书记，大家都能望，你想望难不成我就不想望呢？

一直护在陆小英遗体旁边的朱蕊，这时提高嗓门喊了一声：请村民们不要吵，让陆书记安心地离开俞垛。

听到朱县长这么一说，村民们又都哭喊起来："陆书记啊，你不能走啊——""陆书记啊，我来俞垛的老百姓舍不得你走啊——""陆书记啊，你这么年轻怎么就走掉了啊——"

细心的朱蕊发现，在为陆小英送行的人群中，柳书记不见了。

柳成荫从内心不能接受陆小英已经死了的事实，他不愿意与自己心爱的人就这样分离。这一刻儿，他似乎没有什么顾忌了。想想也是，自己一直深爱着的女人都死掉了，身为一个男人，还不能让自己内心的情感流露一下？他让人找来陆小英住处的钥匙，一个人关进了她的宿舍。

当他掀开布帘子，坐在小英曾经睡过的床上时，忍不住失声痛哭。

说实在的，他欠小英的太多了。他责备自己，为什么知道自己什么也给不了她，还要在多年之后再度走进她的生活，让她给自己那么多的缠绵与温存，让她为了自己而绽放，而娇媚。

柳成荫，你是不是太自私了？直到这一次，她还不是为了你而献出了自己的生命？你的黑高荡开发工程果真如你说的那么重要么？你就没有一点私心，没有一点想从中捞取政治资本的用心么？柳成荫啊柳成荫，你决定让她为你保住这个养殖场时，难道就一点没有想到过这件事情的风险么？洪水无情啊，这可是什么事情都有可能发生的呀！柳成荫啊柳成荫，你的自私是不是太过分啦！这个女人什么都愿意给你，什么都愿意为你做，甚至为你牺牲了生命。你呢，你为她做了什么？又给了她什么？

柳成荫的心在颤抖，在流血。他实在不能原谅自己，他甚至觉得自己在小英面前就是一个罪人。

面对着一张曾经给他带来无限眷恋与美好的床铺，这上面应该还有小英的味道吧，柳成荫随手拉过折叠着的被子，他想再在这里最后躺一次，把小英身体的味道带走。

一封信从被子里抖搂出来，柳成荫一看竟然是写给自己的。信已封好了，为什么没有交给我？不方便直接交，寄也可以呀？信封上地址不都已经写好了，为什么没寄呢？柳成荫迫不及待地撕开封口，打开信。只见那熟悉的笔迹、熟悉的称呼映入眼帘：

亲爱的喜子哥：

原谅我只能在信中这样叫你。多年之后的重逢，有过痛苦的挣扎，但更多的是甜蜜的交融。你的出现，让我找回了我丢失的爱。我爱你，喜子哥。

有一点，你放心，我不会跟你要什么名分之类的东西，更不会为了自己而影响你的前途。只要你心里有我，这样我就心满意足了。

有一件事，一直想告诉你，又非常非常不想让你知道。为此，我内心痛苦了好几天，挣扎了好几天，直到现在也还没有拿定主意。写下这封信，也不知道会不会寄出去给你。当然，从某种角度说，你也有权利知道。那么，但愿有一天，我想通了，把信寄出了，你也就会知道，我们已经有了爱的结晶。

喜子哥，当我身体反应突然不正常，有了异样的感觉的时候，当我意识到可能是幸运降临的时候，你不知道，我是多么多么地高兴啊！我是多么多么想把这样的高兴与你分享啊。可是，现实不容许我这么做。我只能一人高兴得泪流满面，抚摸着腹中刚刚萌芽的小生命，轻声地告诉他，柳成荫是他的父亲。

喜子哥，谢谢你，我打心眼里谢谢你送给我这样珍贵的礼物。我一定会好好珍惜，好好把他抚养成人。当然，等到有一天，宝宝长大了，我俩也老了，什么情啊爱啊，都不谈了。相信苏华嫂子也会原谅我们了，那时候再让你们父子团圆吧！

说了你不要笑话我，我不知道为什么，总是觉得自己怀的是个儿子。从你这边说，是个女儿会更好吧？可苏华为你生的是儿子，我想也应该为你生儿子。嘻嘻——

         痴情不改的爱你的小英子
         1991年6月5日

"英子啊——"

"我的英子啊——"

柳成荫把信紧紧抓在手里,呼号着,冲出陆小英生前的宿舍。

这一次关于柳成荫的"人民来信"因为是实名举报,省市纪委很快派人到了楚县,找相关人员个别见面,作进一步详细调查核实。其中,有关黑高荡养殖场的问题,调查组的同志还专门请示了省委沈书记和市委杨书记,得到的答案几乎是肯定的。两位领导对柳成荫在这件事情的处理上,一直是有看法的。考虑到现在是抗洪非常时期,这个问题暂且搁置不谈,为的是让柳成荫集中精力把全县抗洪救灾这一仗打好。

此事如何处理,两位领导一碰头,都认为事后再商定为好。现在,有了实名的"人民来信",省市纪委又派人来进行调查,那情况就不一样了。该他俩表明态度的,他俩当然要从对事业负责、对自己党性负责的高度表明自己的态度。

说实在的,柳成荫这个小伙子,如果不是在黑高荡养殖场滞洪分洪事情上犯浑,他俩还是蛮喜欢他,蛮看好他的。两个书记原本想事后严肃认真地教育一下他,年轻人感情用事是难免的,犯了错误不要紧,要认识到自己所犯错误的严重性,要痛改前非,吸取教训,这样还是应该给他一个机会。如果一棍子打死,党培养了这么多年,就太可惜了。

省委沈书记的意见和市委杨书记的意见当然太重要了。说实在话,如果省市纪委前来调查的同志仅根据"人民来信"举报内容来查,而不听两位坐镇指挥的省市领导同志的意见,就不可能更为全面地了解柳成荫的一些情况,其处理结果肯定不会是现在这样。

省市纪委前来调查的同志在经过调查核实之后,请示省市委意见,最后对楚县县委书记柳成荫作出了停职检查的决定。

"我们要保护柳青天！"

"强烈要求严惩诬陷柳书记的坏蛋！"

县委、县政府大门口，一些并不十分了解情况的市民聚集在一起，为柳成荫鸣不平，喊起冤来。他们高呼着口号，打着标语，只要一见大门口有人进出，有车辆进出，就吼浪似的叫喊一阵。这些市民实在是太纯朴了，他们哪里晓得县一级政坛上的政治风云变幻哟。

柳成荫沉浸在失去小英的无比痛苦之中。这种痛苦的痛苦之处在于，他只能把痛苦藏在自己内心。尽管他已经停职检查，但他还是一名党的干部，还要注意自身的影响。还有一点，他也不能把这种内心的痛苦在妻子面前流露出来。显然，那会因为一个死去的离他而去的女人，伤害现在还生活在他身边与自己相依相守的女人。他不能这样做。

对于组织上决定让自己停职检查，柳成荫没有提出任何异议。他只是向组织上提出来，在他停职之前，能不能让他把因抗洪殉职的俞垛镇党委书记陆小英的骨灰盒护送回老家香河。她家里已经没有一个活着的亲人了。身为她的领导，身为她的同学，身为她的同乡，身为她的兄长，他柳成荫有这个义务去完成这件事情。

柳成荫在领导面前说得言辞恳切，组织上也就同意了他的请求。毕竟柳成荫也当了这几年楚县的一把手，这点面子还是要给的。

玻璃钢快艇快速向香河方向行驶。

快艇的前舱里，舱门打开着，柳成荫手捧着插有陆小英遗像的骨灰盒，迎风而立，雨水溅打到他的脸上，他都没有一点感觉。

他向远处的家乡香河眺望着，脸上看不出一点表情。他心里头清楚得很，这是最后一次，自己以县委书记的身份做的一件事情了。是的，他要行使一次县委书记的特权，他要让小英风风光光地安葬。他已经布置香河村所在地的乡、村干部做好准备，在家乡为小英举行一个隆重的送葬仪式。

和柳成荫一同护送小英回家的，还有柳成荫的父母亲。前一阵，柳成荫的岳父、岳母专程从清江来楚城探望女儿女婿，几天后返回时，柳成荫就让妻子带上小永与他们老两口一同回清江了。外面水大荒荒的，让老两口单独走，不放心呢。再说，小永又不上学，正好回外公外婆家玩几天，苏华也借机会散散心，省得整天为丈夫担心受怕的。

他们这一走，柳春雨、杨雪花两口子原来也想回香河老家望下子，柳成荫没有答应。说父亲上次回老家时家里已经进水了，你们回去不安全，还是住在城里逸当。他会见缝插针回来望望父母的。听说小英子抗洪把命送掉了，两口子吓得魂从头顶上冒掉呢。吓得不轻呢。现在柳成荫要护送小英子的骨灰盒子回香河，柳春雨、杨雪花无论如何都要一起回来。

快艇上还有一个人，不仅要跟柳成荫一道回来护送小英，而且再三请求柳成荫，在老家为小英举办送葬仪式的所有费用，全部由他个人承担。他对柳成荫说，目前你柳成荫处于关键而微妙的阶段，不要再弄事情出来，让有些别有用心的人抓住把柄说废话。

柳成荫见他说得知己，也就同意了。此人不是旁人，正是谭赛虎。谭赛虎说，小英是你柳成荫的同学同乡，也是我的同学同乡。为小英做这一点儿事情，应该的。再说，陆家如今再也没有一个活在世上的人了。

谭赛虎不说还好，一说这话，让柳春雨、杨雪花两口子都苦唧唧的，眼泪含在眼眶里打转了。他们做梦也不曾想到，一场洪水要了小英和她母亲两条人命。

为陆小英送葬的仪式，就在陆小英的家里举行。

当柳成荫捧着陆小英的骨灰盒子，谭赛虎捧着陆小英的遗像，出现在香河村龙巷上的时候，全村男女老少潮水般地涌了过来。

"英子啊，你家来啦——"

"好英子嗳，你死得苦噢——"

"从今往后再也望不见你了，我的好英子啊——"

毕竟是本村土生土长的，有几个婶娘辈的妇女，一望见陆小英的遗像，就嚎啕大哭起来。

早就准备好的鼓乐队，吹吹打打，呜哩哇啦的，其音哀伤，尾随在柳成荫、谭赛虎之后。香河村所在地乡镇，以及邻近的村，都送来了花圈，从水桩码头往陆家的一路上，几乎都是送花圈的人。白花花的一片，那场面是香河村从来不曾有过。

说起来，当年村上德高望重的柳安然老先生，也就是柳成荫的爷爷去世，也抵不上今天为陆小英送葬的场面呢。不过，那年柳老先生是寿终驾鹤西去，在村民们眼里是个喜斋。今天的小英子年纪轻轻的，为抗洪而丧命，怎儿不让人痛哭流泪呢。再说，不久前，小英的妈妈也是被洪水夺去了性命，现在小英也死掉了，怎儿能不伤心呦。

龙巷上，那些婶娘、大妈们哭成一条声了。柳成荫面无表情地捧着小英的骨灰盒，机械地走着。在谭赛虎眼里，柳成荫从县殡仪馆出来，捧着小英的骨灰盒上船到现在，几乎没有说过一句话，也没有改变过面部表情。

就在柳成荫把小英的骨灰盒捧进陆家时，他望着堂屋里棺材上方的墙壁上小琴阿姨的遗像，突然"哇"的一声，放声哭了出来：

"小琴阿姨——英子回来看你啦——"

柳成荫整个人一下子扑在了棺材上，剧烈地抽泣着。压抑在心底的情感，这时有如洪水破堤，喷涌而出。柳成荫再也不想压制自己内心的痛苦、内心的酸楚、内心的哀怨——

"小琴阿姨,你好糊涂啊——"

"小琴阿姨,我和英子是有冤都无处申啊——"

这时候,再也没有人去劝柳成荫要克制了。说实在的,哪个不是从年轻时候过来的哟。他当再大的官,回到香河,回到老家,在长辈们眼里头,还是个大小伙子。就让他在家乡父老面前痛哭一回吧!

绵绵细雨中,一支送葬的船队在香河里缓缓驶向村子上的公墓——垛田。

行驶在最前头的是柳成荫的玻璃钢快艇,正如来的时候那样,柳成荫依旧迎风站在前舱门梯上,手捧着小英的骨灰盒。

与来时有所不同的是,这时的前舱甲板上放置着陆小英母亲的棺材。

说起来,多叫人伤心噢。母亲淹死后,陆小英只是赶回来将母亲入殓,都没有来得及下葬,就赶回俞垛镇抗洪一线去了。她哪里晓得这一走,再也不能为母亲下葬了。

柳成荫怎么也想不到,小英会把为小琴阿姨送葬的事留给了自己。为她们母女俩送葬,柳成荫心里头真是说不出的凄苦。

这刻儿,柳成荫轻轻在小英骨灰盒旁耳语道:"英子,送你回家啦——""送你和小琴阿姨团圆啦——""不,还有我们尚未来到人世的孩子,你们祖孙三代在香河团圆啦——""英子,你放心,我每年这一天都会来看你的。只要我活着,就一定会来看你。""英子,你就等着吧,总有一天我们一家会团聚在一起的。你好好等着,啊!"

都说男儿有泪不轻弹,只是未到伤心时。这刻儿,柳成荫望着骨灰盒上依旧笑眯眯的陆小英,泪水止不住,又来了。

送葬船上,其他人不会发现柳成荫这无声的泪水。这一切,都被守在王小琴棺材旁的柳春雨看得清清楚楚。父子同心哪,儿子内心的疼，他柳春雨是再明了不过了。因为眼前这口棺材里躺着的也是他曾经那么相爱的女人。他的心，现在也是很疼，很疼。

装鼓乐队的船，紧跟在快艇的后面。十几个鼓乐手，有号，有管，有唢呐，有锣鼓，他们吹吹停停，吹奏着乡间送葬常听到的曲子，听上去并不是正规的哀乐。

鼓乐船后面一连十几条都是装花圈的船。那些没有扎好的白纸飘带，被风一吹，上下翻舞着，发出"哗哗哗"的响声。

后面还有柳春雨特意安排的纸库船。船上扎的纸库有纸房子、纸车子、纸院子、纸狗子、纸鸡子之类东西，装了满满两船。柳成荫知道父亲的意思要让小琴阿姨和小英在那边生活得富裕些个。

最后面一条船上是烧纸钱、放鞭炮的。送葬的船队经过香河上一座大桥时，有人放起了鞭炮："嘭啪——""嘭啪——"

站在香河岸上朝河中间望，那长长的送葬船队，足有几十米长，似白蟒蛇一般，吃着香河的浪头渐行渐远，渐渐离开了村子，距离香河村人祖祖辈辈的安葬之所——垛田越来越近了。

第二十章

柳成荫终于要走了。

省市纪委调查的最终处理意见，经省市委同意后，与柳成荫本人见面了。最后的决定是，将他调离楚县，安排到省委农工部工作。

据说，这是省委副书记沈达川力主的结果。

依照省市纪委派来调查的同志的意见，柳成荫停职检查之后，还是要给予一定处分的。楚县肯定是不宜再待下去了。是否让其回清江，还干他原来的副书记。省市纪委派来调查的同志在形成最后意见的时候，专门向在楚县蹲点的沈达川、杨永康两位领导同志作了汇报。

沈达川同志发表了自己的看法，说是我们共产党总是讲功不抵过，这本身就不符合我们党倡导的实事求是的原则。有功就是有功，有过就是有过。最后还是要看是功大于过，还是过大于功。在解放前夕，我们共产党对那些国民党投诚将领不也是论功安置的嘛。我看柳成荫这个小同志，就是属于功大于过的这一类。这次犯错误，就是年轻，感情用事。有些人说的什么"政绩工程"、

"面子工程"，我看是扯淡，说破坏生态，更是无限上纲。现在不是"文革"，绝不允许搞无限上纲无情打击那一套东西。

沈达川同志最后还作了自我检讨。他说，现在回过头来看，我和杨永康同志当时的工作分工是有缺陷的。让小柳同志去破掉自己苦干一冬才建成的养殖场，是不是有点儿残忍？同志们想想看哟？如果不是他去亲自执行，或许他也会想不通，但事情的结果就会不一样的。再说，我这一阵子蹲在楚县，发现柳成荫担任县委书记以来，还是做了不少工作，而且是有影响的得到了广大干部群众认可的大动作。这对于一个三十出头的年轻同志来说，不容易啊。我看对柳成荫同志要看主流，看本质。是否可以让小柳到省委农工部锻炼锻炼，成熟一些再到下面去会更好一些。这一块我分管，跟他们部长打个招呼，给他送个人才，高兴还来不及呢。

沈达川可是省委分管农村工作的资深副书记，他给柳成荫的事情定了调子，省市纪委派来调查的同志还有什么好说的哟。这让一直郁闷得不行的县纪委书记丁正清长长松了一口气。他暗地里替柳书记捏了一把汗。乖乖隆的冬，好在沈书记是个敢讲话、真正关心爱护基层干部的领导，要不然柳书记真的就倒霉了。果真如此，那不是让在基层实干的同志心寒么？

事实正是如此，你事情做得越多就有可能犯的错误越多。你什么也不做，站在旁边望着别人做，等着发现漏洞，一封"人民来信"搞定，便可踩着别人的肩膀往上升。长此以往，我们党的事业还怎么能干得好哟。

丁正清这刻儿，只能自己跟自己感慨一番。身为县纪委书记，守纪律这一条他自然懂的。会上的情况，随便乱透露，那自己就要受处分。好多东西只能烂在肚子里头。跟柳成荫感情再好，对他再敬佩，也不能透出半句。那就在心里头为他高兴高兴吧，只能如此。

简单的日用品放上车子之后，柳成荫准备跟工作了三年多的楚县告别了。

当然，家一时还搬不成。洪水涨势虽然有所回落，但楚城内还没有能完全通车，汽车还必须绕道行驶。父母亲为小英送葬之后，再没肯进城。现在他又要走了，让他们住在这大院里更没有必要了。

岳父岳母离开楚县没有几天工夫，自己就被停职了。他先是在电话里跟二老和妻子解释了一通，送走了小英子之后，又专门回了一趟清江，当面说了一些事情。

在岳父面前，柳成荫突然觉得自己有些抬不起头来，有些愧对岳父这么多年的栽培，到头来竹篮子打水一场空，可能要让岳父岳母和苏华失望了。

在这件事情上头，岳母和妻子是说不出什么来的，恨也只能恨在心里。事已至此，只好听组织如何处理。倒是老丈人眼界不一样，叮嘱他不要怕，不要灰心，年轻人路还长着呢，哪里跌倒哪里爬起来，继续前进。并且让他不要待在清江，赶紧回楚县去。这个时候，你要让领导看到你并没有离开工作岗位，更不能让领导觉得你在闹情绪，那就危险了。

果然，柳成荫听从岳父的话，当天就从清江回到楚县。这一举动，得到了省委沈书记的肯定。无意当中，沈书记还问了他一句："小柳啊，对停职有没有想法？"柳成荫态度诚恳地回答沈书记："没有想法。听从组织处理。"那时，他整个心思全在小英身上，哪里还在乎停职不停职哟。

如果现在再问问他，他肯定会说有想法。或者即使嘴里不说，心里头还是会有想法。再怎么说，你把我当得好好的县委书记撸掉了，还要让我没有想法，怎么可能哟。

然而，事情有时就是这样的。那时沈书记问"小柳"时，"小柳"是真没得想法，如实回答，无意中为自己在沈书记印象里加了分。他当然也不会想到，沈书记会在对他处理的问题上，为他讲话，并且点名安排他进省委农工部工作。

他要走了，也回了一趟香河，把自己工作调整的事，跟爸爸妈妈说了。柳成荫让爸爸妈妈放心，儿子会好好干的。等在省城安顿下来，再接爸爸妈妈去看看。不过可能要等上一阵子了，毕竟到省城跟在楚县不一样了。在楚县儿子是一把手，到省城只是个中层干部，小处长而已。要想在省城安顿个家，当然没得像在楚城这样便当。

除了跟爸爸妈妈说了之外，柳成荫也去了一趟垛田。原来去垛田是为了看爷爷，现在又多了英子。自然把自己的事都跟他们说了，也是让他们放心，自己在省城会好好干的。

知道丈夫要调往省城工作，苏华心里悬着的一块石头总算落下来了。她跟丈夫说了自己的想法，她不想待在楚县教师进修学校了。你在省城，我一个人在楚城也没得意思。还是让老父亲出面，跟清江市教育局打声招呼，最好还回清江一中教书。这应该不是什么难事情。况且，我本来就是从一中出来的。小永没几天也要上小学了，在外公外婆这里，上学也方便。小永的爷爷奶奶想细孙子了，可以接他们到清江来住几天。反正，这里有三层小楼呢，他们来了，住的地方不用愁。

柳成荫对妻子的想法当然没有什么反对的理由。自己这一次去省城，夫妻间聚少离多，要想把妻子调进省城，那可是难上加难。凭他去当个小处长，更是不要想这种天上掉馅儿饼的好事情。让妻子回到岳父岳母身边，也省得自己牵挂。他这辈子已经注定对不起一个死去的女人了，他不希望再对不起自己身边的女人。这些想法，当然只能放在心里，他是不便直接跟妻子说的。现在，他只想做个好丈夫、好儿子，让妻子、儿子生活得幸福快乐，多孝敬孝敬家里的几个上人。其他都没那么重要了。政治舞台，似乎一下子离他非常遥远了。

动身的这一天，小黄再三请求，让他再为柳书记开一回车，去了省城，再坐小黄的车，不晓得要等到什么时候呢。

金爱国也是的，说什么也要跟柳书记去省城望下子。说是自己晓得柳书记的宿舍安顿在哪块，以后也好经常到省城来看望看望。他们这两个人，毕竟跟在柳成荫身边工作了三年多了，哪能一点感情没得哟。

原本一身轻松的柳成荫，一下子被小黄、小金弄得心里头不那么轻松了。在心理上，他是想把自己打扮成一个快乐的单身汉，快快乐乐地离开楚城，去省城报到，然后开始全新的工作。

过去的就让它过去吧。然而，想想容易，做到这一点蛮难的。尽管他拒绝了许许多多人的送行，包括谭赛虎这样的发小。然而，他实在不好意思拒绝小黄、小金两个平常工作起来几乎形影不离的人。这两个人，又让自己内心的某些神经受到触碰，原先设想的潇洒离开完全泡汤了。

当小黄开着黑色的红旗缓缓驶过县委、县政府大门口时，柳成荫忽然听到有人喊他。回头看时，车身后并没有人追，他只好掉转头。可刚一掉头，耳边的喊声又起，他看到一个人追过来。是她，陆小英。

"喜子哥，你这就走了么？我来送送你。"

柳成荫依稀听到小英的声音，便连忙关照小黄停车。他反身径直奔回楚县县委、县政府那座古堡式的大楼下，保卫科和传达室的工作人员一见是柳书记，纷纷上前和他握手。

"柳书记，真舍不得你走啊。"

"柳书记，我们一辈子都忘不掉你呀。"

"谢谢，谢谢同志们。"

"谢谢同志们对我工作的支持。"

"柳书记要走啦——"

"柳书记要走啦——"

有几个站闲的市民一见是柳书记,自发地呼喊起来。这一下,南来北往的群众,一下子都拥到县委、县政府大门口来了。这让柳成荫很感意外。

"对不起,对不起,小黄车子还在等着呢,再见啦。"

"柳书记保重啊。"

"常回来看看啊,柳书记。"

"好的,保重,保重。"

"回来,一定会回来的。"

"再见了,同志们。"

"再见了,楚城的父老乡亲们。"

柳成荫边打招呼,边在人群里寻找着,刚才明明听到小英在喊自己的。自己第二次回过头去时,还明明看到她追在车子后面,追过来跟自己说话的。怎么一下子人就不见了呢?

柳成荫满怀疑惑地坐上车之后,小黄问了句:"柳书记,可以走了么?"

"走吧。"柳成荫有口无心地说了句。同时他还在自言自语:"人呢,怎么就不见了呢?"

"柳书记,你说谁不见啦?"坐在副驾驶位置上的金爱国掉过头来问。

"陆小英书记啊,刚才明明看到她的。"柳成荫十分认真地回金爱国。

"啊?"小金、小黄几乎是异口同声,也是满脸疑惑地望着柳成荫。

这时,柳成荫依然反身盯着那渐渐被抛在身后的古堡式的大楼,他似乎看到了陆小英正带着黑高荡那帮上访的群众,从大门口的过道走了出来……